硬石岭曝言

王小盾 著

凤凰枝文丛 / 孟彦弘 朱玉麒 主编

凤凰出版社

图书在版编目（CIP）数据

硬石岭曝言 / 王小盾著. -- 南京 : 凤凰出版社,
2020.6
（凤凰枝文丛 / 孟彦弘, 朱玉麒主编）
ISBN 978-7-5506-3193-9

Ⅰ. ①硬… Ⅱ. ①王… Ⅲ. ①中国文学－古典文学研究－文集 Ⅳ. ①I206.2-53

中国版本图书馆CIP数据核字(2020)第070979号

书　　名　硬石岭曝言
著　　者　王小盾
责任编辑　樊　昕
书籍设计　徐　慧
出版发行　凤凰出版社(原江苏古籍出版社)
　　　　　发行部电话025-83223462
出版社地址　南京市中央路165号,邮编:210009
出版社网址　http://www.fhcbs.com
照　　排　凤凰零距离数字印前中心
印　　刷　苏州市越洋印刷有限公司
　　　　　苏州市吴中区南官渡路20号　邮编:215104
开　　本　880毫米×1230毫米　1/32
印　　张　10.25
字　　数　189千字
版　　次　2020年6月第1版　2020年6月第1次印刷
标准书号　ISBN 978-7-5506-3193-9
定　　价　68.00元
(本书凡印装错误可向承印厂调换,电话:0512-68180638)

王小盾

1951年生，笔名王昆吾，现为温州大学人文学院教授，著有《隋唐五代燕乐杂言歌辞研究》《中国早期思想与符号研究》《从敦煌学到域外汉文献研究》等专著。

弁 言

“凤凰台上凤凰游”，是李白《登金陵凤凰台》之诗句，昔年我江苏古籍出版社立足南京、弘扬文史，而更名所由也。

“碧梧栖老凤凰枝”，是杜甫《秋兴八首》所吟咏，今日我凤凰出版社为学林添设新枝，而命名所自也。

30 多年来，凤凰出版社围绕中华传统优秀文化，彰显传承文明、传播文化、服务大众、贡献学术的出版理念，坚持以整理出版中国文、史、哲古籍及其研究著作为主的专业化方向，蒙学界旧雨新知之厚爱、扶持，渐已长大成为“碧梧”，招引了学界“凤凰”翩然来栖。箫韶九成，凤翥凰翔！嘤其鸣矣，求其友声！

“凤凰枝文丛”是本社与学界同人共同打造之文史园地，除学术研究论文外，举凡学人往事、经典品评、学术札记之文化随笔，旧学新知，无所不包。是作者出诸性情而诗意栖息之地，读者信手撷取而涵泳徜徉之处。

“凤凰鸣矣，于彼高冈。梧桐生矣，于彼朝阳。”

愿“凤凰枝文丛”成为我们共同的文化家园。

2019.5.22

前记

硬石岭是赣东北的一座小山，位于贵溪、弋阳、万年三县交界之处，属怀玉山脉。从 1968 年到 1977 年，我在山下劳动了十年。

这座小山的山体由红色砂叶岩构成，形状如同一只蛰伏的大雁，石赤不夺，棱角分明。它陪伴我度过了整个青年时代。那时我每天看它、揣摩它，春天领略它清脆的泉响，秋天领略它干燥的草香，从不厌倦。

我的读书生活，从某个意义上说是在这里开始的。由于书太少，劳动太艰苦，所以只能费尽心机去找书，不择精粗，争分夺秒地读。在硬石岭下生活的十年，是我作为知识发烧友的十年。

我离开这座小山已经有四十多年了，但常常向它回望。而每一次回望，我都会看到它的屹立不倒的头颅，看到山下那个瘦骨嶙峋的自己。我不禁会想，应该用某种方式来报答那段充满饥渴的岁月。

现在，凤凰出版社打算编印一册小书，刊载我在《古典文学知识》上发表过的文章。我不由得想起了硬石岭，也想起两千三百年前“野人献曝”的故事。我于是选用“硬石岭曝言”这个书名，以表达我作为一个老农民，为新一代知识发烧友略效光热的心愿。

目录

我的学术经历

一

我的家乡在江西省鄱阳湖畔。1951 年 7 月，我出生在南昌市的一个小职员家庭。我父亲名叫王铁间，原是赣南山区的农家子弟；我母亲名叫胡慧传，出身于赣北宜丰县的一个大家族。我是家中的长子；由于家境贫寒、弟妹较多，很少接受父母的直接管教。直到 26 岁离开农业劳动进入大学以后，我才知道在乡贤中有陈寅恪、游国恩两位学者，而母亲的伯祖父是编辑《豫章丛书》的胡思敬先生。我很钦敬他们，或许这就是我最初的学术意识。

1979 年，我作为大学二年级学生提前参加研究生入学考试，被复旦大学录取。自此以后，由王运熙老师引导走上了学术道路。那时我的研究方向是中国文学批评史，按导师要求，对《史记》《汉书》《论语》《孟子》《诗经》

《楚辞》《文选》《四库全书总目》等经典著作及其注疏书作了反复阅读。我很崇拜王老师，对他的只言片语铭记不忘。于是在阅读上述作品的过程中，注意加强自己在文史各方面的知识素养，也懂得了客观而完整地掌握历史著作的重要性。这时我也读了许多学术名著，例如清代学者的考据学著作、近代几位史学大师的论文集，以及王师所著的《六朝乐府与民歌》《乐府诗论丛》等。这使我注意到传统文学研究以外的一些学术领域，对王师习惯使用的“读书得间”的方法，或者说重视从历史条件和事物关系方面来研究古代文学艺术的方法，有所领会。我的硕士学位论文《明曲本色论的渊源及其在嘉靖时代的兴起》，即曾尝试在较广阔的历史视野中，联系作家生平及其文学创作实践，来对文学思想之变迁加以考察。

1982 年，在完成硕士阶段的学习之后，我又师从任中敏（半塘）先生，成为扬州师范学院隋唐燕乐歌辞方向的博士生。这三年的经历是刻骨铭心的。一方面因为任师要求严格，另一方面也因为更换了一个专业，必须付出加倍努力：三年的读书量远远超过了原来的想象。那时总是凌晨五时起床，往任师处报到，然后紧张工作到深夜；一年里只有春节那一天可以休息。当然，天道是酬勤的。由于任师以他在“唐艺发微”方面的巨大建树为我的工作提供了资料基础，又以他勇于开拓、勇于批判的宏伟气概鼓舞了我的学术自信，我获得一次超常发挥的机会。从技能

1985年12月，博士学位论文答辩会后同导师任半塘先生合影

培养的角度看，任师注重博大的学术作风迥异于王师注重精审的作风，这也恰好在我身上形成互补。我按照任师的指导及其工作习惯，在撰写博士学位论文《隋唐五代燕乐杂言歌辞研究》之前编辑了一部资料考订性质的作品《隋

唐五代燕乐杂言歌辞集》，借此对隋唐五代音乐文学资料作了一次全面清理；同时也按照王师的习惯和方法，注重运用目录学成果，注重专书研究，比较细致地探讨了清商曲与相和歌的关系、琴曲发展与《胡笳十八拍》之年代的关系、《乐府诗集》的史料来源等问题。总之，幸赖两位好老师的指导，当六年研究生生活结束之时，我毕生的学术事业便有了一个扎实的基础。

二

我的两位老师都强调厚积薄发，反对为发表而写作。遵循师训，我在学习阶段一直注意积累，并无文字见世。1985 年底，成为上海师范大学文学研究所的研究人员以后，我才开始向刊物、出版社投稿。事实上，当学术心得充沛地涌动起来的时候，发表反而成了一件轻松的事情。到 1991 年，我正式发表或已交稿的作品便达到 200 多万字了。这些作品主要涉及中国音乐文学、中古时期中西文化交流、敦煌学等领域。

其中之一是博士学位论文《隋唐五代燕乐杂言歌辞研究》。这篇论文联系汉以来中西文化交流的各种史实，系统论述了中古音乐文化的发展；并且以曲子、大曲、著辞、琴歌、谣歌、讲唱等音乐体裁为单元，根据它们所对应的文化活动和表演形式对各种文学现象作了解释。因此，它有两个价值：一是为中国中古音乐文化提供了一个体系性的说明，二是考察了唐代一些文学新品种、新样式、新风格的产生原理。1986年，北京中华书局接受了这部书稿。

其中之二是《隋唐五代燕乐杂言歌辞集》。这是关于隋唐五代歌唱文学的一部总集，以任师所提供的作品资料为基础，依照《隋唐五代燕乐杂言歌辞研究》的理论设计体例，经反复考订而完成。全书收录采用各种音乐形式表演的歌辞作品五千多首，考察了各篇作品的出处、本事、流传经过和表演方式。为了说明本书的理论依据，我还在《前言》和《后记》中，讨论了"燕乐"的定义和内容、隋唐五代音乐文学的概念体系、燕乐产生的历史过程和曲子繁荣的历史条件等问题。1990年，此书由成都巴蜀书社出版；1991年，它获得了第五届中国图书奖荣誉奖、首届全国古籍评奖二等奖、首届四川省最佳图书奖。

其中之三是《汉唐音乐文化论集》，1989年交稿，1991年由台北学艺出版社出版。此书收录30篇论文，大多是为补充探讨博士论文中的遗留问题而写作的。全书共分六个部分："概论"部分阐述汉唐音乐文化的内容及其演进过程，"乐种研究"部分侧重考察魏晋大曲、唐大曲、琴大曲、敦煌令舞四种事物的内涵和历史成因，"宗教音乐"部分以研究中古呗赞、唱导、佛曲、道曲、道教科仪和敦煌讲唱文学的音曲符号为内容，"文学和文化"部分论证中古文学及其理论同儒家经典、民间游艺、俗文学等事物的关系，“附录”部分则较为宏观地论述了南北音乐文化交流、中国音乐风格的形成等现象。其主要特点是用新颖的资料和思路，讨论了一些争讼已久的学术问题。例如《琴曲歌辞胡笳十八拍新考》一文利用新发现的敦煌资料和几十种琴谱资料，对两个系统的《胡笳》曲作了详细的时代考订，确定旧题蔡文姬的《胡笳十八拍》是南唐时代的作品；《唐代酒令与词》一文则通过阐述唐代曲子辞的阶段性发展，较完善地解决了词和词律起源的问题。后面一篇文章，1994 年获得上海市哲学社会科学优秀成果一等奖。

有人说影视是遗憾的艺术，其实，所谓“发表”也是这样。人的认识是不断发展的，作品一旦问世，遗憾便随之产生。当我发表了关于敦煌舞蹈、唐代酒令词的论文之后，我日益强烈地感到，有必要对这两件相关事物进行统一论述，于是在 1991 年完成了《唐代酒令艺术：关于敦煌舞谱、早期文人词及其文化背景的研究》一书。很多朋友喜欢这本小书，认为它在学术上有三个意义：一、结合隋唐燕乐、妓女艺术、文人唱和风尚、民间嘲诮诗、改令令格等事物，细致描写了词体形成的历史，亦即从燕乐曲子辞到送酒唱和辞再到拥有丰富格律手段的文人酒令辞的发展过程。二、通过分析敦煌舞谱中的各种酒令艺术因素和博戏因素，对舞谱原文作了全面校补和译解，使敦煌舞谱的内容、表演规则和形成原理等问题得到完整而合理的解释。三、选取唐代社会的一个侧面（酒筵）进行研究，描写了中国中古时代社会风尚和文化的变迁；并通过音乐成分变化、妓女身份变化这两条线索，讨论了中西文化交流、南北文化交流、经济文化中心转移等学术问题，为社会风俗史研究提供了一种新的方法。我想，要说我有什么学术贡献的话，最重要的也许就是这三点。1993 年和 1994 年，台北文津出版社和上海知识出版社分别出版了此书的繁体字本和简体字修订本。

三

人是通过工作来认识和塑造自己的。上述作品对于我的意义，事实上，莫过于让我了解了自己的学术个性。我很欣喜地发现，两位老师的学术风格——用传统史学的方法、以翔实的史料为依据、从文化角度研究古代文学艺术现象的风格，在我的工作中得到了继续；我同时也了解了自己的某种长处——努力追寻事物的存在形式同它的历史过程的对应性的求知欲望和学术敏感。解析敦煌舞谱是一个比较典型的例子。我知道，我之所以会那么喜爱自己的职业，原因也是认为自己具有同它相适合的素质。一般来说，一位学者应当能够保持对于特定事物的长时间的思考，能够打破思维习惯而创新自己，能够在充满矛盾的意见或现象中找到潜在的统一逻辑。同时做好这三件事是不容易的，但它们却往往共同构成我的愉悦感的来源。

我很早就在一些文章中表述过自己的方法论思想。1986 年初，我在《戏剧艺术》上发表了自己的第一篇论文:《试论〈资本论〉中关于事物的质的规定方法：兼谈中国文学艺术史上两种体裁的性质的确定》。文中便谈到概念体系对于一个成熟的学科的重要性。中国学术界的许多无结果的争论，虽然大多缘于资料的匮乏和片面，但其中的关键问题，却不妨归诸对话者语义或概念的不确定。关于词的起源和戏剧起源的讨论就是这样。1988 年至 1989 年，我又先后发表了《中国古代文学研究中的失误及其原因》《音乐文献学和中国音乐学的学科建设》等文章，提出一些略具科学倾向的意见，比如说在更宽广的领域中开辟资料库藏，注意研究事物的长时段运动，寻找事物内部逻辑与外部规律在历史上的契合，用新的分析法而非旧的叙事法来组织材料、撰写历史，等等。发表这些意见与其说是为了交流，毋宁说是一种总结。——关于《资本论》的那些想法是从我的学位论文工作中引申出来的，而关于科学性的那些意见则是从包括陈寅恪先生在内的许多当代学者的学术实践中引申出来的；事实上，这些思想也在我的工作中得到了尝试和贯彻。

从 1987 年起，我的兴趣逐渐转向同上古文化有关的一些研究领域。其直接起因是我按学校要求，在课堂上开设了“中国文化史讲座”，不料半年下来，只讲了《原始信仰和中国古神》这一题目。而更本质的原因是：学术是被好奇心所驱动的；人文科学工作者的好奇或求知，说到底是要通过某种研究对象来探究人和人类文化的本性；在事物的发生过程中，这一类本性表现得最为明显。另外，我很想把考古学、民族学、历史学、语言学、科学史的资料及方法结合起来，更新自己的研究经验和学术个性——或者说，让它在更大的范围里得到伸展。于是，在上海古籍出版社出版《原始信仰和中国古神》之后，我便投入了对于四神崇拜之起源和形成的研究。这项已历时六年的工作，意在借助古代青龙、白虎、朱雀、玄武等动物符号的资料，从一个新的角度，对中国早期文学艺术所蕴含的宗教思想和科学思想做出系统说明。

为了四神研究的成功，我做了大量准备工作。先是翻阅了全部所能到手的考古学资料和民族学资料，拍摄了数以千计的图片；后是选取一些专题，从不同角度写了单篇论文。例如，为了了解中原国家建立前后意识形态的转变，以及上古中原文化和南方文化所依据的经济基础的差异，写作了《从生殖崇拜到祖先崇拜：汉文化发生过程中的一个重要环节》(1991)；为了说明四分历之前中国历法的各种阶段形式，进而明确中国早期科学技术的发展特点，写作了《火历论衡》(1991)；为了解释青铜器、帛画、瓦当和汉代画像石中各种鸱龟资料的内涵，亦即古代太阳崇拜和生命崇拜的内涵，写作了《楚宗庙壁画鸱龟曳衔图》

（1993）；为了说明中国上古思维用具象符号来表达抽象思想的特点，亦即说明介于原始信仰和诸子哲学之间的思想阶段及其特殊的符号方式，写作了《论古神话中的黑水、昆仑与蓬莱》（1994）。这些工作不仅意味着学术领域的变换，而且意味着处理资料之方法的更新：后者其实更为重要。由于上古华夏文化同中国周边各民族的文化存在一种对应，由于文学艺术的发展往往是文化传播的果实，由于上古史料同此后各代的史料具有明显区别——在许多重要环节上留有空白，在许多情况下使用神话的叙事方式，我不得不广泛应用了历史比较的方法和符号学的方法。但即使这样，传统史学仍然是我从事各项工作的基础。

四

从1979年算起，我参加学术工作已经有15年了。其中有一大半时间以中国文学与音乐文化的比较研究为中心，又有一小半时间可以归入中国文化的发生与传播研究。我很感谢中国古代文学学科的前辈们，他们教导了我，扶植了我，同时也以无比宽大的胸怀容纳了我那些“离经叛道”的跨学科研究。这几年，我在文学学科申请过几个项目，例如“传播方式和中国诗体的变迁”“汉民族文学艺术与周边文化”“中国原始艺术及其思想研究”等。在这些课题下达的时候，我都有一种感恩的心情。

1993 年 8 月，在西藏安多县拍摄锅庄舞，同藏民合影

现在我已经凭借上述课题费走遍了祖国边疆。在新疆和西藏，有很长时间的逗留。藏北高原上的羌塘文化和帕米尔高原上的波斯文化，曾给予我特别的激动。我还在《对藏族文化起源问题的重新思考》一文中论述过汉藏文化共同体及其后的分化。每当我把学术眼光投向远方，世界万物的无穷无尽的联系，总是会触发我“以有涯随无涯”的感慨。

当然，大自然还将赐予我不止 15 年的工作时间。作为一名研究生导师，我有另一种延续学术生命的方式。我负责的博士学位授权点设在扬州大学中国文化研究所，自王念孙、王引之、阮元、汪中而至任中敏师的文史兼通的朴学传统，曾经在这块土地上孕育。我相信，它将鼓励我把中国文学艺术研究和文化传播研究结合起来，创造更为充实的学术经历。

写于1994年10月15日，原载《古典文学知识》1995年第2期。文中谈到几本关于中国早期文学艺术的书，后来陆续出版了。此即《四神：起源和体系形成》《中国早期思想与符号研究》，上海人民出版社2008年出版；《经典之前的中国智慧》，北京大学出版社2016年出版。

进入学术工作的十条经验

我在四川师大音乐学院向青年教师作过一次演讲，本文是这次演讲的讲稿。我曾多次向中国音乐学院研究生讲授“中国古代音乐文献学”课程，实际上，讲稿就是在这样的课程中形成的。现在，每当新生入学，我也会向文学院的研究生讲解大致相同的内容。之所以反复说这一番“老话”，是因为我觉得老话有“经常”的意义，涉及某种普遍性[1]。何况，这些话是讲自己的经验，向听众提供的与其说是一门知识，不如说是获得知识的方法，因而有其价值。这也就是老话说的“授人以鱼，不如授人以渔”。另外从内容上看，这里讲的是我作为硕士研究生、博士研究生时候的经验，其实也就是讲1980年代初期的研究生

①《玉篇》卷二七《系部》释“经”：“常也，经纬以成缯帛也，法也，义也。”

教育，可以反映某种传统。大家是不是知道，当我们“与时俱进”到21世纪以后，我们也丢失了一些有价值的东西。为此，需要用“反思”的方式——回过头来学习传统的方式——进行总结。总之，今天我讲的是个人的经验，也许有独特性，也许又有片面性，供大家批评、参考。

六年的经历

1994年，我应《古典文学知识》的邀请，写过一篇《我的学术经历》，其中有以下一段话，讲我六年的研究生学习。今天我打算从这段话中概括出进入学术工作的十条经验，逐一作点解释。请大家注意括标阿拉伯数字的那些文句：

1979年，我作为大学二年级的学生提前参加研究生入学考试，被复旦大学录取（1）。从此以后，由王运熙老师引导走上了学术道路。那时我的研究方向是中国文学批评史，按导师要求，对《史记》《汉书》《论语》《孟子》《诗经》《楚辞》《文选》《四库全书总目》等经典著作及其注疏书作了反复阅读（2）（3）。我很崇拜王老师，对他的只言片语铭记不忘。于是在阅读上述作品的过程中，注意加强自己在文史各方面的知识素养，也懂得了客观而完整地掌握历史著作的重要性（4）。这时我也读了许多学术名著，例如清代学者的考据学著作、近代几位史学大师的论文集，以及王师所著的《六朝乐府与民歌》《乐府诗论丛》等，这使我注意到传统文学研究之外的一些学术领域，对王师习惯使用的“读书得间”的方法（5），或者说重视从历史条件和事物联系方面来研究古代文学艺术的方法，有所领会。我的硕士学位论文《明曲本色论的渊源及其在嘉靖时代的兴起》（6），即曾尝试在较广阔的历史视野中，联系作家生平及其文学创作实践，来对文学思想之变迁加以考察。

1982年，在完成硕士阶段的学习之后，我又师从任中敏先生，成为扬州师范学院隋唐燕乐歌辞方向的博士生（8）。这三年的经历是刻骨铭心的。一方面因为任师的要求严格，另一方面也因为更换了一个专业，必须付出加倍努力：三年的读书量远远超过了过去的想象。那时总是凌晨五时起床，往任师处报到，然后紧张工作到深夜；一年里只有春节那一天可以休息。当然，天道是酬勤的。由于任师以他在“唐艺发微”方面的巨大建树为我的工作提供了资料基础，又以他勇于开拓、勇于批判的宏伟气概鼓舞了我的学术自信，我获得了一次超常发挥的机会。从技能培养的角度看，任师注重博大的学术作风迥异于王师注重精审的作风，这也恰好在我身上形成了一种互补（8）。我按照任师的指导及其工作习惯，在撰写博士学位论文《隋唐五代燕乐杂言歌辞研究》之前编辑了一部资料考订性质的作品《隋唐五代燕乐杂言歌辞集》，借此对隋唐五代音乐文学资料作了一次全面清理（9）；同时也按照王师的习惯和方法，注重运用目录学的成果，注重专书研究，比较细致地探讨了清商曲与相和歌的关系、琴曲发展与《胡笳十八拍》之年代的关系、《乐府诗集》的史料来源等问题。总之，幸赖两位好老师的指导，当六年研究生生活结束之时，我毕生的学术事业便有了一个扎实的基础。

现在，我就从那些括标阿拉伯数字的文句中，提出十条经验加以介绍。

一、从事实出发，而非从原则出发

这是第一条经验。

我在家乡读大学（江西师范学院南昌分院）的时候，不知道天高地厚，和其他年轻人一样有一种特殊的冲动——迅速把握知识世界的冲动。好像只有对世界进行比较简便的解释，并且在这种解释中获得某种自信，内心才会平衡。所以，在1977年、1978年，也就是大学一年级，我把朱光潜、宗白华先生翻译的书、编写的书，比如《西方美学史》《美学》《判断力批判》，基本上都读过一遍了；报考研究生的时候，我的愿望是学美学。

但命运有时候是很照顾人的。报考的那年，恰好中国社会科学院不招美学研究生，相近的专业只有两个：复旦大学的“中国古代文学批评史”和另外一所大学的“中国古代文论”。我糊里糊涂就选了复旦大学。现在看来，这个糊涂之选，是我一生中最走运的事情。

为什么这样说呢？因为“中国古代文学批评史”和“中国古代文论”看起来相似，它们的研究对象相同——都是中国古代文学理论；但在实际上，这是两个完全不同的专业，它们在方法上有很大区别。——大家是不是这样认为：专业的区别往往表现为研究方法的区别？复旦大学的中国古代文学批评史专业，是从中国文学史等本土学术中产生的专业，倾向于从中国文学的实际运动出发来观察理论现象，加以研究；而古代文论专业却不大相同。它是在外来因素的推动下产生的，倾向于依靠某种认识框架，直接对古代文学理论进行分析和解释。

关于以上这一区别的来源，说起来话很长。简单说就是：中国古代文学批评史是传统的中国文学研究的分支；而古代文论却不是这样。20 世纪 50 年代，在苏联文艺学的影响下，北京办起了马克思主义文学理论讲习班。中国古代文论这个专业，就是由这个班的学员们在后来创建的。其基本路线便是用“马克思主义文学理论”来解释中国文学批评的资料。如果从方法角度来看这两个专业，那么可以说，中国古代文学批评史是重视归纳的专业，讲究从事实出发来取得理论认识；古代文论是重视演绎的专业，讲究用某种理论框架——比如唯心主义与唯物主义、现实主义与浪漫主义等模式——来解释事实。20世纪50年代有两个比较著名的学术命题，一叫“论从史出”，二叫“以论带史”。两个专业的区别也正好对应于这两个命题的区别。在那个时候，尽管也有人讲“实事求是”，搞“论从史出”，但“以论带史”却是一个更加时髦的潮流。

有一句老话说：“郎怕选错行。”我很庆幸，在二十多岁的时候，没有进入“以论带史”的专业，而走上了一条比较务实的学术道路。为此，我愿意把我的宝贵经验推荐给大家，这经验就是“从事实出发，而非从原则出发”。我的意思是：现在学术界学科林立，但“学科”不等于“科学”。若要对这两者加以判别，那么你就要看，这个学科的理论是不是能够解释经验事实。换一句话说，要看它的方法论：是从事实出发，还是从原则出发。马克思本人就表述过这个意思：科学研究的正确方法是从事实出发，而不是从原则出发。他在《资本论》第二版跋语中说过一段有道理的话：“研究必须充分地占有材料，分析它的各种发展形式，探寻这些形式的内在联系。只有这项工作完成以后，现实的运动才能适当地叙述出来。”

现在的学术界是由各种各样的人组成的。永远都有从原则出发的人；永远都有人喜欢制造缺少真实性的东西，就像制造海市蜃楼。为什么呢？因为海市蜃楼不光美丽，而且制造起来非常容易。因此，制造海市蜃楼的工作很容易诱惑青年人。怎样破除这种诱惑呢？我想，大家不妨观察一下、注意一下两个浅近的事实。第一是注意自己的经验。我们认识事物，是不是从事实开始的？让我们放心的那些认识，是不是和经验相契合的认识？做学问同样如此。那种轻易产生的认识，决不会是真理。第二是注意学术史。20世纪学术史有一个重要贡献，那就是用科学的认识、经分析得来的认识、同经验事实相联系的认识，代替了笼统的认识——例如古典哲学的认识。学术史的这一成绩巩固下来了；事实上，在学术史上，也只有同经验事实相联系的认识才能巩固下来。20世纪80年代，在文学研究界出现过一种新方法的思潮，也就是主张用西方理论来研究中国文学艺术的思潮。这一思潮不像50年代的“以论带史”的思潮那样幸运，没有得到政治的支持，于是在实践中遇到很大阻力。从积极方面看，它被各种传统的方法消化了；从消极方面看，它变形了，可以说基本失败了。这种情况说明什么呢？它说明，只有从事实出发，我们的认识才能接近真理，而这种认识也才有生命力。在学术研究中，当我们遇到困惑而无法抉择的时候，解决问题的最好办法，是去寻找新的事实。尽管归纳与演绎都是思维的方法，都是学术工作的方法，但它们有主次之分。从事实出发的归纳法，通过归纳而获得认识，是进行演绎的基础。

二、读原著

这是第二条经验。

在研究生阶段，按照王运熙老师的要求，我对《史记》《汉书》《论语》《孟子》《诗经》《楚辞》《文选》《四库全书总目》等经典著作及其注疏书作了反复阅读。这样做，最大的收获是熟悉了原著，也懂得了读原著的必要性。与此相联系，我还懂得了学习的方法和道理。我们的必修课有四门：一是中国文学史，二是中国思想史，三是中国历史学，四是文献学。这些课程都是围绕原著展开的。比如，中国文学史课从仔细阅读《诗经》《楚辞》开始；中国思想史课从仔细阅读《论》《孟》《老》《庄》开始；中国历史学课从仔细阅读《史记》《汉书》开始；文献学课从仔细阅读《四库全书总目》开始。这样做，就把现代的教育同传统的国学教育贯通起来了，也避免了在知识传授上支离破碎的毛病。我们学校管理研究生教学的老师，是否也能按这一方式作安排呢？

在以上四门课中，最基础的应当是文献学，因为它实际上是我们这个学科的材料学。所以王老师多次强调了《四库全书总目》的重要性。我在工作中对这一点体会越来越深，因为《四库全书总目》的意义就是可以指导读原著。研究生年轻，脑筋好，只要用心就能学好，这时候更应该读好原著。因为研究生阶段的阅读有决定意义，它达到什么水平，我们这一辈子的知识素养也就达到什么水平。研究生阶段一旦结束，那种纯粹的读书生活就很难得到保证。所以在这个阶段大家一定要努力读书，好好读几部原著。这是治理文史之学最重要的事情。

如果围绕读原著来进行课程考试，那么考试的方式会很不相同，即主要考察对古代经典的熟悉程度。比如我后来给研究生上《史记》课，考试中就有这样一项：找一段原文，翻译成现代白话，看你能不能理解原著；或者反过来，提供一段白话文，让你复原为《史记》原文。很多同学上过这门课，成绩不错，基本上都达到 80 分。这意味着什么呢？意味着大家从四个角度读懂了《史记》。首先是语言学的角度，把《史记》当作古汉语的典范作品来读，读懂了，熟悉了最经典的古文；其次是历史学的角度，把《史记》当作第一部中国通史来读，读懂了，了解了汉以前的中国史；再次是史学史的角度，把《史记》当作第一部纪传体史书来读，通过比较而认识了其它史学体裁，比如编年体、纪事本末体；最后是文学史的角度，把《史记》当作文学叙事法的经典和文学典故的渊薮来读，读熟了，具备了很好的文学基础。大家看看，读原著是不是一件事半功倍的事情？

三、寻找材料、阅读材料、分析材料——关于学术能力的三句话

现在讲第三条经验。

提一个问题：在各位看来，所谓“学术能力”指的是什么？是逻辑能力还是记诵能力？事实上，很多老师对这个问题作了回答。有人认为是记诵能力，所以要求学生背诵原典——有的背诵《史记》，有的背诵《说文解字》，有的背诵《资治通鉴》，有的背诵《十三经》。这样做是有道理的，符合远古时代训练巫师的传统，古代人一直是这样学习的。另外有人认为是分析能力，所以强调思维训练，要求通读西方哲学史。现代学者喜欢这样做。从西方学术的角度看，这样做也是有道理的，因为西方学术面对的古文献不多，思考更加重要。不过王运熙老师认为，进行文史研究，最基本的学术能力却应该是三句话的综合，即找得到材料，读得懂材料，能够分析材料。为什么这样说呢？因为对于文史研究者来说，学术工作就是一个找材料、读材料、分析材料的过程。

以上这三句话，说起来容易，但做起来并不容易。要找材料，就要熟悉中国古代的文献学，包括目录学、版本学、校勘学；要熟悉图书馆，了解资料的有无，以及资料的分布。要读懂材料，就要有尊重古书的态度，同时有读古书的丰富经验，掌握基本的语言学知识，起码认识繁体

字。在这样的基础上，才谈得上分析材料。

正如上面说到的那样，现在人喜欢片面地讲分析材料——只讲分析材料而不讲其它。这样做，就好像在造空中楼阁。这种习惯，在我看来就像造海市蜃楼的习惯一样，出发点是某种浮躁，缺点是不踏实。其实，只有建立在找得到材料、能够阅读材料的基础上，我们的研究才是可靠的。正因为这样，王运熙老师才用刚才讲到的方式来安排中国文学史、中国思想史、中国历史学和中国文献学这四门课程。这四门课程可以归纳为两个类型：中国文献学主要解决找材料的问题；其它课程解决读懂材料的问题，以及分别从文学、史学、哲学角度分析材料的问题。

我们当时的课程结构就是这样的。按现在的研究生管理制度，这样做可能很难了。有关方面今天来一个教材，明天来一个检查，大家学会了应付，却难有时间练习基本功了。

不过，妨碍我们亲近原始资料的因素，却不能只归结为制度，而首先应当归结为思想方法。比如有人认为，我们要培养天才式的青年，也就是培养鲁迅、郭沫若那样的人，所以要重视思想，而不是资料。我看这个观念就有问题。首先，教育必须面向普通人，而不能面向天才。因为“唯上智与下愚不移”，天才是不可能用人工方法制造出来的。其次，即使聪明人，也需要笨功夫，需要基础教育。鲁迅、郭沫若那样的人，同样作了很扎实的基本功训练，比如鲁迅在青年时代抄了大量古碑，整理了《古小说钩沉》等大量古籍。再次，只有联系于经验事实的理论才是有价值的理论，天才的卓越之处正在于他们熟悉资料和事实，使他们成功的路线同样是从资料和事实出发；倘若他们不这样做，他们也会犯错误。所以有句老话说："推动哲学家前进的，决不像他们所想象的那样，只是纯粹的思想力量。"总之，若是不讲找材料、读材料，而只讲思想和分析，那么，培养出来的人其实是一些只会玩弄巫术的人。

四、即类求书，因书究学——完整地掌握历史著作

这是第四条经验。

如果我们给中国传统学术作一个总评，那么，它最重要的方法是什么呢？据我看，就是"即类求书，因书究学"。即类求书指的是以目录学为治学门径。古代目录学讲究分类，用分类的方式来"辨章学术，考镜源流"，也就是通过分辨古书的部类及其源流来说明一门知识的结构。以这种结构为背景，无论是寻找材料还是治理学问，都很方便。这种情况，我想大家是容易明白的。在图书馆里面，书是分类排列的；在商店里面，各类物品也是分类排列的。为什么要这样排列？既是为了方便挑选，也是为了方便比较，可以收到触类旁通之效。在面对资料、面对研究对象的时候，我们同样要有分类的意识。

不过，关于因书究学的道理，一般人却了解不多。因书究学是指通过研究一本书去建立一门学问。这最初是中国经学的特点，也就是把六经作为课本，对它进行解释，并建立解释的系统。后来，因书究学成为中国文献学的主要内容，进而成为国学各部门的常用方法。这是很有道理的。

为什么呢？因为因书究学代表了一种充分尊重原始材料的方法论思想。它认为，对认识的客观性的强调可以落实为对古书的尊重。具体说来，既要注意古代书籍在年代学、史源学上的意义，又要尊重它的完整性，尊重它的内容与形式的关联。20世纪中期以来，中国的研究者是不太在意古书的完整性的。例如《文心雕龙》研究，通常就没有把《文心雕龙》这本书看作一个互相关联的整体，而采用“七宝楼台，眩人眼目，碎拆下来，不成片断”的研究方法——有的人通过它研究创作思维，有的人通过它研究风格，有的人则研究现实主义与浪漫主义的关系，如此等等——通常从现代概念出发，而违反了尊重古籍完整性的原则。当然，也有人不这样做，而是把《文心雕龙》这本书看作一个有机的系统，充分尊重它的形式，尊重由它的篇章结构所包含的信息，进行“因书究学”式的研究。复旦大学主编的《中国文学批评史》就是这样。

孙晓晖博士《两唐书乐志研究》出版的时候，我写了一篇序文，其中讲了一个考古学家的故事。我说，现代意义上的考古学，在中国的历史并不长，充其量不到一百年；在此之前，另一种考古学家早就活跃在历史舞台上了。这种考古学家是一些暴发户。他们一手拿着铁钎（考古学的名称叫“探铲”），一手拿着竹竿，每发现一个古墓，就用铁钎打出孔道，然后顺着竹竿滑入墓穴，迅速取走一切可以取走的东西。这让现代考古学家总是觉得沮丧，因为在他们到达现场之前，好东西都已经捞完了。这种古代考古学家是以“挖宝”为目的的，他们造成了一批被称作“存世文物”的可怜的宝贝。这些宝贝可以像艺术品那样供鉴赏，供摆设，供拍卖，却不方便用作历史研究的资料，因为宝物身上的年代信息、地理信息都被破坏了。可见挖宝纵然痛快，却很糟蹋学术。现代考古学家与此不同。他们讲究发掘工作的科学规范，讲究按单元全面地揭露遗址，注意地层，注意遗物的位置、布局及其变迁，还注意对遗物作类型学研究。他们的目的是尽可能完整地保存遗址和遗物的历史信息，以全面再现人类历史的真相。在他们看来，前一种考古学家只能算是“盗墓贼”。实际上，所谓“因书究学”，它的思想是和现代考古学的思想相通的，它的目的也是尽可能多地保存古文献的历史信息。

举个例子，当我们研究中国史学的时候，我们不可避免地要研究史学体裁的形成。比如《史记》，从组成部分看，它先是“本纪”，其次是“表”，再次是“书”，再次是“世家”，再次是“列传”。《史记》为什么会形成这样一个结构？其历史文化原因是什么？《史记》体裁为何会影响到其它史书，以至于形成一个“正史”系列？这些问题是中国史学史的重要问题。同样，每一部古代典籍，其结构本身也是有意义的，不能在研究中忽略。王运熙老师在年

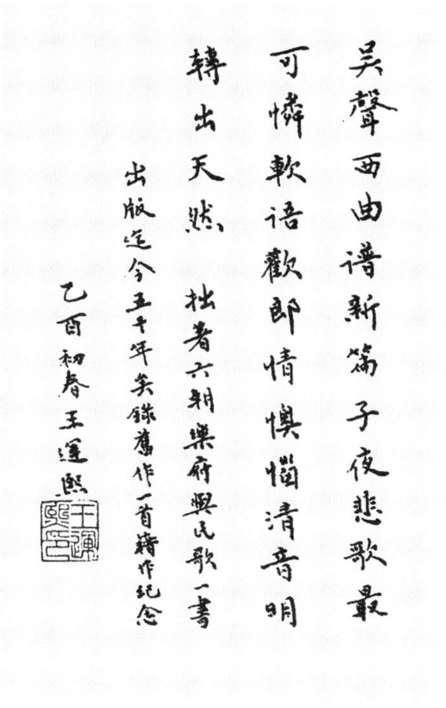

王运熙教授手迹：纪念《六朝乐府与民歌》出版五十周年

轻时候写过一本很出色的书——《六朝乐府与民歌》。它实际上就是对《乐府诗集·清商曲辞》八卷的研究成果，是采用“即类求书，因书究学”的方式完成的。王老师写过一篇《研究乐府诗的一些情况和体会》，附录在《乐府诗述论》一书当中，介绍他的研究心得。他说到这样几点：第一，学术上的进步“首先得归功于懂得一点目录学”；

第二，“要把力量集中在主要的资料上”，比如“仔细阅读《乐府诗集》中的清商曲辞”；第三，“要理解乐府诗，必须懂得乐府诗的体例”。这些说法，合起来就是“即类求书，因书究学”。

五、读书得间——两种比较：同背景比，同相近事物比

这是第五条经验。

在座各位是不是知道“读书得间”这个词？回想起来，这个词大概是在1980年代初流行的。那时上海古籍出版社为陈寅恪先生编辑出版了一套论文集。大家谈到陈寅恪治学特点的时候，喜欢用“读书得间”这句话，意思是说他能够从一本书的字里行间读出旁人认识不到的意义。这话和“读常见书”的说法有关。陈寅恪先生就是主张读常见书的。“读常见书”的说法流行于20世纪前期。那时出版印刷事业大大发展，普通图书不足为奇了，稀见书被人视为珍宝，于是造成一种倾向——以稀见书自炫的倾向。正是针对这种倾向，学者们提出读常见书的主张。比如钱穆说：书要看第一流的，一遍一遍读；与其十本书读一遍，不如一本书读十遍。陈寅恪说：中国书虽然多，但值得读的不过几十种，其他无非是抄来抄去。按照这种观点，书读得好不好，就要看你能不能读出深刻的心得，是

不是能够“得间”。

对于现在的文史研究者来说，是不是应该提倡“读书得间”呢？我认为应该提倡。这一方面是提倡一种学习策略：读常见的书，也就是读古代知识分子反复阅读的书。这些书是其它各种书的基础，代表了民族文化的重要积累，当然是我们阅读的重要对象。另一方面，它也是提倡一种学习方法：要从常见书中看出常人看不到的东西。只要这些东西能够被证明是真理，那么，我们就对知识有所贡献，建立了实在的学问。

从学习方法的角度看，如何才能“读书得间”，就是一个值得思考的问题了。我对这个问题的回答是：“得间”的要点，是要学会在比较中读书。“比较”的要点则有两方面：一方面要注意同背景比，另一方面要注意同相近的事物比。为什么这样说呢？这是因为，上述两种比较是人类认识事物的一般规律。比如，我们之所以能看清对面的人，是因为那人的身体同背后的景色有反差。又比如有句老话说：“有比较才能有鉴别。”意思是说要把相近的事物进行比较，从比较中得出认识。总之，我们是在比较中看清楚事物的。陈寅恪读书也是这样，读一本书的时候，他总是要去找很多相关联的材料——背景材料和类似的材料——进行比较，先是反反复复地写眉批，然后把眉批写成书。《元白诗笺证稿》就是这种采用眉批或注解的方式完成的书。看看其中的内容，我们就可以归纳出“读书得间”的要点：其一，是和背景材料作比较；其二，是和相类似的材料作比较。

中国另外有一句老话，叫做“不动笔墨不读书”。这句话是什么意思呢？它是说，在读书的时候要点句逗，要校勘，要写眉批，这样才能读懂。这不同于现在人的读书，只是在书上划很多平直的或波浪的下划线。这种下划线，只代表你对书中的内容被动地接受了；而前者那种点、校、批，则是主动地寻求理解。由此看来，“读书得间”既是一种读书的方法，也是一种文献学的方法，因为在读书过程中要运用版本学、校勘学的手段。一旦了解了古人的读书习惯，我们就知道，中国的版本学、校勘学等等，也是在读书过程中产生的。——古人的习惯是：每当他得到一部好书，就要去寻找最善之本，来校勘它、补正它，使它成为真正的善本。这种做法正是“再造善本”。这和现在中国国家图书馆的“再造善本”工程不太一样。现在的方式是影印古书，是一种工艺行为；古代的方式则是通过校勘来追求古本，把较晚的版本恢复成最早的版本，是一种学术行为。

除掉以上所说的那些意义之外，“读书得间”还有一个意义，也就是把读书上升到游戏的境界。实际上，所谓学术，也就是进入游戏境界的读书——通过读书来发展自己追求真知的本性，完善自己。不知道在座各位是不是同意我的看法。我想，对于古代人来说，这种看法是很容易理解的；也就是说，会有很多人把学术看成是一种游戏、竞技和自我完善。比如古代学者讲究“以不知一事为耻”，认为“古之学者为己，今之学者为人”，前一句话有竞技的意思，后一句话则是讲读书以完善自己为目的。陈寅恪也有这种心态。他说：“不为无益之事，何以遣有涯之生。”意思是说：一个人不做无用的事，怎么去打发自己的一生呢？这说的就是学术的非功利性，也就是游戏性。陈寅恪这句话，人们一般认为他想表明某种谦虚，但在我看来却不是这样——实际上表明了一种自信。因为以自己的一生来做“无益之事”，这是一种高超的境界，需要很高的能力。大家是不是比较过大学和中专的区别？是不是知道，中专教的是手艺，是明显有用的知识和技能；而大学教基本理论，教不那么有用的知识？如果再把大学部和研究生部作一比较，这区别就更明显了。总之，有用的知识是有限的，而未知（包括未知其用）才是无限的。我们读书，越读到后来，就越需要探索，学到的东西就越是无用了。从这个角度看，所谓“无益之事”，也就是超越现实之事，庸人是不懂得它的高妙的。

在我们生活的环境中，明白以上这个道理的人不太多；但在其它地方却不是这样。我在韩国教书的时候，曾经让汉阳大学中文系的学生讨论什么是“学术”。一个同学说：“学术就是研究地学习。”说的对吗？对，说到学术在方法上的特点。第二个同学说：“学术就是对事情问一

2007 年春，在首尔奎章阁调查古籍

个为什么。”说的对吗？也对，说到学术的求知本质。到第三个同学，这说法就不同了。他说：“学术就是研究没有用的知识。”这话说的对吗？我认为，说得更加透彻。高超的学术是自由王国的活动：看起来是研究宝塔尖里的事情，其实是在思想认识上实现不断的超越。怎么能够拿有用、无用来限制它呢？真正的学者自然懂得这一道理，不去追求有用于世；相反，他们愿意为兴趣而工作，愿意在无益之事上消耗自己的一生，同时也借这种无益之事检验自己的水平。陈寅恪晚年的时候，双目失明，这时他却写了一部考据性的著作《柳如是别传》。这事引起了很多争议。有些学术官员批评他说：你有这么大的本事，怎么为一个妓女作传呢？怎么不去写一本中国通史呢？甚至有人说：你这种学问，同现实斗争有什么关系呢？这些批评是很可笑的，完全不知道搞政治同搞学问的区别，甚至不知道学术起码要“面向世界，面向未来”。而在我看来，这本书其实是“读书得间”的一次实践。除了“借他人之酒杯，浇自己之块垒”之外，写这本书还有两层意思：一是要表明考据学的力量，它能够超越双目失明的限制，而达到如此精密的程度；二是要从汗牛充栋的典籍里，从文字的缝隙当中，找出一个卑微而伟大的人生。我相信，这书是会作为20世纪的思想财富流传下去的。

六、小题大做

这是第六条经验。

许多好学者都有小题大做的经验，这一经验甚至上升成了研究工作的策略和原则。讲小题大做，其实质是讲透彻地解决问题；其相反一面则是大题小做，讲宏观。当然，做学问既要有显微镜又要有望远镜，也就是说，既需要微观地看问题的人，也需要宏观地看问题的人。不过，我们日常的研究工作，主要任务还是解决问题。那么，能不能深入地解决问题呢？这往往取决于我们的研究方法——是小题大做，还是大题小做。

关于小题大做，有一个常见的误解，也就是认为它在视野上过于狭窄。是这样吗？其实不是这样。打一个比方，人们灌溉农田，需要引水，常见的办法是开渠；但还有一种方法，也就是打井。把井打到十米深，也许方圆一百米的地下水就流过来了；若打到二十米深，那么，流过来的水可能就是方圆几公里。这就是说，深和广是不冲突的，博大和精深往往可以兼容。这也就是我理解的做学问的诀窍。按学术界的通常表述是“掘井式的研究”，按我的经验是通过深度可以追求广度。尽管不采用这种“掘井”方法也可以成功，比如梁启超；但历史地看，能够更久远地留下来的学术成果，还是通过“掘井式研究”获得的成果。各个领域的真正的专家，都是喜欢作“掘井式研究”的人。

我的硕士学位论文题为《明曲本色论的渊源及其在嘉靖时代的兴起》。它就属于小题大做式的研究。我是在1979年夏天开始攻读研究生的。前面说过，按老师的要求，一进校就阅读《史记》《汉书》《诗经》《楚辞》《四库全书总目》。接下来几个学期也是阅读原著，只不过换成了《昭明文选》《乐府诗集》《文心雕龙》，或者唐宋时代、明清时代的总集和别集。读到三年级第一学期期中的时候，眼看其它专业的同学都在写学位论文了，我不由得着急起来；但王老师提也不提论文选题一类事情。有一天（大概是1981年11月），我觉得不能再等，便利用师生见面的机会，硬着头皮问：“我们是不是要考虑写硕士学位论文？”

王老师的回答很干脆："要写。"不过他指导选题的方式是让我回忆近几年来的读书收获。我在阅读宋代文学书的时候，曾经注意到词家讲"本色"的现象；在阅读明代文学书的时候，又注意到曲家讲"本色"的现象；我并且研究过这两件事的关联。考虑到"本色论"是我近几年阅读中比较有体会的问题，我于是就在王老师的指导下，选择词曲本色论作为学位论文研究的方向了。

为什么说是"方向"，而不说是"题目"呢？这是因为，我一直到这个学期结束，才把题目确定下来。起初是发现词本色论和曲本色论的材料很丰富，若自由发展的话，学位论文将写成《中国文学中的本色论研究》。这样写未尝不可，但词和曲两方面都不可能深入。我于是在这个大题目上砍了一刀，砍去了词本色论部分，打算重点研究戏曲的本色理论。但一旦这样做，我又发现问题仍然太复杂，因为不同时代的戏曲本色论各有自己的文化背景和内涵。为此，我在自己所积累的资料中找到两个最有发掘价值的问题：一是戏曲本色论性质如何？它同词本色论有什么关联？二是戏曲本色论为何在嘉靖时代兴起？找到这样两个问题以后，我又在论文题目上砍了一刀，砍去万历以后部分，决定重点研究嘉靖时代的戏曲本色论——其实是嘉靖朝最后十年中的本色理论。表面上看，我的硕士论文选题的过程，是题目不断改小的过程；但在实际上，它是认识不断深入的过程。因为，只有把题目改得足够小，我们才可能立体地观察事物，才可能“尝试在较广阔的历史视野中，联系作家生平及其文学创作实践，来对文学思想之变迁加以考察”。按老子的说法，这叫“损之又损”。

从硕士学位论文选题这件事中，其实可以得出两条经验：一是要讲“厚积薄发”。研究生学习，最重要的事情是“学”，是打基础，决不能人为地揠苗助长。那种违背事物成长的规律，盲目提倡“早出人才”“快出人才”的做法，既危害科学，也贻误青年。二是要讲“小题大做”。在我看来，研究生论文选题，无论如何都不嫌小，就怕大。大家或许都认识陈铭道教授——他既是中国音乐学院的教授，又是成都人——那么，知道他是怎样选择论文题目的吗？他的硕士学位论文题目是：《川剧高腔帮腔中的语气词拖腔研究》。他通过语气词拖腔来研究帮腔，通过帮腔把川剧高腔最重要的特点说清楚了，说深刻了。这就是一个极小也极好的题目。

七、看起来难的事情容易做

这是第七条经验。

1982 年，我在完成硕士课程以后，报考了任半塘先生的博士研究生。为什么选任先生呢？原因是：我在写硕士学位论文的时候读了他的书，非常敬佩，也很惊奇——在扬州那样一个不通火车、不通飞机的小地方，怎么会有这样的大学者？有这样鲜明的学术个性呢？当时《光明日报》刊登了一条消息，说他要招收“隋唐燕乐”专业的博士生。我一看到消息就决心报考了。不过，等到复习迎考的时候，我才发现自己有点鲁莽：隋唐燕乐是一个我根本不懂的专业。甚至可以说，什么叫作“燕乐”，我也不明白。不过我也知道，中国各高校都不存在“隋唐燕乐”这个专业；其他候选人和我一样，都没有在这个领域作过研究；如果报考，那么，大家都面临专业转换的问题。这样一想，我就不怕从零开始作准备了。事实上，在报考硕士研究生的时候，我已经遇到过相似的问题，也就是要报考一个陌生的专业。那时我的想法是“临阵磨枪，不快也亮”。事实证明我的想法是有道理的。这一次，我有更大的信心，我的想法于是上升成为“知难而进”。其中的道理是：看起来难的事情其实容易做。因为这种事情难在表面，难在开头，不用害怕。我们把最大的困难克服了，接下来不就容易了吗？而且，害怕困难是人的天性。如果难的事情大家都不敢去做，而你去做了，那么，你不就成功了吗？

在攻读博士学位的三年里面，我做了很多过去没想到或不敢想的事情。三年的容量，可能相当于通常情况下的五年到十年。除博士学位论文以外，我编定了 120 万字的资料书——《隋唐五代燕乐杂言歌辞集》。博士论文也使许多问题得到了基本解决，例如唐代音乐文学体裁分类的问题，大曲各类型之起源的问题，词如何产生和演变的问题，敦煌舞谱释读的问题，《胡笳十八拍》的创作年代问题，等等。所以我说："由于任师以他在'唐艺发微'方面的巨大建树为我的工作提供了资料基础，又以他勇于开拓、勇于批判的宏伟气概鼓舞了我的学术自信，我获得了一次超常发挥的机会。"所谓"超常发挥"，其实是指一种人生的高峰体验——一个人忽然发现自己成了新人，远超过以前的想象。这种体验是很难得，很珍贵的。正是它进一步鼓励我去知难而进。因此，我很乐意向各位推荐这一经验。说朴素一点，这经验就是"看起来难的事情容易做"。

1996 年 8 月，探望病中的黄翔鹏先生

1985 年 5 月，我在福建泉州遇到一些音乐学界的专家。在他们帮助下，制订了一个系统学习民族音乐的计划。当时的打算是：用一年时间在西安学习吹拉弹打；用一年时间去新疆做田野调查；再用一年时间去北京进行系统的理论学习。于是，从扬州师范学院毕业以后，我立即坐上火车，到了中国艺术研究院中国音乐研究所，向黄翔鹏先生提出了攻读音乐学博士学位或硕士学位的要求。但由于种种原因，这些计划和愿望最终都没有实现。不过，它们却持续地影响了我的学术发展，让我成为这样一个人——和中国音乐学界联系最紧密的外行学人。这仍然是有意义的。可以说，如果我没有知难而进的精神，如果没有“看起来难的事情容易做”的认识，那么，我就不会和中国音乐学以及其它学科结缘，也不会有那些关于超越的体会。

八、天子狩猎和大禹治水

我经过王运熙、任半塘两位名师的指导，有一个重要收获是：了解了他们的学术风格。如何描写这两种风格呢？我觉得，可以采用“天子狩猎”“大禹治水”这两个词语。用“天子狩猎”一词，可以概括王运熙先生的学术风格；用“大禹治水”一词，则可以概括任半塘先生的学术风格。

“天子狩猎”一词是我和同门学友曹旭通过讨论提出

来的。它描写了一种有计划地选择范围，但自然地捕获猎物的活动。王老师的学术工作就是这样：第一，他总是依靠目录书的指引，选择阅读范围；第二，他随后仔细阅读这个范围中的书籍，边读边作索引；第三，到了某个定量，从阅读和书籍索引当中产生研究的方向和题目，他再做研究。王老师对六朝乐府民歌的研究，就是一个典型的事例。他编写的《汉魏六朝乐府诗研究书目提要》一文，展现了他所采用的“天子狩猎”的方法。

20 世纪的新史学有一个观点，要注意研究长时段的事物，注意研究在历史上重复出现的事物。这意味着，做学问有一个诀窍：可以特别关注历史资料中重复出现的事情。这是因为，凡是这种重复，一定有特殊的原因；只要把这个原因找到了，那么，你就发现了新的知识。这个道理很简单，但一般学者却不这样做，他们总是追逐热点。追逐热点的人，往往是缺少自主性的人，因为热点是众人造成的，追逐热点意味着从俗。至少从解决问题的角度看，追逐热点没有太大意义，因为，若要自己发现问题，那么，自己就要变成一个首创者，而不是附和者。各位是不是知道“君子之德风，小人之德草”这句话？这话见于《论语》，是孔子的话，意思是说：道德高尚的人像风一样，可以改变草的方向；道德不高尚的人像草一样，只能被风吹倒。一个研究者，当然应该有风的品质。为此，我建议大家采用我刚才提出的方法——注意研究长时段事物和在历史上重复出现之事物的方法，用来代替从俗的方法。所谓“天子狩猎”，正是对前一种方法的概括。通过王老师的著作，我们可以了解这一方法的优点。王老师不常写书，而重视写作论文，每篇论文都能解决一个具体问题。等论文积累多了，编成论文集，我们就看到，他在学术上的发现仍然形成一个系统。由此可见，“天子狩猎”是一种符合认识规律的学术方法。

同“天子狩猎”相比，“大禹治水”更富于计划性，同时也比较富于主观色彩。它的基本涵义是：设定一个研究范围，然后作穷尽式的研究——既穷尽这一范围中的问题，也穷尽这一范围中的资料。任半塘先生的散曲研究、唐代文艺研究，都具有这种“大禹治水”的特点。1950年代，任先生居住在成都水井坊，住在一个四方形的大院当中。大院很吵闹，他就建立了早睡早起的生活方式。每天早上，他背上一个背篓去图书馆，背篓中有热水瓶，有午饭，也有许多旧日历纸。他依靠这个背篓在图书馆读一整天书，随时把有关资料抄在用旧日历纸做成的小卡片上。到第二天，他利用早上安静的时间来整理这些资料，把日历纸贴上一本用旧报纸订成的大厚本。大厚本的页边上事先就用毛笔写好了章节名，比如“第一章　范围与定义”“第二章　构成条件”“第三章　形式”等字样。这样一来，他一旦把图书馆里的书读完，也就完成了著作的雏形——不仅做完了资料分类工作，而且大致确定了一本书的篇章结构。他于是以大厚本为草稿，一口气就写完一本大书。这就是“大禹治水”法的具体操作方式。

可以说，“大禹治水”是一种富于个性的方法，对其他人并不适用。为什么这样说呢？原因是，它要求在整个工作过程中有一个相对稳定的计划。这不太符合学术的本性。因为学术本来就意味着不断发现，不断改变自己，其过程因而是不断推翻原定计划的过程。但任先生有两个优秀的学术品质，使这一方法获得了成功。其一，他有很好的学术直觉，他通过长年积累，早就确立了立体地观察文学事物的习惯；其二，他有“竭泽而渔”的思想准备，这种工作重在进行资料梳理，而不是观点论证——或者说，是把观点体现在资料排比当中。四川教育学院龙晦教授告诉我：任先生在图书馆看书，是把古书一架一架全部看完的。因此，当他完成《优语集》这本书的时候，曾经自负地宣告：如果有人能在书中找出一条失收的资料，那么，他就赠送壹圆大洋。从这件事可以知道，所谓“大禹治水”，其实是一种全面占有资料的整体研究。

九、资料与理论并举

我在写作博士学位论文《隋唐五代燕乐杂言歌辞研究》之时，借助任半塘先生提供的资料，编完了《隋唐五代燕乐杂言歌辞集》。这是按照导师要求，作为论文准备而编辑的一部资料考订性质的作品。由于它和博士论文构成相辅相成的关系，既具有理论先进性，又具有资料的坚实性，也因为它代表两代人的合作，所以，这部《隋唐五代燕乐杂言歌辞集》获得了很多奖励，包括中国图书奖的荣誉奖、全国优秀古籍二等奖等等。可以说，它的成功意味着一种学术方法的成功。这种学术方法就是资料与理论并举。

“大禹治水”的方法，其特点就是资料与理论并举。任先生每做一项研究，都是从资料搜集和整理入手的。比如在写作《敦煌曲初探》之前，先编纂《敦煌曲校录》；在写作《唐戏弄》之前，先编纂《教坊记笺订》和《优语集》。事实上，《敦煌曲初探》不过是对《敦煌曲校录》的理论总结，因为《初探》讨论的所有问题，都是在《校录》工作中提出来的。

资料与理论并举，这也是我向学生传授的最重要的方法。我在指导博士生的时候，通常会设计一项合作工作，即资料工作。做完这项工作，就放手让学生独立写作学位论文。比如，我和博士生马银琴合作编写了《诗三百年表》，马银琴则独立写作了《西周诗史》（后来扩充为《两周诗史》）；我又和博士生周广荣、何剑平合作编写了《汉文佛经中的音乐史料》，周、何两位则分别写作了《梵语〈悉谈章〉在中国的传播和影响》《敦煌维摩诘文学研究》。这些论文都具有资料翔实、思路新颖的特点。它们证明：

资料与理论并举是行之有效的好方法。

资料与理论并举，事实上还意味着一种工作秩序。我们在进行一项研究的时候，如何开头，通常有两个选择：其一是考察学术史，也就是先了解前人的研究成果；其二是阅读原始资料，也就是考察对象。前一种做法自然是必要的，因为任何研究都要从前人的基础上做起，都要有学术史的基础；但在实践中，我通常偏向于后者。我的做法是：先粗略了解前人的研究，主要了解他们所掌握的资料，然后马上进入对原始资料的阅读。一直到完成了作品初稿之后，我才重新阅读别人的成果。这样做的好处是可以致力于阅读、分析原始材料，避免在阅读论文方面浪费时间。这不仅因为原始材料永远高于他人的学术成果，而且因为相当一部分论文是“抄来抄去”的。这个道理大家都理解：写作之前，如果把别人的成果都看完看透了，可能就会像鲁迅所说的那样，让别人的思想在自己的大脑中跑马了。

十、做减法

这是第十条经验。

有一句话说：“发展是硬道理。”这话很对。我理解其中包含这样一个意思：在生活中，人们都会喜欢做加法，而不喜欢做减法。做加法是人的天性。

但是，有一件事，却让我懂得了做减法的必要性。

在读大学之前，我在农村劳动了十年，是在江西省贵溪县——在龙虎山北边不远——的一个农场种梨树。我们种的是出口的梨树，要求很高，比种水稻田还累，因为一年四季都有事情，只有农忙，没有农闲。不过，这农活项目不多，除收摘果实之外，无非是四件事：春天疏果，夏天施肥，秋天喷药除虫，冬天剪枝。值得注意的是：在这四件事情中，只有施肥是做加法，其他都是做减法。比如疏果，是要把所有果台上的多余果子都摘掉，每个果台最多只留下一个果。而在剪枝的时候，每根枝条上都要过刀，留下向外发展的树芽，让整棵树保持一个疏朗的形状。特别重要的是，剪枝时要把多余的树干锯掉，每一棵树只留下一根中央树干。为什么要这样做呢？通俗的说法是“删繁就简”。不过，当我们把这些事情做完以后，我们的果树便的的确确不同于野生的果树了。

野生的果树有什么特点呢？第一个特点是高大；第二个特点是丰满；第三个特点是果实繁茂。如果碰到一个外行，那么他一定会说：“这真是一棵好树。”但是懂行的人知道，这种果树徒有其表。树上的果子像是满天星斗，虽然多，但没有一个可以食用。这正好和我们的果树形成了对比。我们的果树不张扬，精干，年年结果子，而且结下的果实饱满甜美。这就像是训练有素的学者。而野生的果树呢？就像是另外一种人了。

我的意思是：做学问和种果树一样，也有做加法和做减法的问题。人们大多知道做加法，总是片面强调早出成果、快出成果、多出成果，总是追求眼球效应，于是造成了学术上的浮躁。但真正的学者却不是这样。他们不抢眼，愿意潜心研究；虽然默默无闻，但学术却主要是靠这些人推动的。同样的道理也可以用在研究生教学方面。可以这样认为：一个好的老师，他的主要职责，应当是给学生做减法而不是做加法。道理就是前面说过的：每个学生都有发展的天性，越是聪明的学生越是具有发展的生命力。但正因为这样，越是聪明的学生就越是需要管理，需要一个好的“树型”。不同的老师教学风格不同，有的宽松，有的严格。经验证明，宽松的老师可以让一部分好学生继续发展；但只有严格的老师，才能让所有愿意学习的学生都有一个脱胎换骨的变化，因为每一个学生都是需要规范的。

今天，我在这里宣传做减法，主要目的是鼓励同学们自我剪裁，主动去尝受学术的甜头，也尝受学术的苦头。事实上，每一个成熟的学者，都尝受过苦头，甚至经受过失败。我们从事的是科学的事业，怎么可能只有成功而没有失败呢？何况学术的本来目的未必就是追求成功，它也可以当作人生经历来实现其意义。从这个角度看，通过某种成功、某种进步而习得学术规范，或者通过某种失败、某种退步而习得学术规范，这两者，对于我们都是很好的事情。为此，我愿意这样来概括我的经验：不管什么样的学生，都要注意在成长过程中做减法，剪裁自己，而防止自我膨胀。因为一味讲自由生长，一味追求膨胀，势必违反规范，也违反规律。而没有规范就不能进行学术对话，不遵循规律就会造成学术上的浪费。总之一句话，只有注意做减法，才能保证学术发展的质量。

结语

以上十条，主要是我在攻读两个学位过程中的经验。这个过程，也就是我开始掌握古典文献学的过程。所以我把它们作为进入学术工作的必要准备介绍给大家。这样做也意味着，在我看来，古典文献学不仅是一门知识，不仅是文史各学科的基本技术；而且，它是一种思维方式，是我们民族的优秀的学术传统。要掌握文献学，首先要掌握这个思维方式，掌握这个学术传统。以上十条，大概可以代表它的要点。现在，让我们再把这些要点复习一下：

（一）学术工作的基本原则是从事实出发，包括从文献对事实的记录出发。

（二）文史学者必然要面对古代史料，因此，其基本功是读熟若干种古籍。

（三）学术工作就是寻找、阅读、分析材料的过程，只有学好文献学才能具备独立研究的能力。

（四）中国传统学术重视文献学的运用，其基本方法是即类求书，因书究学。

（五）做到“读书得间”的诀窍是在比较中认识资料，首先同背景资料比，其次同相近资料比。

（六）“博大精深”四个字，关键是“深”。小题大做和做减法，是取得学术深度的重要途径。

如果大家记不住十条的话，也可以记住以上六条。至少要记住两条：一条是从事实出发；另一条是学会做减法，注意小题大做。为什么强调这两条呢？因为这两条可以节制不合理的欲望，也可以改变不合理的习惯。年轻人总是想方便简捷地驾驭世界，但慢慢会发现，这个世界远比我们想象的要复杂，只有具体细微的认识才能成为坚实的认识。另外，认识的过程就像登山的过程，每一步都要踩稳，一蹴而就的想法只会导致摔跤。从这个角度看，文献学是一个绿色学问，它可以保证我们持续地、健康地发展。四川师范大学素有重视基础训练、重视文献学或材料学的传统，有中国古代文学、古典文献学这两个积累深厚的专业。我的以上认识，正是和这种传统、这种积累一致的。

写作于 2011 年前后，原载《古典文学知识》2014 年第 1-3 期。

任半塘先生指导我读书

一、开头

从 1983 年初到 1985 年末，我作为扬州师范学院的博士生，和任半塘先生朝夕相处了三年。任先生是一个有个性的人，充满智慧；生活中的点点滴滴，都值得记录。所以，很久以前，我就想写一篇文章来介绍他。1992 年 3 月，任先生去世不久，饶宗颐先生寄给我一首悼词《水调歌头》，促使我把文章写了出来。但很可惜，文章寄给《文汇报》以后，便石沉大海；而我也没有留下底稿。每想到这件事，我便觉得懊悔，觉得自己太轻率，对不起任先生和饶先生。

那么，我为什么没有在后来补写一篇回忆文章呢？除以上这件令人扫兴的事情以外，可能还缘于任先生对我的影响。在和任先生相处的那三年，他一直同我谈论未来，

1983 年 5 月，在任半塘先生书房

而很少回忆以往。他一直觉得自己是战士，重任在肩，无暇回望，也无暇耽于风雅。那时，我很想得到他的一幅墨宝，甚至准备了一句话，想请求他书写。这句话出自关汉卿，说："我是个蒸不烂、煮不熟、捶不匾、炒不爆、响当当一粒铜豌豆。"这是多么好的一句话呀，简直是任先生的写照（任先生曾经说"我也是一颗铜豌豆"）；但我最终未敢启齿。因为任先生对我说过：他的字是用来战斗的，而不是供人欣赏把玩的。那三年，每天早晨五点钟，我要陪任先生散步。当我们走到大操场的时候，他会停下来，肃立，向操场中央的旗杆久久注目，仿佛回到了战争年代。我经常为此而感动。接受熏陶感染，我不免也养成了大步行走而不停顿、也不回顾的习惯。

所以，今天，我向大家介绍的，主要是任先生作为“战士”的一面，或者说具体一点——任先生作为博士生导师，履行工作职责的一面。

二、任先生对我的指导

1983 年 2 月 26 日，过完春节，我来到扬州师范学院，开始博士生生活。这一天是周六，晴天，农历正月十一。

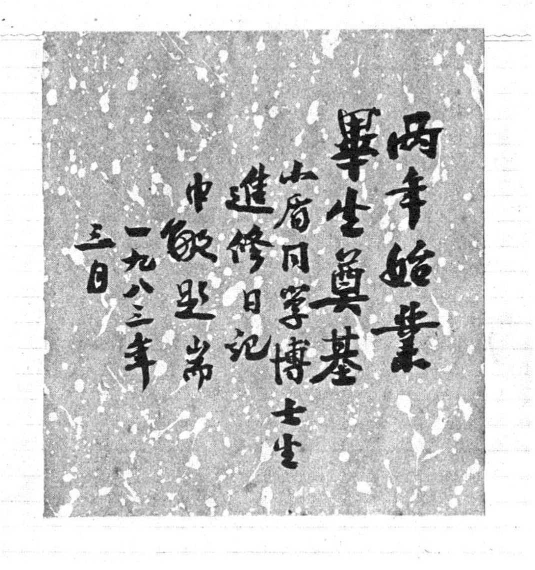

任先生题词

我在下午五时拜见任先生，奉命共进晚餐。我的学习日记便从这一天开始。日记本扉页上有任先生用墨笔题写的几行字："两年始业，毕生奠基。小盾同学博士生进修日记。中敏题耑。一九八三年三月。"日记本中由我书写的文字则用红笔。这说明，我是应任先生的要求来记日记的。任先生喜欢红色，总是用红笔书写各种表警示的辞句。

从学习日记看，任先生对我的入学作了充分准备，因此，在第一周就布置了一系列学习任务。比如在入学第二天，2 月 27 日，他要求我阅读《唐声诗》，从《平议》一章读起。入学第三天，2 月 28 日，他早晨六点多召见我，向我交代了"隋代歌辞资料""隋唐五代杂言歌辞数量分类统计表"等一批关于隋代音乐文学的资料。3 月 1 日和 2 日，即入学第四天、第五天，他又交给我《隋唐五代杂言歌辞》等一批资料，并建议我用敦煌曲子辞来笺注所谓"唐李靖"的五百首《望江南》。现在回想起来，这些安排都有很深的用意。

首先，任先生是用这种方式提示我：要抓紧时间，养成紧张读书的习惯。三年里，任先生对我提出好几项要求，第一项是"每年至少工作三百六十天，每天至少工作十二小时"；第二项是在两年之内写完论文，结束学业。我理解并接受了这些要求。因为他本人就是用小跑的步伐度过一生的，我必须适应他的生活节奏。另外，他已经 87 岁了，生命留给他的时间并不确定，所以他有强烈的紧迫感。

实际上，他让我每天早晨陪他散步，也出于这种紧迫感。他的本意是：每天给我一次鞭策，使我不至于成为宰予。

其次，他用这种方式提示我：要学会开创，树立问题意识和批判意识。他让我读的《唐声诗·平议》一章，正是充满批判精神的一章。在这个章节，任先生就唐代音乐文学研究的几大问题，对形形色色的流行说法提出了尖锐的批评。其中第一个问题是庸俗的进化观。比如明代王世贞有所谓“声诗少宛转而后有词”之说，清代《钦定词谱》有所谓“乐府不传而绝句乃歌”之说。任先生指出：这些说法无视音乐文学的多样性，而臆造出由乐府而诗、由诗而词的前废后兴的公式。其中第二个问题是以偏概全，否定歌辞总体。比如明代谢肇淛有所谓“诗乐不乐里耳”之说，清代施补华有所谓“唐七绝皆不可入乐”之说，近代成肇麐有所谓“唐诗未能被弦管而词无不可歌”之说。任先生指出：这些说法片面强调诗、词分立，否认了声诗的存在。其中第三个问题是以偏见曲解历史。这种情况有很多表现，因为过去的人从来没有像任先生那样，全面占有资料、细致考辨资料，所言多无稽。读完这一章，我不仅建立了歌辞总体的观念，加强了尊重历史资料的意识，而且，深刻理解了“特立独行”这四个字的涵义。

第三，他用这种方式提示我：要注意重点。最初，任先生怕我能力弱，完不成学业，而希望我以隋代歌辞为研究中心，或以五百首《望江南》词为中心。这在学术上也是有道理的。首先因为，这两项研究在任先生的学术图景当中，是两个需要填补的空白；其次因为，这两项研究各有其特殊意义。比如读任先生的《唐声诗》，可以发现，唐声诗中大量曲调形成于隋代，而其渊源也可以追溯到隋以前的胡乐涌入。也就是说，新的诗体、新的音乐体裁，其产生高潮在隋代。至于署名“唐李靖”的《望江南》词，经不断搜集，则达到713首的规模，显而易见是词体发生史中的重大事物。不过，我通过通读隋唐五代书籍，较全面地掌握了研究资料，于是选择了另外一个重点——着眼于隋唐五代全体，把这一时期的音乐体裁和文学体裁进行比较。尽管重点有所转移，但我仍然注意填补这两个空白：一是在我的博士学位论文当中，列出《隋代杂言歌辞概述》一章；二是在《隋唐五代燕乐杂言歌辞集》中，设立一个专卷，容纳“李卫公兵要望江南”713首。

第四，他用这种方式提示我：要掌握从资料出发，以资料分类和整理为研究基点的方法。这是任先生教给我的最重要的方法。他自己也一直是这样做的。比如任先生的敦煌歌辞研究，其顺序是：先在充分占有资料的情况下，完成一部《敦煌曲校录》；再针对资料工作中提出来的问题加以考订、总结，得出相应理论，形成《敦煌曲初探》。又比如任先生的唐声诗研究，其顺序是：先在充分占有资料的情况下，完成一部曲调考证，这也就是《唐声诗》的下编；再针对资料工作中提出来的问题加以考订、总结，得出相应理论，这也就是《唐声诗》的上编。进校一个月，3 月 27 日，任先生一大早就约我面谈，说："治学要采取围剿艺术，务求网罗，不使遗漏，不必一味追击。"这句话也是讲全面占有资料。后来，我把任先生这个"务求网罗，不使遗漏"的方法概括为"大禹治水"。我在扬州读书三年，主要收获就是进行了一次"大禹治水"的实践。说具体一点就是：全面搜集资料，在编定《隋唐五代燕乐杂言歌辞集》的同时，完成相关的理论论述，即博士学位论文《隋唐五代燕乐杂言歌辞研究》。

实际上，"大禹治水"这句话，原也是任先生对我的教言。1983 年 4 月 8 日，任先生曾经警告我，要在治学时防止粗糙。他说："我们不是搞蜻蜓点水，而是要大禹治水。"任先生这里说的"大禹治水"，涵义和我前面所说有些不同。任先生的重点不是说要全面，不是说要"采取围剿艺术，务求网罗"；而是说要深入，决不"蜻蜓点水"。不过，任先生这两方面意见（求广和求深的意见）是相辅相成的。一方面，为了达至全面，建立大局观，任先生提出"不必一味追击"；另一方面，为了真正做到"大禹治水"，解决学术难题，任先生非常重视校勘、注释、考订等文献学和历史学的训练。比如进校不久，3 月 5 日，任先生就安排我参加《敦煌歌辞总编》的工作，校勘注释载见于七种敦煌写本的几十首饮酒辞。过了四天，3 月 9 日，他又从《宋词纪事》中用红笔划出关于贺若弼撰写宫声十小调的资料，要我加以探讨。总之，他对我的教育是两面的：一方面，在理论和宏观方面，要求我关注全局；另一方面，在实践和微观方面，要求我重视细节。1983 年 3 月 17 日晚，任先生拄着拐杖来到我住处，要我全面规划两年的工作，做到“箭无虚发”。又说：写作要重视“提升”，譬如把“歌辞考”（作品考订）提升到“调式编”（曲调研究），把“调式编”提升到全面研究（理论建设）。我理解他的话：他其实是要求我注意点、线、面三者的结合，掌握由点到线，由线到面，由面到体的研究方法。我一进校，任先生就组织了一个博士研究生指导小组，由曾华鹏、谭佛雏、李廷先、徐沁君等几位资深副教授组成。1983 年 3 月 24 日上午，在指导小组例会上，任先生专就“宫声十小调”一事发言，说贺若弼撰写过《越江吟》，此词曾由唐人仿作，所以，“宫声十小调”这件事泄露了隋唐歌词之关系的天机，应该“探求真相，震动学界”。我后来对贺若弼“宫声十小调”一事作过一些考察，觉得“贺若弼”一名可能是唐代琴师“贺若夷”之误传。不过这个细节并不影响任先生这番话的意义。任先生这番话的实质，是要我宏观着眼，微观着手。所谓“探求真相，震动学界”，意思是说微观背后有宏观。

“探求真相，震动学界”这句话，代表了任先生的一贯思想。任先生一直认为：尽管我们的工作是独具特色的，既要开辟新领域，又要发掘新材料；但我们不必把自己变成孤军。我们仍然要注意面向学术界，面向具有普遍意义的问题。1983 年 3 月 22 日，他对我说："作文章应着重解决众人关心之问题，譬如将《饮酒十四首》与李白等人相联系。要能震动读者的情感和意志。"后来，他多次对我说过这个"震动读者"的意思。他说：我们要写有血有肉的文章，"要敢于争鸣——枪对枪，刀对刀，两刀相撞，铿然有声。""震撼读者的意志和心灵！"按我的理解，这些话有三个要点：第一，要以探求事物真相为使命，真相是有力量的；第二，要注意探求具有普遍意义的真相，这种真相最有力量，必定可以破除某些执念；第三，正因为这样，真正的学者必须具有战士的品质，"聪明正直，至大至刚"。任先生教育思想的精髓就是"聪明正直，至大至刚"。不畏惧真相，因而不畏惧争鸣，正是其具体表现。

三年里，任先生对我的指导是很细致的，在学习态度、学习方法方面提了很多要求。关于这一点，有两个例子可资证明。一个例子是：1983 年 7 月 1 日，任先生在我的日记本上，亲自写了一篇日记：

七月一日，周五，阴雨。

上午敏、盾谈话要点若干则，供盾笃行匆忽，故借纸记录于此[①]。敏。

① 张伯伟教授认为，这句话应标点为："敏、盾谈话要点若干则，供盾笃行。匆忽。故借纸记录于此。"

七月一日 周五 阴雨

（一）今天已入七月，学程已耗去六分之一，尚余二十个月，应警惕！

（二）从今日起务必断除杂务，专心致力于计划内之培养工作，排除此外任何杂务。

（三）专题论文即须开始规划起稿，不能推宕时日。

（四）专题论文的打字复印情况，要仿复旦大学的规模，不容简，断然以"抬不起头，过不了江"为戒惧！不容麻木不仁。

（五）买书报销，要遵办手续，有公无私。

（六）《杂言琐记》内容不简单，要善用，勿冷淡它。

（七）目的是"隋唐杂言歌辞研究"，注重"歌辞"的研究；燕乐二字不过用来划清范围，不能对它深入探讨了。

（八）隋代墓志要广泛注意，补《隋书》不足。

任先生所写日记批语

（一）今天已入七月，学程已耗去六分之一，尚余二十个月，应警惕！

（二）从今日起务必断除杂务，专心致力于计划内之培养工作，排除此外任何杂务。

（三）专题论文即须开始规划起稿，不能推宕时日。

（四）专题论文的打字复印情况，要仿复旦大学的规模，不容易简，断然以“抬不起头，过不了江”为戒惧！不容麻木不仁。

（五）买书报销，要遵办手续，有公无私。

（六）《杂言琐记》内容不简单，要善用，勿冷淡它。

（七）目的是“隋唐杂言歌辞研究”，注重“歌辞”

的研究；燕乐二字，不过用来划清范围，不能对它深入探讨了。

（八）隋代墓志要广泛注意，补《隋书》不足。

这篇日记的第一条，是强调学习要有计划；第二条，是要求聚精会神地投入学习，做到心无旁骛；第三条和第四条，是说要提高学位论文的水平；第七条，是指出研究重点；第八条，是要求资料工作精益求精。其中“断然以‘抬不起头，过不了江’为戒惧”这句话，是任先生的口头语，经常讲。任先生另有一句口头语：“扬州人不是豆腐。”任先生用这两句话告诉我：扬州师范学院培养的博士生，其水平决不能低于上海（复旦大学和华东师范大学）、南京（南京大学和南京师范大学）。这反映了任先生的自我要求，也反映了任先生的一个指导思想：要让学生永远有提升的空间。

另一件事情是：1983 年 10 月，我得到任先生批准，往上海、西安、成都访学。10 月 20 日启程，11 月 8 日返回扬州，为期 19 天。任先生极重视这件事，成行前不断斟酌，启程时反复叮咛，并为我准备了一本专用日记本，以记录旅行所得。在这本日记本的扉页上，任先生亲笔题写了几行字：“实事求是，三思而行。小盾同学旅外进修日记，题此提命备忘。中敏，一九八三年十月。”这十九天，我在上海查看了一批书籍资料，在西安考察了《长安乐舞》《仿唐乐舞》和“西安古乐”，在成都采访了任先生的许多友人，基本上做到了“实事求是，三思而行”，未浪费时间。回到扬州，我向任先生提交了一份三万多字的考察报告。

总之，由于任先生的严格要求，我抓紧点滴时间学习和研究，没有丝毫懈怠。从 1983 年 3 月到 1985 年 4 月，两年另一个月，完成了以下学习任务：

（一）第一年，读书期：

1983 年三月：阅读《唐声诗》；校释敦煌卷子“饮酒十四首”；写作关于“三三七七七”体歌辞研究的论文。

四月：阅读《隋书》《古谣谚》《唐代音乐史的研究》；编写《唐声诗索引》。

五月：阅读《唐杂言》《杂言分解》《敦煌歌辞总编》；建立论文卡片；改写关于“三三七七七”体歌辞的论文。

六月：阅读《唐戏弄》和各种戏剧史论著；写作《近三十年关于中国戏剧起源的研究》。

七月：阅读晋、宋、齐、魏、隋、唐诸史乐志；阅读《通典》《通志》音乐部；阅读《杂言琐记》。以上皆做卡片，并与《乐府诗集》校读。

八月：阅读《全隋文》及《历代各族传记会编》；阅读《西突厥史料》《突厥集史》《中西交通史料汇编》《唐代长安与西域文明》《西域与佛教》《中国美术史略》；阅

读《龙钞》[1]。皆制作卡片。

九月：阅读《旧唐书》《文献通考》《续高僧传》；阅读《全隋诗》《全唐诗》；阅读《中国音乐史论述稿》；继续读《龙钞》。

十月：阅读《唐杂言》，制订分编初目；编制《声诗集索引》；翻译《燕乐名义考》；在上海阅读《江西通志》《九江府志》等地方志书，阅读台湾所编《"全国"博硕士论文分类目录》《中国近二十年文史哲论文分类索引》；阅读《拓跋氏的汉化》《维吾尔研究》《词曲论稿》。

十一月：访学；阅读《唐会要》《唐代丛书》《琴曲集成》；阅读《校录问答》、敦煌吐鲁番学论文；编辑《隋代歌辞》。

十二月：阅读《北史》《新唐书》《旧五代史》；阅读其它隋唐五代史部书；阅读各种唐代笔记小说；阅读《丛书集成》音乐部；阅读《古今图书集成·乐律典》。

1984 年一月：阅读《说郛》；复读《全唐诗》和各种唐人别集；复读《敦煌歌辞总编》。

二月：对《隋唐五代燕乐杂言歌辞集》作逐篇札记；整理关于《唐声诗》理论和资料的分类卡片。

① 1950 年代，任先生在成都进行敦煌歌辞研究，得到四川教育学院龙晦（显明）教授大力协助。龙教授留下的资料抄本称"龙钞"。

三月：制订《隋唐五代燕乐杂言歌辞集》正副编分编目录；制订学位论文《隋唐五代燕乐杂言歌辞研究》提纲。

（二）第二年，写作期：

章次	题目	初稿	二稿	费时	篇幅
1	绪论	（84）12.14–12.19【9】	（84）12.20–12.23	初稿 6 天，二稿 10 天	15 千
2	隋唐燕乐	（84）7.7 完【3】	（84）8.17 完	共 25 天	
3	曲子	（84）8.20–9.8【5】	12.24–（85）1.10	初稿 14 天，二稿 18 天	51 千
4	大曲	（84）9.9–【6】	（85）1.29	初稿 15 天，二稿 12 天	50 千
5	著辞	（84）10.24 完【7】	（84）12.13 完	初稿 15 天，二稿 10 天	40 千
6	琴歌	（84）6.18 完【2】	（85）3.1 完	初稿 20 天，二稿 12 天	40 千
7	谣歌	（84）11.1–11.24【8】	（84）12.4 完	共 25 天	46 千
8	讲唱	（84）8.9 完【4】	（85）3.20 完	初稿 28 天，二稿 15 天	55 千
9	隋代杂言歌辞概述	（85）1.25–2.7【10】	（85）2.14 完	共 20 天	23 千
10	结论	【11】	（85）4.3 完	共 4 天	10 千
11	资料集	（84）5.6 初稿【1】			1000 千

1985 年 4 月 12 日，我的博士学位论文付诸打印，近 40 万字，640 页，装订为两册。4 月 21 日，我把打印好的论文交给任先生，心里不免忐忑不安，因为我并没有按照任先生的要求在两年内完成学业，而是超期了一个月。

没想到任先生拿着打印稿，轻松地说："哎呀，让你搞个瘦西湖，你却搞了个胖西湖。"我悬着的心于是放了下来。我这时才真切地感到：由于任先生的严格要求、精心指导，我的收获的确是满满的，远远超过以前的想象。

三、从三本书看任先生的治学方法

任先生对我的指导，有一种比较特殊的方式，即赠送书籍资料。这在前面已经多次提到了。现在我想谈谈其中三本书。它们可以反映任先生的治学方法。

第一本书：90 万字的《唐声诗》，任先生著，1982 年 10 月由上海古籍出版社出版，两册。

我进校第二天，任先生就把这部大书送给我了。他用毛笔，在书的扉页上题写大字："小盾同学研习，半塘，一九八三春节。"又用钢笔，在扉页页背题写两行小字："△凡涉及隋代者，必立目，注页码，编入卡片。△凡对本题（声诗）遇有难解未解处，于此立目，并入卡片。"前一段话，是讲积累资料；后一段话，是讲"研习"。他用这种方式，为一个刚刚进入隋唐音乐文学研究的初学者，指出了入门的基本方法。

这个方法就是以书和书中的资料为师，老话叫做"因书究学"。经验告诉我们：一个青年学生能否健康成长，关键在于能否找到好的老师。所谓"入门须正"，所谓"师

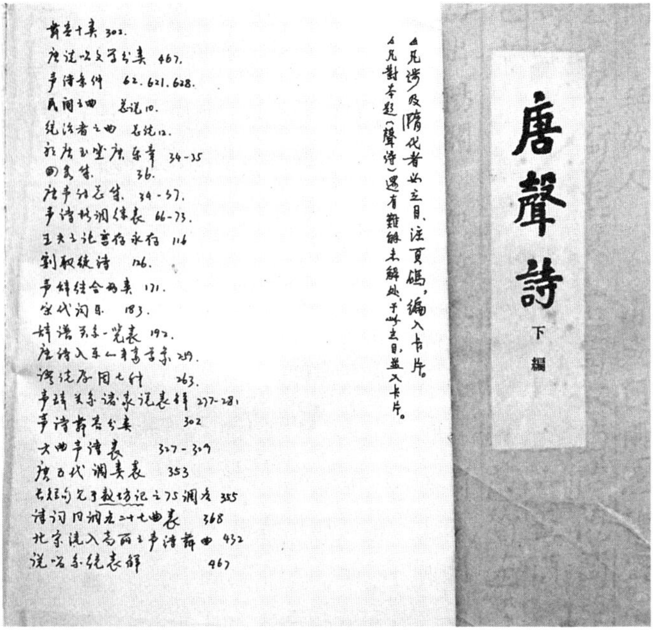

《唐声诗》封面和衬页。衬页右方是任先生的批语，左方为王小盾的笔记

傅领进门，修行在个人”，这两句话，都是说好老师代表了正确的成长方向。而老师对学生的影响，途径则是多样的。有时通过言传，有时通过身教，有时则通过著述。我被任先生招为学生的时候，他已经高龄，很难用常规方式授课。他的著作，便成为我请益最多的老师。

在任先生所有著作中，最好的老师就是这部《唐声诗》。因为按任先生原来的计划，他要为《唐声诗》写作一部姊妹篇《唐杂言》。这项工作后来由我承担起来了，也就是我的博士学位论文《隋唐五代燕乐杂言歌辞研究》。显而易见，对于我的研究工作来说，《唐声诗》既是基础，又是出发点，还是对手。1983 年 3 月 22 日，也就是任先生说“震动读者的情感和意志”那番话的同一天，他说了另外一番话，即要求我“以‘唐杂言’为学问中心，时时不忘，尽早使之成书，并在质量上与《唐声诗》对垒”。我后来找到了“与《唐声诗》对垒”的办法，也就是在“声诗”与“徒诗”二分的基础上，进一步探究诗（辞）与声（乐）的不同关系，或者说，探究诗（辞）与声（乐）相结合的不同方式——例如曲子方式、大曲方式、著辞方式、琴歌方式、谣歌方式、说唱方式。正是这些方式，构成了隋唐五代音乐文学的基本体系。不过，我所有工作的第一步，却是消化《唐声诗》。按任先生的指示，我花了整整一个月的时间来细读《唐声诗》，先编了一份简单的索引，分别就“舞容十类”“唐说唱文学分类”“声诗条件”“民间之曲”“声诗格调”“声诗结合”“宋代词乐”“辞谱关系”“声辞关系诸家说”等等主题立目，注页码，抄为卡片。到后来，我索性为《唐声诗》编了一份详细的术语索引。通过编制索引，我不仅熟悉了任先生的学术思想、学术观点，而且掌握了《唐声诗》中的全部资料。

总之，依靠任先生送我的《唐声诗》，我进入了“隋唐燕乐歌辞”这一新的学术领域。

第二本书:《敦煌变文集》，王重民、王庆菽、向达、周一良、启功、曾毅公等人编校，人民文学出版社 1957 年出版，两册。

这是唐代敦煌变文作品的总集，根据国内外收藏的 187 部敦煌写本，整理校勘，选录了 78 种作品。我进校不久，任先生便命我进行敦煌歌辞《酒赋·高兴歌》二十多首的校注工作，同时把这部书交给我参考。后来，毕业前夕，他正式把书送给我，题字说:“此书归小盾有，继续研究。中敏，八五、一二、七。”我很高兴得到这一厚礼，因为我了解这两册书的意义。

首先，这部书取材广泛，既有变文作品，也有讲经文、押座文、话本、俗赋、论议文等说唱文学作品。由于它很好地保存了敦煌写本的原貌，所以直到现在，它仍然是研究敦煌文学最重要的参考书。此书《出版说明》说到编写体例:“篇中有旁注，篇末有校记。在争取保存原貌的要求下，力求读者披阅的便利。”在这句话中，任先生特地钩划了“保存原貌”四个字。这就提示了整理敦煌文献的原则：虽然要“力求读者披阅的便利”，但其基本点是“争取保存原貌”。

其次，任先生以前所说“立目，注页码，编入卡片”的方法，在这部书中有突出表现。在两册书的前后空白处，任先生写满了关于若干事物的名目和页码。其中较多见的有：（一）敦煌俗语，例如“白毫光”“一生身”“排批”“排打”；（二）通假字和俗写，例如“宵霄不分”“露雾不分”“暮慕”“亿忆”“辞词”“歌哥”；（三）文体形式，例如“百岁诗”“十二时”“七言六言相杂”“四五七言相杂”；（四）酒令术语，例如“打令”“令章”“下次据”“翻恶令”“清令雅调”；（五）佛教说唱术语，例如“呗赞”“平诗”“侧吟”“吟断”“吟上下”“和尚教坊”；（六）乐舞术语，例如“歌乐”“拔头”“伊州”“越调”“参军戏”“唱三台”。

以上这种方法，可以从两个角度去理解：其一理解为索引简编。前面说到阅读《唐声诗》，便是采用这种方法——用索引的方式分解一部书，掌握它的观点和资料。其二理解为“提要钩玄”，也就是用提炼关键词和疑问词的方式促进思考。在读硕士学位的时候，我从王运熙老师那里也见识了这方法。不过，在来到扬州，参加《敦煌歌辞总编》校注工作（校注《酒赋·高兴歌》）之后，我才系统地使用这一方法——通过它学会如何提问题，学会如何由微而著地论述问题。比如我写过一篇讨论“平诗”“侧吟”“吟断”“吟上下”等问题的论文，题为《佛教呗赞音乐与敦煌讲唱辞中“平”“侧”“断”诸音曲符号》（载《中国诗学》创刊号，1991 年 12 月），它的起点，就在于阅读这部《敦煌变文集》。

总之，这部经任先生手批的《敦煌变文集》，不仅代

表一批研究资料，而且代表一批学术问题以及探究问题的线索。通过它，我理解了《敦煌曲校录》和《敦煌曲初探》的关联。我推测，在任先生所编纂的《敦煌曲校录》稿本上，也有他手批的索引。《校录》所包含的特定主题和“难解未解处”，正因这种索引而凸显出来，成为《初探》得以展开的基础。

第三本书：《全宋词》，唐圭璋著，中华书局1965年出版，五册。

从扬州毕业以后，我每年都会回来看望任先生和师母。1987年9月，我得便到扬州探望任先生。相见之下，彼此都很兴奋。任师遂捧出这部书来，提笔濡墨，在扉页上写下了几行大字：

一九八七年九月，小盾弟来扬，乃举此书归之。……此书内红笔所见诸义，正所合编为一部《回甘室词话》。半塘。

这里所说的“红笔所见诸义”，指的是任先生在书中写的批注。1965年6月，唐圭璋先生此书由中华书局出版。11月10日，任先生在成都购置一部，认真通读，并在书眉和字里行间写下详细批注。后来，他又把此书转往南京，供唐先生参酌进行修订工作。因此，书中有两种批注：一是任先生用红色水笔写成的批注，二是唐先生用铅笔书写在旁边的答注。这样一来，这部书便成为两位词学家的学术记录——既记录了他们的通讯讨论的方式，也记录了他们的治学思想。这部书很珍贵。我得到它以后，遵任先生嘱咐，对书中的批注作了认真整理。1997 年，为纪念任先生诞辰一百周年，我写了《任中敏先生的〈全宋词〉批注》一文，交《扬州大学学报》发表。由于任、唐二位先生的往返回答主要关于《全宋词》的编撰体例、作品校勘，富于考据学的价值，而不是文艺学的价值，所以，我用论文方式代替了编写《回甘室词话》的方式。显而易见，论文方式更有利于表达《全宋词》批注的价值。

在《任中敏先生的〈全宋词〉批注》一文中，我详细

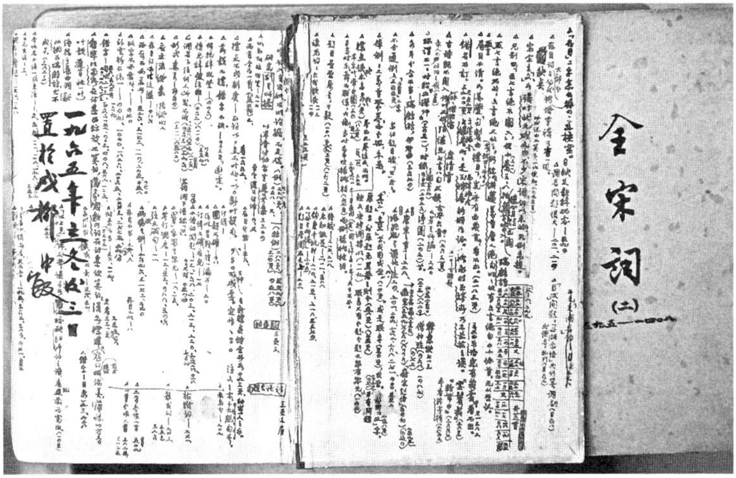

《全宋词》封面和衬页。衬页上是任先生的批语

介绍了上述内容和价值。概括起来说，任、唐二位先生的讨论，主要涉及以下几方面：（一）关于《全宋词》的编纂体例，比如，如何确认宋代的作家与作品；（二）关于诗词之辨，比如，如何综合关于歌唱本事的记载和作品风格来进行歌辞鉴别；（三）关于作品的调名、格律和文体，比如，是否要把调名理解为关于曲调的符号，是否要从词的存在环境来观察其体制，是否要从歌唱段落或表演段落的角度来看词的分片、分章；（四）关于"艺"和"文"的关系，比如，是否要把词当作歌辞之一体、结合其表演来加以研究，是否要在考察作品的时候考察它的表演程序和写作方式、它的乐调、它的艺术背景、它和词乐的关系。这些讨论表现了任先生一个重要的学术思想，即主张把古代文学作品还原到现场来作考察。既然"词"是一种音乐文学文体，既然宋词并未完全脱离音乐和表演，那么，就要根据隐藏在宋词本质当中的音乐因素、表演因素，来认识它的种种形式特征。

有一个例子是《全宋词》第五册第3823页至第3833页所载的六十多首高丽词。这些作品原来见于《高丽史》卷七一《乐志》（成书于1451年），后来由成俔等人所编《乐学轨范》（成书于1493年）收录。任、唐二先生对这些作品作了详细讨论。例如在作品开端处，任先生批云"须详校《轨范》"，唐先生补注"录《高丽史》歌舞全过程"。在这里，任、唐二人都强调了作品作为歌辞的实质，因而主张拿实际表演之本来作校勘。又如在《全宋词》第3823页载有一首《瑞鹧鸪慢》，任批“非《瑞鹧鸪》”。这个意见是对的。因为查《高丽史乐志》，此词录在《瑞鹧鸪慢》之后，是“乐官奏《瑞鹧鸪慢嗺子》”之后所唱之词，用“嗺子”之法演唱，所以，其曲调不同于《瑞鹧鸪慢》。唐先生原文题“又”，的确易滋误会。再如在以上作品之末，任先生批道：“借唱成套，不问谁作。一经抽去，主文有余，主艺不足，非善计也。”这句话标榜“主艺不主文”，对《全唐五代词》《全宋词》等以文辞为本的编纂思路提出了根本性的怀疑。任先生的意思是：在整理古代文学作品的时候，要重视作品的“本事”，即重视作品同其背景的关联。“本事”即关于作品之背景的记录。它有两方面意义：一方面表明整套作品的相关性，即表明它们的共同的本质；另一方面又能表明它们的区别，因为它们往往处在同一个表演过程的不同位置，功能不同。所以任先生说：不应把整套作品一例看待，而不区分每篇作品的实际歌唱性质。

在扬州三年间，除完成学位论文《隋唐五代燕乐杂言歌辞研究》以外，我主要的精力是编订《隋唐五代燕乐杂言歌辞集》一书。此书依作品的艺术特性设立正、副二编。它所依据的分类理论来自我的学位论文《隋唐五代燕乐杂言歌辞研究》，但它的核心思想则是任先生的“主艺不主文”。这部书，尽管所录作品和《全唐五代词》相类似，但二者的性质完全不同。

四、结语

1985年12月3日，我在扬州师范学院通过博士学位论文答辩。按任先生“良禽择枝”的意思，离开他，在上海参加工作。这段时间，任先生心情不太好，答辩日期、答辩程序、答辩委员会的组成，基本上是按唐圭璋先生的

博士学位论文答辩会。委员席左起依次为：任半塘先生、曹济平先生、王运熙先生、王季思先生、孙望先生、金启华先生、龙晦先生

意见确定的。80 岁的王季思先生，特地从广州赶来主持论文答辩。另外参加答辩会的专家有：来自上海的王运熙先生，来自南京的孙望先生、金启华先生、唐圭璋先生的代表曹济平先生，来自成都的龙晦先生。我这一生，工作时间较长的地点，一是上海，二是江苏，三是成都，四是温州。王季思先生是温州人。我不知道，我的经历是否和答辩委员会的组成有关。

不过有一点可以肯定，任先生所说的“两年始业，毕生奠基”，是我人生中最重要的一件事情。在任先生指导下攻读博士学位的这三年，我不仅建立了基本的学术方向，掌握了一定的学术方法，而且确立了学术风格。离开扬州以后，我仍然保持了一定的工作节奏，所以在八年后，当母校需要一个人接替任先生，主持博士学位授予点的时候，我能够来到扬州，填补这个空缺。尽管我未能像任先生那样做到“至大至刚”，但我在指导博士生的过程中，一直把“从资料出发，以资料分类和整理为研究基点”，作为最重要的学术方法来传授。来自不同学科、不同专业的博士生，在中国古代文学以及艺术史、民族音乐学、历史学、宗教学、域外汉文学等领域，进行校勘、注释、考订、编目等文献学的训练，进行“大禹治水”的实践，大都成长为具有“实事求是”之作风的有用人材。而我本人，也把教学过程当成继续学习的机会，养成了既关注全局，又重视细节的习惯。另外，每当遇到困难，我也会以任先生的

“铜豌豆”精神勉励自己，至少做到敢于争鸣，不迂就流俗。今天，我愿意以下面一句话告慰任先生：“扬州人不是豆腐”，“抬得起头，过得了江”，您这两个期许已经成为现实。

为“文学艺术高端对话：纪念任中敏先生诞辰 120 周年学术论坛”（2017 年 4 月 8 日）而作，原载《古典文学知识》2017 年第 4-5 期。

一份音韵学初学笔记

上篇

上海师范大学语言研究所的几位博、硕士研究生，在帮老师整理书籍资料时发现一本音韵学笔记。根据笔记本封面上的签名，他们找到我，提出归还它，但希望复制一份，并加以整理。我听说此事后很高兴，自然表示赞同。我觉得，一件心爱之物失而忽得，珍重它的最好方式是与人分享。这样一来，我便开始了和阎莎莎同学的合作：莎莎负责整理出一份 WORD 本，期间同我做必要讨论；然后我校对，执笔写成此文。

这本笔记写于 1988 年 6 月 2 日至 7 月 23 日，51 天，写了 350 页，平均每天 7 页，记录了我求学生涯中一段特殊的时光。那是我博士毕业、入教职仅两年半的时候，很希望在学术上有所提升；机缘凑巧，得到一个进修音韵学的机会。我于是和三位毕业于复旦大学、上海外国语大学的语言学硕士，来到温州师范学院，向潘悟云先生求学。潘先生是我硕士阶段（复旦大学，1979–1982）的同班同学。尽管我学的是中国古代文学，但我早就知道，他有很深的语言学造诣。

1988年，这是多么美好的年份啊！我在学术上刚刚起步，中国学术也在再度面向世界、面向现代化的道路上起步。整个中国充满朝气。所以，我们很看重这份笔记。莎莎希望通过它，了解20世纪80年代人的学习状态，了解那时的音韵学入门方法；而我，则想通过它复习一门知识，并且重温自己的学术初心——在快要降落的时候看看最初的飞翔。

现在，且让我依照这份笔记，复原当年的学习过程。

我们是在1988年6月1日上午10：00，乘船到达温州的。潘先生为我们安排的住处是温州师院新校区的两间教室，很开阔，很安静。现在这里被称作学院路，是温州市的中心，繁华喧闹；而当时环绕它的却是大片大片的农田。我们放下行李便开始学习了：中午参观计算机房，下午背诵36字母、16摄、95韵和等韵图。这意味着，我们第一天就走进了音韵学最基础的技术环节——通过反复背诵，掌握唐宋人所建立的关于声母、韵母及其结构的各种分类术语。

次日开学，内容同样丰富：上午潘先生扼要讲授汉藏语研究概况、音韵学史、音韵学发展方向和我们的学习计划，下午、晚上我们几位学生自学。讲课从神话语词（“飞廉”“蜚廉”等）和汉藏语诸民族语词（例如藏语、布依语“风”：rluŋ，lum，zum，rum 等）的对应关系入手，讲到亚洲的各种音系。音韵学史则讲晚清以来的几种学术形态：在章、黄以后有高本汉（Klas Bernhard Johannes Karlgren，瑞典，1889–1978），高本汉以后逐渐建立起历史形态学。至于我们这次进修，则安排四项内容：其一学习中古切韵系统，其二了解唐五代西北方音，其三构拟上古音并学习藏语，其四学会用 dbase Ⅲ语言编写程序。关于课后阅读，书目有《颜氏家训 · 音辞篇注》和陆法言的《切韵序》《经典释文序》，以及周祖谟《切韵的性质和它的音系基础》、王显《〈切韵〉的命名和〈切韵〉的性质》、陈寅恪《从史实论切韵》、邵荣芬《切韵研究》、周法高《切韵研究》。书很多，如何阅读呢？潘先生提出围绕五个问题：1. 参加切韵讨论的有哪八个人？他们的郡望、里居为何？各自说什么方言？有何根据？ 2.“支脂鱼虞其为一韵”，这种批评针对哪种方言？ 3. 如何认识《切韵序》“秦陇则去声当入”一语。4. 结合颜之推《音辞篇》，评论“因论南北是非，古今通塞”。5. 回答：陆法言作切韵，有没有审音标准？如果有，是什么？这一天学习强度很高，我获得的知识可称“爆表”。其中印象最深的是陈寅恪《从史实论切韵》一文。作为史学家，陈先生重视语言变化与社会变化的关系，《切韵》性质与颜之推、陆法言等八位编写者之身份的关系，其书同此前诸家韵书、字书的关系。根据这三种关系，他判断，《切韵》的语音系统并不属于当时某地（例如长安）行用之方言，而属“东晋以前之洛阳旧音”，即讽诵语言（文读）之读音。这篇文章，不仅让我接触到《切韵》的本质，而且了解了一条语言学研究的途径——同史学相结合的途径。

接下来，是这次学习的第一阶段：通过《切韵》掌握中古音系。从6月3日到6月18日，共费16天时间，分四步进行。第一步4天，学习和讨论切韵的性质，包括切韵和广韵的关系、切韵制订者的审音标准、切韵同各地方言的关系。期间重点阅读了高本汉《中古音韵学研究》、李荣《切韵音系》、罗常培《知澈澄娘音值考》和董同龢《汉语音韵学》。第二步6天，学习和讨论中古音系的声母。内容有：关于切韵声母的各家观点，关于切韵声母的研究方法，中古音声母和现代方言的对应规则。期间我做了三项重要练习：一是记录中古音同普通话声母对应中的不规则字，编制中古音同北京话对应规律表；二是考察中古清浊音及其与赣方言的对应规律，编制清音对照、浊音对照两份表格；三是利用计算机软件，制作赣方言同音字表。赣方言是我的母语；通过练习，它成为我和中古音之间的感情桥梁。第三步6天，学习和讨论切韵韵母。主要内容有三：其一关于中古韵类，其二关于中古等，其三关于阴阳入声韵。这一步是通过细致分析完成的，比如，我们做了分辨东冬、江宕、之脂支、曾梗、齐止等韵部的练习。分辨韵部时，特别注意对谐声资料的利用；因为一般来说，同一个谐声系列的字是同音字，至少是近音字——这就是段玉裁说的“同声必同部”。比如江摄字同东韵（ong）谐声；宕摄不谐。据此可知，“巷”“衖”“閧”“港”等字谐声“共”，“肛”“杠”“扛”“江”“豇”“舡”“缸”“虹”“项”等字谐声“工”，“降”“滏”“胖”“洚”“绛”等字谐声“夅”，“窗”“牕”“墢”等字谐声“囱”，都是江摄字。与此相区别，宕摄字同庚韵（eng）字谐声，例如“唐”谐“庚”，“堂”谐“瞠”，“亢”谐“坑”，“尚”谐“撑”，“享”谐“亨”，“黄”谐“横”，等等。

考察谐声关系，事实上是在考察中古音的上古底层。这样一来，我们在6月19日，端午节翌日，顺理成章地进入了第二阶段——学习上古音的阶段。这一阶段持续到7月3日，共24天。其内容主要是理解上古韵部：第一步，了解藏文字母，并通过谐声声符初步认识上古韵部。为此，将三千基本字逐字填入所属韵部表，表中注明“开口”“合口”“等”等要素。第二步，据以上各表，概括各韵部字的规则，尝试拟音。比如通过“之职蒸”部的归字，注意到上古“之”“幽”二部大量谐声。如果进一步联系六朝、隋唐时期诗人以“之”“脂”通叶的习惯，以及字书谐声系列、反切系列中“之”“脂”不分的情况，那么可以判断，上古

“之”部应拟音为ɯ。第三步，利用谐声资料、对转资料和韵系框架，分析各部中的典型字，理解上古的元音系统和辅音系统。比如侯韵有叟、傻、瞍、謏、瞍、溲、廋等字，尤韵有搜、獀、颼、馊、溲等字，豪韵有嫂、椶等字，今判属上古幽部。因为根据以下几个情况可以推断，叟、傻、瞍、謏、溲、瞍、廋等字原属生母尤韵，到汉以后变为侯韵。这几个情况是：（一）叟字的谐声系列都在幽部，叶韵之字亦属幽部；（二）在汉代典籍中，叟谐声系列字（比如搜）只同尤韵通假，不同侯韵通假；（三）《诗·生民》揄、蹂、叟叶韵，刘向《九叹·忧苦》受、廋叶韵，张衡《东京赋》疚、酒、叟、寿叶韵。

在以上这个阶段，我们用大量时间做了“归字考”的练习。这其实是对郑张尚芳、潘悟云两位先生工作的重复。我们像郑张先生那样，对沈兼士《广韵声系》全部947个谐声系列进行了全面分析，逐字核对《汉语大字典》，辨析出《广韵》所收上古字；在此基础上，理解了上古音复声母构拟体系。我们也像潘先生那样，模仿董同龢《上古音韵表稿》，把《说文解字》9000字逐一填进分类框架，由此理解了上古的六元音系统。即以下这个系统：

i	*ɯ*	*u*
e		*o*
	a	

7月4日，我们的学习进入第三个阶段，即构拟汉语音系的阶段。其目的，一方面是为了理解现代方言语音现象的形成，理解历史上的语音现象；另一方面则是为了理解关于这些现象的解释。在这一阶段，我们认真学习藏语。大量证据证明，汉藏两种语言具有同源关系（比如它们的基础词汇有大量相同），是进行历史比较的重要对象。当时，我们正好买到了张怡荪主编的《藏汉大辞典》（民族出版社1986年出版），于是充分利用这部辞典进行了比较研究。这一阶段的学习也可以分三步：第一步，了解古藏语的韵母系统，以构拟汉语上古音的韵部。第二步，从7月7日起，考察汉藏语系的复辅音，包括考察复辅音向单辅音的变化、藏语复辅音、章昌禅母复辅音、精庄组复辅音等，构拟上古音的声母。第三步，从7月14日到15日，讨论汉语声调与上古音韵尾的关系，建立对于上古汉语形态的认识。从技术上看，我们通过反复练习，达到可以熟练构拟上古音的程度；而从理论上看，重点建立了以下三个认识：

其一是关于上古汉语形态的认识。所谓形态，也就是语法意义在词汇形式上的表现。现代汉语的形态很贫乏，但藏语不是这样：直到7至9世纪，藏文还有丰富的形态。由于上古汉语与藏语同源，比藏文时代更早，因此推测，上古汉语有丰富的形态。比如在上古汉语中，同一个词，其表自动与表使动，会表现为定母、以母与透母、书母的交替；究其实质，则是浊声母与清声母的交替。“施”字就是这样：如果读以母去声（*lals），它便表自动；如果读书母去声（*lals），它便表使动。这种自动词浊声母、使动词清声母的情况，正好同缅彝语一致。

其二关于复辅音。复辅音即多个辅音的结合，多见于藏缅语、壮侗语、苗瑶语中与汉语同源的词汇。汉语中也有复辅音的遗迹，比如一个谐声偏旁可以同时代表两个有截然不同的声母的音节。另外在上古汉语中，有类似于藏文前置字母的现象，比如《诗经・文王》“无念尔祖”的“无”，《诗经・车攻》“徒御不惊，大庖不盈”中的“不”，都没有词汇意义，而只有语法功能。类似的情况还有：马蜩、马荔、马陆、马蚿、马蚰、马�、马蓝、马蓼、马舄、马塍、马蓟、马薸、马鸡、马蘄、马蚁、马蔺、马薤等词汇中的“马”，胡蝶、胡蠓、胡梨、胡绳、胡鳙、渠略、渠却、拒斧等词汇中的“胡”“渠”“拒”，都是没有明确语义（但有可能标示某一类事物）的词头。值得注意的是：这些词头在语音上属鱼部 [a]（或属之部 [ɯ]），可以看作“次要音节”，应是双音节语素向单音节语素发展过程中的中间环节。《诗经》中窈窕、参差、崔嵬、虺隤、蔽芾、厌浥、委蛇、差池、黾勉、踟蹰、蝤蛴、苤苡、杕杜、蜉蝣、蟋蟀、椒聊、绸缪、栖迟、窈纠、夭绍、猗傩、仓庚、拮据、果蠃、伊威、倭迟、常棣、鸳鸯等词汇，也是双音节语素的表现。这些情况说明什么呢？说明双音节的语素在东亚原始语言中是广泛存在的。它们同时在语义和语音两个平面发生简化，语义往往向第二个音节倾斜，使第一个音节的语义虚化成为词头。这样也就出现了复辅音的单辅音化，出现了双声联绵词——词头声母因简化而取主要音节的声母成为双声词。也就是说，在先秦时代，复辅音是汉语中大量存在的现象。

其三关于声调。声调是指用来区别意义的声音变化，主要有长短变化和调形上的升降变化。汉语有声调；而且在各地方言中，调值变化很复杂。与之相反，现在的藏语没有声调。据此推断，汉语声调也是在上古晚期才产生的。现在，语言学家初步认为中古平声是中平调或低平调，去声是高降调或低降调，入声是高促调或短促调；相比起来，仄声较短，最短的是上声，带喉塞韵尾。若同藏语、缅语、古汉越语等亲缘语相比较，则可判断，声调实质上是对语素音节的简化，来源于不同的韵尾。比如汉语入声来源于 *-k、*-t、*-p 等韵尾；上声来源于 *-q 韵尾，或稍晚的 *-ʔ 韵尾；汉语去声来源于 *-s 韵尾（-s 尾一度变成 -h 尾，-h 尾的发声态引起调值下降，产生去声）。从时间上看，汉语语素结构的简化发生在汉代以后，接着产生四声，又因声母的清浊分化为八个调，四声八调遂成为汉语方言最典型的系统。从形态上看，声调的产生经过了三个阶段：一是以 -ʔ、-s 韵尾作为区别性特征的阶段，二是出现紧喉、气嗓音等发声态特征的阶段，三是韵尾消失而以声调作为区别性特征的阶段。

我记得，那段时间，我们的学习紧张充实，收获也很显著。每天在食堂午饭或晚饭，我们总是坐在一起，谈点轻松的话题，但内容并不离开音韵学。通常会做一个拟音的游戏，即第一人出题，拈出一个汉字，第二人须说出它在中古所属的声部和韵部，第三人须说出它在上古所属的声部和韵部，第四人须总结出它的中古音和上古音。我们为汉语常用字都拟了音，比如“王小盾”三字的上古音拟为 ɦwaŋ Seuʔ ɦ’lunʔ。有一天由潘先生出题，他拈出一个“啤”字，大家也按并母、支韵、平声四等煞有介事地拟出两个音来。未料潘先生大笑，说：“你们都错了。20 世纪以前没有这个字。它来源于德语 bier。”这个故事其实有警醒的意味，说明拟音是一件未脱离主观性因而有其局限的事情。

我还记得，在以上三个阶段之外，我们另外学了许多知识。比如从 7 月 18 日到 19 日，重点考察唐五代西北方音，考察它和切韵系统的异同；7 月 20 日讲反切，次日讲从上古到中古的语音演变规律；到 22 日，则进行总结讨论。关于上古到中古的语音演变，讨论了 8 个问题，即 1. 韵尾的演变；2. 元音的演变；3. 介音和声母的演变；4. 轻唇化；5. 腭化；6.i 介音的失落；7.i 韵尾的失落；8. 元音的后高化。在最后一天的总结课上，又补充讨论了 7 个问题，即：1. 清化和腭化的步骤是否一致？在方言中有哪些声母腭化？

2. 在汉语诸方言中是否有鼻音声母带同部位浊塞音的情况？这种情况在语言史上是哪个阶段的现象？ 3. 唐五代西北方音中梗、宕两摄元音异化，韵尾失落，是否说明这种方言演变得比北方话更快？ 4. 唐五代西北方音中的鱼部如何演变？ 5. 是否存在音段脱落而对周围音段毫无影响的情况？6. 音变是无限的吗？音变规律如何形式化？ 7. 轻唇化开始的时间大概在什么时候？等等。这些讨论引起我们对一系列理论问题的思考，其一是共时现象与历时变化的关系，其二是当前方言现象与古代方言现象的关系，其三是人类所感知的元音范围，其四是语言变化的音系条件（社会条件）与语音条件（生理条件）的关系。这些问题，都代表了学术远方。

中篇

1988 年 7 月 24 日下午 4：30，我到达上海公平路码头，正式结束了紧张而充实的音韵学之旅。五十来天的记忆，从此和这本笔记本一起，被我存进了一个小抽屉。我不常打开它，那些宝贵的知识便逐渐蒙上灰尘，随时光销蚀。今天，我重读这份笔记，不免感到陌生，因而也感到痛惜。不过，根据这份笔记，我毕竟可以总结出以下几条音韵学教学经验。

第一条经验是从中古音入手。最初半个多月，我们实践的就是这条经验。这一做法和清儒依据《诗》韵、谐声资料而进行的上古音研究不同，乃反映了高本汉以来的新认识。选择中古音的理由主要有四条：其一，在隋唐之际，出现了《切韵》《经典释文》等语言学典籍。它们对中古汉语的声、韵、调作了清楚的分类。依靠这些资料来考察古音，才能得到比较准确的知识。其二，中古发生过几次大规模的移民运动，造成了复杂的方言现象。这些方言的文读音与中古音紧密对应，为构拟中古音提供了切实的依据。其三，中古时期，中原文化呈现强劲的传播态势。汉字读音流传至日本、越南、朝鲜，同样保持了与中古音的紧密对应。其四，佛经翻译始于东汉，盛于南北朝至唐代，为考察中古音提供了丰富的梵汉对音资料。总之，汉语音韵学教学应该以中古音为纲领。这不仅因为中古音有丰富的资源遗存；而且因为，中古音有特殊的历史地位，即上承上古语音、下启近代语音的地位。

同以上情况相联系，《切韵》的性质问题是汉语音韵学的关键问题。现在，学术界基本上接受周祖谟先生《切韵性质和它的音系基础》（1963）一文所表达的意见，认为《切韵》的音系基础是一个文学语言语音系统，这一系统是从公元6世纪以前金陵、洛下读书音中折中出来的。也就是说，要理解《切韵》的功能，就要理解古代“雅言”“通语”同方言的关系，理解古代教育的意义，也理解洛阳在语音学中的地位。我们知道，早在夏商时期，洛阳一带就是中华民族的活动中心。到周代，洛阳被周公建为东都。后来平王东迁，洛阳进一步成为各诸侯国朝聘会盟之所。洛阳王室语言遂成为周代的“雅言”。东汉定都洛阳，当时儒生郑玄、许慎等所作的经典音注，也依据洛阳太学的标准音，于是有“洛生咏”一说。晋室南迁以后，洛阳话成为金陵政权的行政用语和教育用语。所以唐李涪《刊误》说：“凡中原音切，莫过东都。”宋陆游《老学庵笔记》说：“中原惟洛阳得天地之中，语音最正。”

以上情况说明什么呢？首先说明，汉语音韵学研究主体上是关于汉语通用语的研究。这门学问不仅属于语言学，而且属于历史学。其次说明，汉语音韵学的现代方法是历史比较法与历史层次分析法。历史比较法来自语言谱系分化理论，主张通过多种方言或亲属语言之间的差别来探索语言的发展规律。历史层次分析法来自语言接触理论，主张把在同一个共时平面上杂糅的不同历史层次剥离开来。从中古音入手，意味着，我们的音韵学教学是在新的方法论的照耀下进行的。

第二条经验是勤做练习，掌握音韵学基本技术。这条经验贯穿了学习过程之始终。除背诵守温36字母、《广韵》206韵和等韵图而外，我们做了以下练习：（一）掌握《广韵》的结构和基本字在中古的音韵地位。首先用《汉语方言调查字表》对自己进行方言（比如赣方言）调查，通过记录、对比来熟悉国际音标，也熟悉这份《字表》。然后拿《汉语方言调查字表》和《广韵》对读，了解《广韵》的结构，同时也掌握了三千个基本字的音韵地位。（二）通读《广韵》，具体了解反切。其方式是根据现代学者的研究成果，为《广韵》各个小韵的代表字注国际音标，先注反切上字，再注反切下字。（三）对读《广韵声系》和《广韵》，一方面掌握《广韵》的谐声系统，了解作为形声字声符之“语根”的古今变化；另一方面通过逐字核对《汉语大字典》，辨析出《广韵》所收上古字。（四）模仿董同龢《上古音韵表稿》，把《说文解字》9000字逐一填进分类框架，建立对于上古六元音系统的认识。（五）参考郑张尚芳—潘悟云的上古音理论，利用《古今字音对照手册》来进行上古音构拟。

进行以上练习，意义很多。首先是通过反复查检，学会使用工具书，特别是《广韵》《汉语方言调查字表》和《古今字音对照手册》。其次是准确掌握汉语音韵学的种种术语，既包括国际音标，也包括摄、等、反切等等。再次是用推字的方式，生动具体地认识基本字的彼此关系，由此了解从中古汉语到上古汉语的声调、声部和韵部，确定各词语的古代同源词。关于工具书，近年出版了一部很重要的著作，即郑张尚芳的《上古音系》。此书对上古音构拟成果作了系统总结，2003年由上海教育出版社出版。至于如何掌握音韵学术语，则可以用“反切”作为例子。

我们在开学第一天，就接触到“反切”这个术语，知道《切韵》和《经典释文》都保留了大量反切资料，中古音的构拟立足于《切韵》反切，也知道陆法言是根据心中所认可的读音来定每个字的反切的。但后来的练习大大深化了我们的认识。首先，知道《广韵》的核心就是反切。据书中反切上字可归纳出36字母，据书中反切下字可归纳出206韵。也就是说，反切提供了较韵类、小韵韵类更基本的信息；可以通过反切系联，超越韵母层面，精确地掌握《广韵》的声母系统。其次，知道可利用的反切资料很多，情况颇复杂，进行反切要利用李荣《切韵音系》、邵荣芬《切韵研究》等成果。再次知道，在一般情况下，反切上字反映声母信息，反切下字反映韵的信息（而不是韵母信息），若有例外，便可能是错字，或者是抄自古代某个音注的僻字。除此之外，我们还知道：反切中必有介音信息，或表现于反切上字，或表现于反切下字，虽不固定，但不会缺失；反切中也有等的信息，若反切上下字都不是三等字，则被切字也不会是三等字；若反切上下字都是三等字，则被切字必是三等字。总之，进行反切，前提是弄懂中古音。要切出一个字的中古音，便要把反切上下字的字音从现代转换为中古。

第三条经验是立足于学术前沿。在我们进行音韵学学习之前不久，潘先生撰写了一篇《高本汉以后汉语音韵学的进展》（发表于1988年第2期《温州师院学报》）。此文所讨论的9个问题，正是我们学习的重点。这9个问题是：（一）关于《切韵》性质的讨论，认为高本汉所构拟的《切韵》音系代表6世纪前后最有权威的文学标准语。

（二）《切韵》的韵类音值，认为《切韵》共有 6 个元音音位，14 个音位变体。（三）中古的等和介音，认为要联系中古的介音系统来解释等，比如宋人韵图中二等诸韵，带 ɽ 介音；宋人韵图中的重纽三等诸韵，带 ɽi 介音；宋人韵图中的重纽四等诸韵，带 j 介音；宋人韵图中的一等和纯四等诸韵，不带圆唇介音以外的任何介音。（四）《切韵》的声母音值，认为《切韵》包含以下声母系统：

帮组	帮 p	滂 p^{h}	並 b			明 m	
端组	端 t	透 t^{h}	定 d			娘ɳ	
知组	知ʈ	徹ʈ^{h}	澄ɖ				
精组	精 ts	清 ts^{h}	從 dz	心 s	邪 z		
莊组	莊tʂ	初tʂ^{h}	崇dʐ	生ʂ	俟ʐ		
章组	章tɕ	昌tɕ^{h}	禪dʑ	書ɕ	船ʑ	日ɲ	
見组	見 k	溪 k^{h}	群 g			疑ŋ	
影组	影ʔ	曉 h	匣ɦ 云ɦ			以 j	

（五）上古韵部的划分，（六）上古韵母的音值，（七）上古的韵尾，认为上古有 6 个主元音、10 个韵尾，构成 60 个韵部、4 个韵部类，如下：

	-K 类韵部			-T 类韵部			-P 类韵部		-W 类韵部	
	- θ	-k	-ŋ	-l	-t	-n	-p	-m	-w	-k^{w}
a	魚	鐸	陽	歌$_{1}$	月$_{1}$	元$_{1}$	盍$_{1}$	談$_{1}$	宵$_{1}$	藥$_{1}$
e	佳	錫	耕	歌$_{2}$	月$_{2}$	元$_{2}$	盍$_{2}$	談$_{2}$	宵$_{2}$	藥$_{2}$
ɯ	之	職	蒸	微$_{1}$	物$_{1}$	文$_{1}$	緝$_{1}$	侵$_{1}$	幽$_{2}$	覺$_{2}$
i	脂$_{2}$	質$_{2}$	真$_{2}$	脂$_{1}$	質$_{1}$	真$_{1}$	緝$_{2}$	侵$_{2}$	幽$_{3}$	覺$_{3}$
u	幽	覺	終	微$_{2}$	物$_{2}$	文$_{2}$	緝$_{3}$	侵$_{3}$	幽$_{1}$	覺$_{1}$
o	侯	屋	東	歌$_{3}$	月$_{3}$	元$_{3}$	盍$_{3}$	談$_{3}$	宵$_{3}$	藥$_{3}$

（八）等的上古来源，认为中古的等是上古介音发展的结果，中古的三等在上古来自于无标记类，松而短；一、二、四等来自于上古的标记类，紧而长。（九）上古声母，认为来母最早为 r，喻四在上古是一个次浊音（l)，照组来源于 K'lj 或 P'lj，若干鼻音来自鼻音加塞音或鼻音加塞音加流音的复辅音声母，等等。文章最后说："每一门学科的发展，关键是研究方法和研究工具的突破性改变。从这个意义看，汉语音韵学已经经历了两个阶段。顾炎武开始的乾嘉学派是汉语音韵学的第一个阶段，或者说是汉语音韵学的前科学期。高本汉把西方的语言理论带给汉语音韵学，从此汉语音韵学摆脱了经学的随从身份，而以独立的学科得到科学的、系统的研究。但是，这一阶段的研究方法还只能是史学的、描写的。近年来，汉语音韵学逐渐接受现代科学思潮和方法的影响。我们相信第三代的汉语音韵学一方面将以通过广泛的历史比较建立汉语历史形态学为其特征，另方面语音规则的研究将具有更多的定量思想、演绎思想，更大的解释能力，一句话，将逐渐地向精密科学靠拢，变得更加规范、更加成熟。"这些话，正好概括了本次音韵学教学的基本精神。

2019 年 3 月 17 日，我拜访潘悟云先生，说起 1988 年的故事。我说："当时一起学习音韵学的四个人，除我以外，都有一定的基础。这对您的课程设置是有挑战的，您要面对不同层次的学生。请问您是如何进行教学设计的

呢?”潘先生回答了以下一段话:

那年的讲课内容，首先采用了当时的最新成果，即上古音构拟体系的新框架——“郑张－潘氏”框架。1969年郑张提出七元音系统，嘱我（潘）模仿董同龢，把《说文解字》9000字逐一填进此框架。填法类似于拼图游戏，但发现有空档，有重复。于是改成六元音系统，便填进去了。也就是说，六元音系统是在1969年，经过验证后改进的系统。这个六元音系统后来成为学术界的共识，例如美国的包拟古（N.C.Bodman）、白一平（W.H.Baxter，1971年）、俄国的斯塔罗斯金（S.A.Starostin，1989年），都提出了同样的系统。这说明音韵学成熟了。不同的人在互不接触的情况下提出同样的系统，原因在于他们使用了相同的方法和材料。这一系统现在成为国际学术的主流。比如沙加尔（Laurent Sagart）、白一平2015年所著Old Chinese，在美国获得大奖，反响很大。我们在1988年讲课，就用这一系统。另外，当时上古声母也定下来了。

2005年，开上古音构拟国际会议，来了很多大学者。会是法国学者沙加尔在2003年提出来的。开会的意义是支持我们的上古音学说。这也意味着，音韵学的主要骨干，在同一主题下，取得了共识。所谓“骨干”，包括以下四个人：俄国的雅洪托夫（S.E.Yakhontov），其代表作是关于二等字复辅音和上古元部的两篇文章（1960）；法国的奥德里古尔（A.G.Haudricourt），他提出中古汉语去声为 -S、上声为喉塞音；加拿大的蒲立本（E.G.Pulleyblank），他原是中古史学家，因同西域语言发生关系，注意梵文译音，因而采用了文献研究加译音研究的新方法；美国的包拟古，白一平的老师，1968 年提出六元音系统。

总之，1988 年的讲课内容反映了当时国际音韵学的主流。这主流由六个共识组成，在巴黎会议上得到公认。1988 年已经有了主体框架，后来作了少量的深入和改进。这六个共识是：（一）上古汉语为六元音系统；（二）来母上古音是 *r；（三）以母上古音是 *l；（四）二等的来源为 *Cr-；（五）上声在上古带 *-ʔ 尾；（六）去声在上古带 *-s 尾。

由于方法、材料一样，所以得到的认识框架就一样。这方法有三：一是历史比较之法；二是从董同龢开始的内部拟测之法；三是蒲立本试行的对应比勘之法。材料则包括七方面：一是上古押韵资料；二是汉语方言；三是域外译音；四是越南汉越语；五是朝日汉字音；六是梵文对音；七是周边民族的语言。其趋势则是音韵学同文字学相结合。

听完潘先生这些话，我觉得庆幸，觉得 1988 年是我的幸运年。——没想到，在那时，我一不小心就探触到了汉语音韵学的巅峰。

下篇

如果说这本笔记本代表了我所向往的学问音韵学，那么，对于我，音韵学又代表了什么呢？我想到一个比喻：在几十年学术生涯中，它代表的是我的“远方”。

我对音韵学开始有所关注，是在1983年。那时，我曾跟随任半塘先生进行敦煌写本校勘，注意到敦煌卷子的书写习惯颇不同于其它的唐代书写，而使用了特殊的同音替代字。成都龙晦先生留给任先生几本笔记（俗称“龙抄”），指出这些字是同唐代西北方音有关的。它们可以用为校勘的依据，以及判断作者和抄写年代的依据。理由是：如果歌辞作品采用了带西北方音色彩的韵脚，那么可以推定其作者是西北人；如果写本中的异文别字按通常的通假规则解释不了，那么可以考虑采用唐五代西北方音资料来作校勘。另外，敦煌写本往往有题记，标明年代，结合其书写，可以建立对于西北方音年代特征的认识。恰好在这时候，我从图书馆处理的旧书中买到罗常培先生的《唐五代西北方音》（中央研究院历史语言研究所单刊，1933），拿来同龙先生那些话相印证，便知果不其然。《唐五代西北方音》采用《千字文》《佛说阿弥陀经》《大乘中字见解》《金刚经》《开蒙要训》等敦煌写本资料，利用其中的汉藏对译和注音，研究了唐代西北地区的语音演变情况，是敦煌写本校勘工作最重要的参考书。我硬着头皮读完罗先生这本书，产生了学习音韵学的愿望。“龙抄”说：“如果我们能把敦煌文献卷子中的异文别字汇集起来，加以去粗取精，去伪存真，把它的内部系统、时代、地域弄个清楚，敦煌学不仅将因此而提高，唐五代以后的韵书中的许多问题，也会得到澄清。”我当时的梦想，就是把这句话付诸实践。

从1984年到1985年，我一边搜集资料，一边写作博士学位论文《隋唐五代燕乐杂言歌辞研究》。在讨论唐代琴歌的时候，注意到关于汉末蔡琰作《胡笳十八拍》的旧说，发现其中有许多问题——作者不对，年代也不对。比如拍板是在北朝传入中原的，隋唐人才使用“拍”这个节拍术语，所以“十八拍”一名不可能产生在汉魏六朝；又比如琴曲《胡笳》在南北朝一直是小曲，到唐以后才发展为大曲，所以《胡笳十八拍》的体制也不可能产生在汉魏六朝。最后，我通过对各种文献记录的分析，把这篇不同于中唐刘商《胡笳十八拍》的作品，判为南唐人所作。没想到，当我完成这项研究的时候，却从1985年第3期《语文研究》上看到一个非常相近的结论。这是一篇题为《由用韵看〈胡笳十八拍〉的写作时代》的文章。它分析了《胡笳十八拍》20个韵段，比对了《广韵》《全汉三国晋南北朝诗》《汉魏晋南北朝韵部演变研究》《隋韵谱》等资料，认为“由（用韵）概率来看，《笳》不是作于唐便是作于五代。如果进一步分析，可以肯定它是作于五代”。所谓“进一步分析”，也就是对“用韵概率、韵部构成，以及文献记载和社会背景”作综合分析。这件事，正是我应该做而未做的。我为此遗憾不已，于是反省，认为音韵学是自己在学术上的短板，因而加强了学习音韵学的意愿。

1988 年的温州之行，就是在这样的背景下安排的。从温州回来后，我未放弃念想，仍然打算通过复习和练习来巩固所学知识。第二年夏天，遂模仿陈寅恪先生，搜集资料，动手写了一篇《隋代的雅乐和雅音》。所谓“雅乐”，指的是开皇年间的制礼正乐。《隋书·音乐志》说，这事始于开皇二年（582 年），发起人是“齐黄门侍郎颜之推”——正是那位《音辞篇》的作者、于《切韵》制订“多所决定”之人；其宗旨也与编制《切韵》相似，叫做“请冯梁国旧事，考寻古典”。尽管颜之推的提议一时未获隋高祖批准，但在后来，他和刘臻、薛道衡等《切韵》制撰人却也参加了制乐。也就是说，在隋代初年，出现了两个相联系的事件：一是正雅乐，即所谓“开皇乐议”；二是正雅音，即制作《切韵》。其参加者彼此相关，其背景和价值取向大抵相同。这就意味着，我们可以通过比较，更清楚地阐明这两件事的细节，发掘其内涵。

以上这篇文章，由于杂事干扰，只写了一半；但我为此分析了大量资料，也得到向郑张尚芳先生求教的机会。其事发生在 1990 年：我负笈北京，在地质大学郑张先生家住了几天，朝夕问学，获得颇多启发。后来在写作论火历的文章[①]之时，便引用和发挥了郑张先生的一些看法。这就是关于十二支之语源的研究。此文根据郑张先生提示的语言学资料，释“子”为“兹”，认为它代表太阳冥极而生；释“丑”为“纽”，认为它代表太阳藏于纽结的天门之内；释“寅”为“敬引”，认为它代表太阳被引至天门；释“卯”为“冒”，认为它代表天门打开，旭日初出；释“辰”为“振”，认为它代表太阳振动羽翼而飞升；释“巳”为“已”，认为它代表日已升，寅宾出日的仪式已毕。又释“酉”为“留”为“柳”，认为它表示太阳留于西方天门，将入于柳谷、昧谷或蒙谷；释“戌”为“滅”，认为它表示太阳入于昧谷，光芒已灭；释“亥”为“阂”，认为它表示天门关闭，阂藏太阳于地底。这些解释是同《尚书·尧典》关于太阳祭典的记录相吻合的。它表明，十二支是从太阳祭典中产生的纪时符号。若在此基础上作点引伸，那么可以进一步解释太昊、少昊、契和商代前八王名号的来历，因为商王名号同样源于太阳祭典各分部的名称（见图）。这项研究，让我感受到音韵学的强大

① 此文的片段，曾以《火历论衡》为名，发表于《中国文化》第5辑，三联书店1991年12月出版；全文又以《火历质疑》为名，发表于《中国天文学史文集》第6辑，科学出版社1994年12月出版。

商王名号与十二支对照图

魅力。

大概就在这段时间，我向郑张先生表示了一个意愿，即跟随他做一项相当于博士论文的研究工作，借此系统学习音韵学，进而把历史比较语言学同文史研究加以深度结合。但这个梦想很快就破灭了，因为我在 1993 年当上了博士生导师，职责限制了自由。我并不死心，持续不断地购买、阅读各种关于民族语和古汉语的书刊，并在 1996 年写了一篇较富语言学含量的文章——《汉藏语猴祖神话的谱系》，发表在 1997 年第 6 期《中国社会科学》之上。

此文认为，由于猴祖神话是在图腾信仰的基础上发展起来的神话母题，主要凭借血缘上相互关联的特定人群得到传承，所以，可以采用历史比较的方法进行研究；也就是说，可以为汉藏语系的猴祖神话建立一个具有发生学意义的结构——像生物学谱系树那样的结构。我的具体做法是：在关于羌、僜、藏、彝、纳西、傈僳等18个民族的文献中找到45例可供分析的标本，首先从主题角度、中心信仰角度对这些神话进行分类，分析它们的历史层次；然后，依据相关的语言学资料——从各种民族语辞书中提取的猴符号资料，以及依《上古音对照手册》《上古音系》构拟的相关语词的上古音资料——把这些神话归纳为以下五种类型：

（一）以 mlɔk(s) 为共同母语的类型，对应于“蜼”“狖”“猱”“夒”等汉名，以猴为民族祖先为主题，流行在壮、缅、彝、怒、白、黎、畲、仫佬、载佤、哈尼、拉祜、基诺、独龙、景颇等民族当中，主要载体是藏缅语；

（二）以 mloŋ 为共同母语的类型，对应于“罔两”“方良”等汉名，以猴为山怪、木石之怪为主题，流行在水、僜、侗、毛难、布依等民族当中，主要载体是壮侗语；

（三）以 sliŋ 为共同母语的类型，对应于“信”“申”等汉名，流行在傣、瑶、苗、拉伽等民族当中，主要载体是苗瑶语；

（四）以 Juak 为共同母语的类型：对应于“猳”“玃”“狙”“狤”等汉名，以灵猴抢婚、巨猴神话为主题，流行在羌、藏、门巴、仡佬等民族当中；

（五）以 mlengos 为共同母语的类型，对应于“禺”“为”“猕猴”等汉名，以猴神为主题，在华夏民族当中流行。

综合以上五个类型，可以推测，中国最早的猴符号是 mlɔk(s) 或 (s)mloŋ，由于词头失落，才出现“禺”“为”“蜼”“狖”“猱”“夒”“猕猴”等单音节名称。

这篇文章的主要意义是：一方面，从主题、历史形态角度分析猴祖神话，阐明一个道理——神话基本形态的区分反映了它所对应的中心信仰形式的区分，神话发展的过程是在外力影响下形成谱系结构的过程；另一方面，采用历史语言学的资料与方法来分析猴祖神话，阐明另一个道理——汉藏语各民族的猴祖神话有同源的关系，其源头埋藏在藏缅语民族的文化之中；作为主流民族的华夏人，较多地认同了藏缅人中的猴神话而排斥了壮侗人中的猴族群；中国神话之所以呈现出支离破碎、杂乱无章的表象，乃因为孕育它的是一个由许多文化交织而成的民族群。正是在这种看来支离破碎的神话之底层，隐藏了逻辑结构—民族结构—历史结构的奇妙对应。

到目前为止，以上这篇文章，是语言学送给我的最好的礼物。语言学朋友往往向我谈起这篇文章，但我知道，其方法却难以重复。从 1991 年到 2008 年，我断断续续写了一本《中国早期思想与符号研究》。此书有一百多万字，讨论了很多语词符号，经常通过《说文通训定声》来理解其语源，经常借助《上古音系》来分析其古音，也经常从《民族语文》等刊物所载学术论文中寻求启发：但所得都不系统。这是什么原因呢？我想，原因应当在于：音韵学这门学问技术性太强，面对的语言事实太多，又具有很强的整体性，因此既需要记诵之功，又需要持续而清晰的思考。这是颇不同于我在另外几个领域遇到的情况的。我本来的专业是中国古代文学，随着学术兴趣的扩大，曾经比较深地涉足中国音乐史、早期艺术与考古、上古天文学、南方民族文学、域外汉文献等学术领域。按我的体会，在这些领域都能出单兵，求透彻，成系统；但在音韵学领域却似乎不能。我于是知道：自己的音韵学训练，在程度上是有限的；其主要效果只是建立了相关兴趣和一定的鉴赏能力。如果要进行深入研究，就一定要谋求同专门家的合作。

最近几年，我一直在设想这种合作。2013 年，我和温州大学两位年轻的同事——金理新教授和叶晓锋博士——联合申请了以“上古中国的语词和知识、思想研究”为题的省级科研项目，各自完成了一些成果。这些成果对上古汉语语词同知识、同思想的关系作了初步探讨。

除关注上古文献外，重点考察方言和汉语亲属语言，探讨上古汉语与周边语言的接触关系，并以此为基点研究欧亚大陆文明与知识的流动；除利用上古文物考究若干上古语词的语源外，也阐述了相关图像和形象的符号意义。其贡献约略有五：一是确定了上古汉语中的基本词汇以及借词；二是重新解读了上古汉语经典文献的部分篇章；三是解释了若干上古名称（如凤凰、牺尊）或关于思想观念之词汇的语源；四是尝试探讨了上古时期中国医学与印度医学之间的接触与交流；五是通过早期史书对匈奴语言的记载，经系统的词汇比较，揭示出匈奴语言和印度达罗毗荼语、近东闪含语系的关联。现在，我们打算扩大上述成果，再用十年时间，把早期符号的两个系统——以语词为核心的听觉符号系统、以图案和物体造型为主要形式的视觉符号系统——联系起来，作系统考察；通过研究汉语词源来建立语词谱系，通过语词谱系与造型艺术符号谱系的比较来建立关于上古知识体系的全面认识。也就是说，我们打算揭示中国智慧及其符号系统的发生原理。如果说这项研究主要有三项内容（其二是早期造型艺术符号研究，其三是各民族古神话资料的比较研究），那么，我们首先要进行中国史前语言符号研究，亦即考察中国境内主要语言的史前词汇和词族。其具体步骤是：通过现存文字来考察东亚地区史前语言的词汇，通过研究语词本义来建立一个意义谱系，然后依据语词的语音形式来推求语词的语源，进而确认每一个核心概念的形成过程。我们认为：未来的中国学术，必定会有一个全球格局，必定会以语言学大数据作为百科全书式研究的手段，必定会把文明的流动作为文史各学科的共同主题。我们要尽早走进这一潮流。

当然，中国音韵学是一个高速发展的学科。如果说高本汉、董同龢分别代表现代音韵学的第一代、第二代，那么，现在它已经进入第四代、第五代。新一代音韵学有更广阔的视野，更注意全面而系统地看问题，更尊重语言的现实逻辑，特别是，更重视材料的准确性——首先是对音材料的准确性，其次是在此基础上拓展的关于全球语言和文明的材料的准确性。它每天都在拉大起点和终点的差距。

从以上种种看来，汉语音韵学，或曰以汉语为中心的历史比较语言学，对于我，是不断延伸的“远方”。我向往它，不断接近它，但也由于一些原因而屡屡止步，远离了它。为此，我写下《一份音韵学初学笔记》，以回望初心，勉励自己重拾少年梦想。

我也想用这几篇文字向新伙伴作一告白：金理新，叶晓锋，你们知道吗，我用了三十多年时间，走了很长很长的路，为的就是同你们来一场痛快淋漓的合作，携青春之手前行！

原载《古典文学知识》2019 年第 5-6 期，2020 年第 1 期

在东京逛书市

一

“一回生，二回熟”的古谚，对于认识一个城市，大概也是适用的。四个月前，我第一次来到东京。最近因事回国半个月，“再入国”那天便似乎有了别样的体会。当我重新观看机翼下的东京湾，当我乘上从成田机场直达三田驿的“京成线”，当我走进庆应义塾大学国际公寓，当我在小书桌前懒懒地打开笔记本电脑——这时候，我开始觉得东京不是一座陌生的城市。第二天睡足起身，乘七站地铁来到神保町古书店街，在晴明的天空下手提一架行李车闲逛，看写着“神田古本間まつり”的旗号漫天飞舞——这时候，眼中的东京就显得有点亲切了。

我的意思是：如果我们要和异乡亲近起来，如果我们要适应一个完全孤独的生活，那么最好有第二次进入。因为在这个时候，我们就会发现适合自己的那把开启城市之门的钥匙。

我是通过书市来了解东京的。在我到达东京的第一个星期，刚学会乘坐地铁，我就光临神保町了。它位于东京市中心，在靖国通路的白山通路段，向四周星星点点地辐射。它也颇有点历史了：在三百多年前的元禄年间（1688–1704），称“神保小路”；在一百四十年前的明治五年（1872），当许多大学在这一带兴建起来，带动书籍业的发展而形成书店一条街之时，它改名为“神保町”。现在，这里有160家旧书店，可以说是全世界最大的“古书一条街”（日语中的“古书”意思就是旧书）。——尽管我没有到过“全世界”，但我敢说，任何地方古旧书市的规

1930年前后的神保町

模都不可能超过中国和日本，而神保町无疑是中日古旧书市的翘楚。

我的意思是：当我们谈论旧书业的时候，我们实际上是在谈论汉文化。因为在古代——在两百年以前那个漫长的时间段里，人类所拥有的书籍绝大部分是用汉字写成的。正因为这样，在现代人的图书库藏中，这些书籍以及关于它们的研究著作，拥有最难消蚀的生命。技术性的知识在不断更新，人文的知识却像陈年老酒，因贮藏而日益其香醇。由于历史的原因，汉字便成了这种知识最重要的载体。神保町的旧书恰好可以见证这一点——它们主体上是使用汉字的、具有历史内涵的书籍。

二

我之走进神保町，其实不光是因为兴趣。这正像我之来到日本一样：不光是因为好奇，而是为了完成一个关于“大陆音乐在日本的遗存”的研究项目。1984 年，在我写作博士学位论文的时候，我就看到过几种日本的音乐古籍，兴奋得很，同时想把类似的书籍看全。这个愿望埋藏了二十多年。现在，旷日持久，它被酿造成了一项工作计划。其要点是：在规定的半年或一年时间内，把能看懂的日本古文献通看一遍，从中搜集符合标准的资料，并予以登录。

为实施这个计划，我以访问研究员的身份，在去年6月住进了庆应义塾大学。这是日本最老的大学，有150年历史，也有很好的图书馆。第一次走进主馆那个十层楼的书库，我兴奋地估摸了一下：馆中有三、四百种必读之书，每天一种，恰好可以在一年里看完。第二次，这兴奋继续高涨，因为我发现，图书馆里有一千多种可读之书。但到第三次，新的发现却让我瞠目了：我看到了一份来自日本音乐史研究所的目录，它表明，在大学之外至少还有三千种古代音乐文献。刹那间，那高度的兴奋忽然就变成了高度的沮丧。我从此知道，我的计划很少有完成的可能。

我于是来到了秋叶原和神保町。在秋叶原，我买了一台扫描仪，打算用它为抄录工作、照相工作提速。在神保町，我逐一考察了那些老牌书店，拟出了如下一个自救计划：

（一）把《新订增补国史大系》买下来。这是由吉川弘文馆出版的一套日本经典史籍丛书，共66册，主要由官修史籍组成，其地位相当于中国的“二十四史”和“十通”。它包括著名的“六国史”，即成书于公元720年至901年的《日本书纪》《续日本纪》《日本后纪》《续日本后纪》《日本文德天皇实录》《日本三代实录》；也包括一批政书体史籍，例如《令义解》《令集解》《类聚三代格》《弘仁格抄》《交替式》《弘仁式》《延喜式》；另外还包括《本朝文粹》《本朝续文粹》《本朝文集》《日本高僧传要文抄》等一批散文体史料书。但它价格不菲：西秋书店开价65万日元，诚心堂开价38万日元，日本书房开价30万日元。也就是说，需要人民币2万到4.3万元。

当然，附带要买《国史大系书目解题》。这是一部两卷本的目录书，同样由吉川弘文馆出版。它对上述57种史籍作了详尽而权威的解释，可以说是日本最好的一部史籍目录。东阳堂开出的价格是2.9万日元。但也可以分册买：在庆文堂买上册，7800日元；在小林书房买下册，17850日元。经济地看，合人民币1710元。

（二）把《日本庶民文化史料集成》买下来。这是由艺能史研究会编纂、三一书房出版的一套大型资料书，共16卷。各卷内容依次为：神乐、舞乐、田乐、猿乐、能乐（假面戏）、狂言（滑稽戏）、歌谣、歌舞伎、人形净琉璃（木偶戏）、见世物（杂耍）、游戏、数寄（茶道）、"南岛艺能""艺能记录"，最后还有一个"总合艺能史年表"。就我的工作来说，这套书是很有用的，何况其内容来自古籍，有一半以上写为汉字。但它同样不便宜：日本书房的书价是20万日元，文泉堂的书价是17万日元，合人民币1.1万到1.3万元。

（三）把《群书类从》和《续群书类从》买下来。这是两套相互联接的书，由专门的"《群书类从》刊行会"刊行，是日本最大的两套丛书，相当于中国的《丛书集成》。前者刊行于1786年至1819年之间，共530卷，收载1276种图书，新订本为30册。后者刊行于1915年至1930年，除“补遗”外，共1000卷，收载2128种图书，新订本为86册。其中管弦部、游戏部、神祇部、补任部、公事部、文笔部、系谱部都收录了许多关于音乐的文献。这书在几家书店都能买到，其中最便宜的是庆文堂，正续《群书类从》共20万日元。

正像《国史大系》一样，《群书类从》也有自己的目录书，这就是《群书解题》。它由二百三十多名专家合作完成，对正续《群书类从》所载三千四百多种图书逐一作了题解，可以说是日本最重要的群书目录。我看到了五种代表性的价格：旧本（30册本），日本书房1.8万日元，庆文堂2.8万日元；新本（11册本），西秋书店3万元，庆文堂4.5万日元，日本书房8万日元。

（四）把《大日本古记录》买下来。这是一套大型的日记体史料丛书，111册，由东京大学史料编纂所编纂、岩波书店刊行。它收录了《贞信公记》《九历》《小右记》等一批写于公元10世纪以前的日记，也收录了《中右记》《御堂关白记》《猪隈关白记》等一批最著名的日记体史籍，显然有很高的史料价值。而最让人动心的是：它收录了一批由宫廷礼乐之官撰写的日记，例如《言经卿记》《言绪卿记》《实躬卿记》。它的市价是：西秋书店，100万日元；东阳堂，140万日元；一诚堂，150万日元；小林书房，157.5万日元。合人民币6.6万元到10万元。

我注意到，神保町的书店是各有分工的，有的偏重古代史书，有的偏重古代文学书，有的偏重近现代学术，有的偏重图册。其中有几家专门的音乐书店，颇多关于日本古乐的专业书。例如在丰田书房有《雅乐》一书，1.2 万日元；有林谦三的《正仓院乐器之研究》，9 千日元；有中西和夫的《佛教音乐论集》，1.7 万日元；有《日本音乐史料集成》中的《南山进流古版声明谱》，2.6 万日元。不过，这些书我暂时顾不上了。我只能按以金钱换时间的标准，先购买以上四套资料书——那都是书籍中的干货，买到一本，就节约了一个日本工作日。

我满心欢喜地跑回家来，精心制定了一个预算：四套书，用最经济的方式购买，合 170 万日元、人民币 11 万元。但看着手里的清单，我又不禁愕然了：罄我囊中所有，也只是那家财团资助的 80 万日元。我哪里能承受这样昂贵的自救？

三

我于是改弦易辙，回到了用时间换金钱的老路。——或者说，是不去考虑什么项目和计划了；蝨多不痒，且不妨从从容容地去“逛”书店。我于是世故地在各书店之间周旋，多看，少买。我警觉地捕捉关于廉价书的消息，往神保町以外的地方出击。在那个炎热的夏天，我戴着从

“百元店”买来的一顶草帽，提着一辆行李车，颇走访了一些书市。

去得最多的地方是位于神保町的东京古书会馆。这个设在地下一层的大排档式的房间，其实是日本特价书的交易中心。它的活动很频繁，什么“爱书会”“书窗会”“和洋会”“趣味展”——在这些名目之下，每周都要办两天书市。我在这里首先收获了一批工具书，比如《本朝书籍目录考证》《日本史分类年表》《史籍解题辞典》《日本古代人名辞典》；其次是以化整为零的方式购买了一些日本古典，比如《万叶集》《古事记》《风土记》《日本书纪》

东京古书会馆的《群书类从》

《续日本纪》《古今著闻集》《日本三代实录》。这些书都不贵，通常不到市价的三分之一。另外，值得留意的还有这里展出的线装书。有一次，在书市的柜台底下，居然出现了一整套线装本《群书类从》——也就是《群书类从》的最佳版本。我恰好把《群书类从》通读过一遍，一时技痒，便当了“选家”，在几百册书中选购了20册。

东京第二条古书街在早稻田。有一次，书市开进这里的穴八幡宫，张起几个大帐篷，名叫“早稻田青空古本祭”。神宫很幽静，宫外的场地很开阔，书的种类也多。比如有天理图书馆的善本丛书，我从中选了一部《平安诗文残卷》；有《能乐全书》，我从中选了一部《能之历史》；有日本美术丛书，我从中选了两册《典籍》——也就是图文并茂的日本古籍史。此外买下来的书有《日本诗纪》《声曲类纂》《日本音曲谈义》《东亚酒与医疗的起源》《埋瓮：古代出产习俗》等等。会后逛早稻田的古书一条街，注意到五十岚书店和岸书店。五十岚书店拥有一批笔记体古籍，我惊讶于古代日本皇帝也写学术性的日记，遂买了两册《宸记集》。岸书店有一批价格适中的丛书，例如《群书解题》《群书类从》《续群书类从》《续续群书类从》和《史料大成》，看得眼花缭乱，我只好作了个记录。

从特价书的角度看，东京有三个中心：一个是“中央”的东京古书会馆；另外两个，西部会馆位于高圆寺，南部会馆位于五反田。后两处书市距离地铁站不算远，到站旁的“交番”（公安派出所）一问即知。其门面也不大，因此都按“二部”制度陈列：室外是地摊，室内书才上架。地摊书陈旧，但便宜，腌里巴臜之处往往藏有一些好书。比如第一次去五反田，我在地摊上捡到《古事类苑·文学》《新群书类从·演剧》《续续群书类从·史传》等十几册大部头的精装书，每册约合人民币15元。第二次去五反田，地摊上出现的是《续群书类从》中的《满济准后日记》和《看闻御记》，其作者分别是日本史上著名的“袈裟宰相”满济和伏见宫贞成亲王。到第三次，五反田地不爱宝，居然整整齐齐地留给我一套线装的《大日本史》。去高圆寺那次收获也可观，得到《图说日本庶民生活史》《年表日本历史》《日本历史古记录总览》《上代倭绘年表》等几部成套的书。这些书有助于对古代日本作综合的了解。

以上几个书市比较常规，定期举行；不常规的则有池袋书市、涩谷书市、高田马场书市和所泽市的书市。这些书市都在东京的西部或西北部，代表古书街以外的资源。它们都设在超级市场式的高楼大厦里，环境宽松，选书不啻于游览。池袋的大楼叫“ILLMUS”，号称聚集古书15万种，参展书店23家。涩谷的大楼叫“东急东横店西馆”，规模更甚于池袋，参展书店达34家。高田马场的大楼叫“BIGBOX”，书市规模不算大，但有《国史大系》《大日本古记录》的许多零册。所泽市的大楼叫“西武第二 BILLDING”，图册丰富，不过地点远，从池袋再往郊外方向走，要坐 18 站轨道列车。八月中下旬的那些日子，我像过节一样，每隔一天就出门一逛，在书市中奔波。其中池袋是花钱最多的地方：看到一套《增补史料大成》，30 册，尚缺 3 册，而我恰好记得南京大学域外汉籍研究所有此 3 册。为了帮中国人民把书配齐，我便把全套《史料大成》都买下来了。其中高田马场是收获物最重的地方：我把书搬下九楼（有电梯），换乘三趟地铁运到家，人没压坏，承重 40 公斤的行李车轮轴却爆裂了。其中涩谷是最具纪念意义的地方：那天正是 8 月 15 日，楼下有人顶着烈日，头系布条，拿着喇叭高喊“日本不败”，而楼上人却不分种族，济济一堂地追求学术、文化、和平与廉价。

四

朱希祖有诗云：“不与人物接，不与山海游，终生伏几案，天地一书囚。”马克思有诗云：“不是听凭我的意志，而是命运的驱使。”我觉得，这两句话合起来就是我在日本的状态：由命运驱使而成了书囚，作为书囚而被驱使进了各种书市。

我日常所接，其实也就是一些书囚；所游，则是囚禁人的书山、书海。我看这些事物，总是像看到另一种形式的自己。这书是陈旧的，灰蒙蒙一片，只对有眼力的人熠熠闪光。这里的人基本上是男性，一把年纪，穿戴随便，面露菜色，但肃然而有君子之风。你们是从哪里来的呢？你们在寻找什么呢？你们凭借什么得以生存呢？我在心里，不免会对这些影子一样的人群发问。

有一天，山本书店的山本贤三向我作了解答。这是个风度儒雅的书老板。他约我在一家咖啡店深谈，告诉我：来到书市上的人有三种，第一是卖书的人，来这里不仅交换钱，也交换书；第二是做文史工作的人，来这里寻找资料；第三是喜欢看书的人，来这里找消遣。年轻人是看漫画长大的，不爱看书，所以不来；有钱的人时间少，所以也不来。女孩子不来，则因为她们很少有独立活动的空间。

日本旧书业历来发达，神保町古书一条街就是在一百多年前形成的（所以那里的书店大多是世袭的）。这说明，日本的旧书业是靠一种传统生存下来的。这传统就是喜欢文字的文化。以前日本人喜欢活字文化，现在则喜欢各种阅读。为什么呢？因为日本人生活在海岛之上，只有通过阅读才能真正学到外国的文化和文明。也就是说，为了克服海岛的局限，日本才重视汉字文化。

最近几年，日本的经济不景气，但旧书业却有所上升。这是因为，经济一紧缩，关于挣钱的书就减少了；缺钱的人没有条件去考虑如何挣钱，很多人就回到兴趣上来了；而喜欢买便宜书的人也会多起来。东京的情况就是这样：买便宜书的人基本上是日本人，买贵书的则是来东京的中国人。不仅书，凡是奢侈的、贵重的东西，在东京，一般都是中国人来买，因为他们有能力买，也需要。在中国本土大概也是这样吧：人们不买书，要买就买贵重书。因为便宜书是给自己看的，贵重书是给别人看的。

不过，在日本卖书的人，最近的利润却越来越少了，相当于十年前的三分之一。书店老板为什么踊跃参加书市？就因为坐柜台越来越难了。虽然难，但书店还是要开，因为开书店“爽”：既比公司上班自由，也可以满足读书的兴趣。比如山本书店的藏书有三大主题：一是关于中国，二是关于音乐，三是地方史志。为什么？因为这三项正是山本贤三的兴趣——他是商人，但也是毕业于早稻田大学的知识人。

听完山本贤三的话，东京书店之于我，好像就有了特别的况味。从那以后，我看坐在旧书店柜台中的书老板，看他们掩埋在故纸堆里的与书页相似的黄脸，看他们成交时郑重地包装书籍的动作，常常就会有一种感动。我知道他们是在谋生，但也是在看守祖先的故土。现在，每次从会馆出来，我都会在古书街上走一大圈。看那些老面孔都在，觉得安慰；看丰田书房终于关门了，便觉得失落：颇有点同喜同忧的味道。这些书店也用它的方式给了我回报：纷纷采用“二部”制，在门外设了几个特价书柜。我有很多好书是来自这些书柜的，比如《日本庶民文化史料集成》《日本古典文学全集》《日本古典文学大系》《故实丛书》的一部分，以及《国史大系书目解题》《公卿辞典》《智山声明大典》《古乐古歌谣集》。

从这个角度看，在东京逛书市的过程，不妨说是我心灵史上的一个断面。它似乎经历了三个阶段：一是粒粟斋阶段，二是山本贤三阶段，三是福岛和夫阶段。“粒粟斋”是我的一位朋友的别号。他以异于常人的雄毅，在南京大学建起了一个“域外汉籍”的金银岛。来日本之前，我在岛中浸染了几天，不免也憧憬“从艰难开始，一步一步地寻找永远的蓝色海洋”。第一次走进神保町的时候，我心里就有这种维京人（pirate）的豪情。但见到山本贤三以后，我发现，我在东京书市里找到的，不过是当年日本人的海外寻找。正像古书街上的守土者那样，我只能收获自己民族的流散。这是正在没落的流散，收集工作很难说是“永远的蓝色”。这时走进东京的书市，我便有一种同情的忧伤。再后来，我认识了福岛和夫——上野学园大学日本音乐史研究所的创建人，一个成就卓著的音乐史专家。前面说到，正是他的那一纸记录，提醒我进入海洋要保持冷静。现在我每周在他的庞大的资料室里工作三天。面对他45年的辛勤积累，面对那无穷无尽的手抄书和手抄图谱[①]，面对绫小路、伏见宫、春日大社、四天王寺等许多家族、寺社的秘藏，我如蚂蚁仰望大山。这时候，我会怀着依恋的心情来到书市，把它当成喘息的地方，当作慰藉和依靠。因为，尽管我囊中羞涩，尽管我赖以生存的人民币天天贬值，但书市毕竟能够满足我的许多梦想，比如用金钱交换知识的梦想、在书卷中自由游弋的梦想。其实，这是属于年轻时候的梦

和福岛和夫合影

① 有天我询问福岛和夫："你这个资料室里有多少手抄本乐书？"他看了五分钟天花板，用英语回答说：很难建立一个概念，最多只能说这里的音乐文献有多少个种类。如果估计一个大概，那么，谣本（说唱曲）、长呗（歌舞伎伴奏曲）的乐书乐谱比较多，各有一万件以上；筚篥、琵琶、龙笛、凤笙、三弦的乐书乐谱少一些，各有一千件以上；佛教声明的乐书乐谱介于中间，至少三千件。按这一估计，我想，在他这个资料室，同中国大陆音乐、朝鲜半岛音乐有关的手抄本大约是一万件。

想。那时候，我还不知道自己将会进入这样一个汪洋大海，不知道浩瀚的知识也会让人惧怕，不知道“无穷的开拓”和“平淡的坚守”是如此沉重的一种宿命。

原载《古典文学知识》2009年第2期

在文学研究的边缘

“边缘”是近年来的一个流行词，主要用来证明某种中心的存在，以表达中心失落的那种状态。本文所说的“边缘”稍有不同。古人有言曰“至大无外”，“至小无内”，“君子不器”，“道未始有封”，意思是边缘和中心的区分是相对的、暂时的；就认识活动而言，这种分别意义不大。本文就是在这一立场上使用“边缘”一词的。也就是说，在承认学科整合的前提下承认学科分立，把文学研究同其它学科的结合部称作“边缘”。

南京大学中国古代文学研究者创立“素心会”，定期探讨学术，交流研究工作的甘苦得失。我有幸作为一名外校同行忝列讲座，亟愿有所献替。但我能讲点什么呢？今且按素心会的创办宗旨，讲点自己在文学研究边缘部位的工作经验与感受吧。时间有限，主要谈谈在文学与音乐结合部的一些心得。

一、文学与音乐的一般关系

从理论上说，音乐同文学的密切联系，已经是一个不言自明的事实了。我们熟知的情况是：一部中国古代文学史，主体上是音乐文学的历史。出现这种情况是很自然的，因为在文学的本质中，潜藏了音乐的因素。这可以从以下两个角度来理解。

一个角度是文学的早期形态。大家都知道六朝时候的“文笔说”，例如《文心雕龙·总术》所谓“无韵者笔也，有韵者文也”。无论是以“文”与“笔”相对还是以“诗赋”与“笔”相对，都反映古代人原有这样一个观念：只有韵文，或者说，只有作为音乐文学体裁的“诗”（歌唱作品）和“赋”（不歌而诵的作品），才算文学。汉代人已经明确地表达了这一观念。例如《汉书·艺文志》就把诗赋单独列为“七略”中的一略。后来七部分类转变成四部分类，这一观念仍然有相当程度的保留。比如魏晋时候的《中经》《中经新簿》《晋元帝四部目录》，其第四部或者只收录诗赋、图赞、汲冢书，或者直接命名为“诗赋”。这实际上是古代传统的一种积淀。它说明：作为一种语言艺术，文学是在同音乐相分离的过程中独立出来的。所以在古人看来，文学的特点是使用有别于日常语言的音乐化的语言。换句话说，文学的本来形态是音乐的形态，文学起源可以归结为韵文的起源，韵文体裁实际上是文学独立的标志。

另一个角度是文学的基本传播方式。我们知道：任何一个具体的文学活动都包含创作、传播、接受这三个环节，传播是其中最具物质性的一环，因而决定了文学所采用的形式。而文学传播的一般方式无非是两条：一、铭刻或书写，二、歌唱或朗诵。在造纸、印刷等技术尚未充分发展的年代，歌唱是文学传播的最重要的方式。因此可以肯定，口传文学同书面文学的关系，就像语言同文字的关系一样，是皮和毛的关系。即使在那些用纸、笔来创作或记录的文学中，也可以看到音乐作为其内在规定所发挥的作用。这有以下两种情况。

一种情况是：作家的韵文作品，尽管不再使用音乐的传播方式，但它们总是要继承、摹仿或吸收作为母体的音乐文学。继承的例子有歌行。歌行的原始涵义是器乐伴奏下的叙事歌唱，后起的涵义才是长篇诗歌——歌唱的体裁变成了写作的体裁。摹仿的例子有词。词体的本质便是因声度词的曲调规范和修辞规范。吸收的例子则有各种乐府诗。唐代诗人搞那么多种乐府诗，其宗旨便是从民间歌唱中吸取营养。在这几种情况下，作品的形式都是由音乐形式规定下来的。

第二种情况是：各种散文的文学作品。尽管产生于对日常语言的书面记录（而不是对仪式语言的书面记录），但它们也总是要接受同时代的音乐文学的影响，因而讲究韵律。例如《老子》等先秦散文和后来的骈文。也就是说，作为审美的对象，这些作品本质上仍然是同歌唱、诵读相联系的；它总是要从韵文中吸收审美的因素，使自己由应用文字变成艺术文字。

以上两条说明：离开音乐，离开歌唱、诵读这两种经典的文学传播方式，我们既不可能看清文学的本质，也不可能理解古代文学的审美活动。另外，事物的形式总是比较稳定的，总是反映了某种历史积累，因此，了解音乐，是了解文学史上那些长时段运动、规律性现象的前提。闻一多曾经说："诗"即"志"。这个词最初包含记忆、记录、怀抱三种涵义，代表了诗的三个早期发展阶段。如果把这个论点同少数民族文学资料加以印证，那么，我们可以发现这样一个道理：艺术意味着形式化，文学乃以形式化的语言（亦即音乐化的语言）为标志。文学不仅是凭借一定的传播手段而产生的，而且是为了传播而产生的。为什么说文学是凭借一定的传播手段而产生的呢？因为只有通过一定的仪式，被相当数量的人接受，那些有别于日常语言的韵文程序才能形成。为什么说文学是为了传播而产生的呢？因为韵文最基本的体裁特点——相对整齐的句式、同诵唱音乐相对应的韵律、一定数量的语言套式，都反映了记诵和传播的需要。总之一句话，音乐同文学是具有共生关系的两个事物。

二、从音乐学的角度看文学

我在读研究生的时候，先后接受了王运熙、任中敏两位老师的指导。这两位老师都做过文学和音乐的比较研究，因而为中国文学史学提供了许多新问题、新方法和新资料，对许多文学现象作出了比较透彻的解释。由于他们的引导，我在 20 世纪 80 年代初期就开始了音乐文学研究。我的工作主要有两方面：一是在“隋唐五代燕乐杂言歌辞研究”的名义下，讨论了隋唐燕乐的建立过程，讨论了曲子、大曲、著辞、琴歌、讲唱等音乐体裁对文学的作用等问题；二是在宗教音乐研究的名义下，讨论了佛教和道教音乐系统的建立过程，讨论了存在于佛教文学和敦煌俗文学当中的音乐与格律的关系等问题。

如果说我的工作有什么收获的话，那么就是学会了从音乐学的角度看文学，由此体会到：真正意义上的音乐文学研究，是文学、音乐兼通的研究。或者说，只有在充分占有文学、音乐两方面史料的基础上，在认真掌握有关音乐研究成果的基础上，才会有真正的音乐文学研究。这种研究能够使研究者充分注意长时段的事物，注意事物运动中的重复性现象，因而成为关于事物规律的研究；单纯意义上的文学研究是做不到这一点的。实际上，程千帆、卞孝萱二位先生也表达过类似的意思。卞先生说：文史结合的基础是文史兼通，只有通，才能合。程先生则主张文艺学和文献学相结合，认为一旦揭示了审美关系和历史关系的联系，我们就不仅可以对文学现象作出描写，而且可以对它作出解释。从音乐学的角度看文学，其意义也就是这样：能够看到文学的真实本质，从而使我们的研究立体地复现历史上的文学运动。在这种情况下，我们也就可以把文献、文物、民间遗存资料有机地结合起来，解决过去解决不了的学术疑难问题。关于这一点，兹请举几个事例加以说明。

一个例子是词的起源研究。这是本世纪文学研究的热点之一。形成热点的原因大概有两条：一方面，敦煌资料和新兴的中国音乐研究把人们的目光引向隋唐燕乐这个背景事物，问题的解决有了新的条件；另一方面，这一思路却未得到文学研究者的广泛认同，因为传统的两个问题——词律是如何产生的？词和诗到底有怎样的关系？——并未得到合理解释。我在进行隋唐燕乐研究的时候，发现这一问题可以转换为初盛唐的教坊乐如何进入中晚唐文人生活的问题，因而注意到盛唐以后发展起来的饮妓艺术，以及与之相联系的酒筵歌舞。于是，在全面占有有关资料的基础上，提出了一个“令格”概念，认为晚唐五代的文人曲子辞格律既不同于敦煌曲子辞的格律，又不同于宋代文人词的格律；它的产生原因不仅在于音乐，也不仅在于诗律，而在于酒令令格。或者说，从曲子辞向词的转化，在其早期阶段起主要作用的是音乐，而在其后期阶段起主要作用的是酒令。这项成果后来写进了《唐代酒令与词》一文。它的结论是：词体代表了一种文化积累。它在民间辞阶段获得歌调，在乐工辞阶段获得依调撰词的曲体规范，在饮妓辞阶段增加众多的改令令格，这些令格到五代以后的文人辞阶段才转变成由词谱所规定的种种格律。词律迥异于近体诗律，所以不能把近体诗看作词的主源。这项工作把早期词史研究推进了一大步。从方法论角度看，它的主要收获便是能够立体地认识文学，努力寻求事物的广泛联系，认真分析事物的阶段性发展。

另一个例子是《胡笳十八拍》研究。这是20世纪50年代末期的一个热闹话题。但由于大家都没有看到《胡笳十八拍》的本质（它是一首琴歌，而不是普通的文学作品），那场争论没有得出明确的结果。我是在研究唐代琴歌时注意到这一问题的，因此很自然地补充了三类资料：一是七弦琴艺术史的资料。根据这类资料，可以清晰地描写出《胡笳》曲的发展过程：从琴小曲到琴大曲、从单纯器乐曲到伴奏曲的发展过程。由此可以知道，十八拍的《胡笳曲》产生在盛唐董庭兰以后，而不是蔡文姬时代。二是考古学资料，例如敦煌文献所记的《胡笳十八拍》。根据这类资料，唐代流行的《胡笳十八拍》是《大胡笳十八拍》，即刘商作辞的《胡笳十八拍》；旧题蔡琰的《小胡笳十八拍》，是直到宋初才有明确的文字记载的。三是民间遗存资料，例如保存在各种琴书中的38份《胡笳》

琴谱。这些琴谱可以分为三个系统：一是四段结构的《小胡笳》系统，二是配合刘商辞意的《大胡笳》系统，三是调式和《小胡笳》相同的《胡笳十八拍》系统。由此可见：人们所争论的《胡笳十八拍》，只是《小胡笳十八拍》；它在中唐时只有四段，到五代才完成十八段的结构。根据目录书的记载，它的作者是南唐人蔡翼，而不是汉魏之际的蔡琰。这一成果后来写进《琴曲歌辞胡笳十八拍新考》一文。它在方法论方面的收获是：每一篇文学作品都有多重本质，应当联系事物的发生过程去把握它的深层本质；因此，文学研究同样有必要综合运用文献、文物、民间遗存三类资料，进行多重论证。

我另外还准备了两个例子，由于时间关系，就不详细介绍了。一是"敦煌舞谱研究"。由于在历史上见不到相类似的文献，我采用了逻辑与历史相对应的研究方法（通过历史形成来认识事物结构原理），使舞谱解读工作取得了成功。二是《诗六义原始》。这篇文章的主要内容是解释风、赋、比、兴、雅、颂"六诗"的原始涵义及其演变为"六义"的过程，是通过物质手段或物质的存在方式来论述精神现象的。这些例证的共同意义，就是主张把关于文学的平面的认识，转变成立体的认识。从音乐学角度看文学，便是使它立体化的最重要的途径。

三、作为文学研究者看音乐学

学术给予我们的乐趣，有时候是纯粹观赏性的。这就好像人们对于春天的感情一样。春天不是收获的季节，所有果实都只代表了某种可能；但我们从中得到的愉悦，并不亚于秋天收获之时。当我作为文学研究者进入音乐学界的时候，我的感受便是进入了这样的春天。

为了使我的介绍更生动也更简洁，在这里，我想提到一位名叫黄翔鹏的音乐学家。他出生于 1927 年，读过物理系，担任过中国艺术研究院音乐研究所所长和中国传统音乐学会会长。从某一角度看，他的学术生命并不长：由于政治方面的原因，1978 年，51 岁那年，他才以关于先秦青铜钟的双音结构的论文被学术界注意；但到 1994 年，也就是他 67 岁之时，他却因肺部疾病卧床不起了：这之间只有 16 年时间。不过，在这 16 年当中，他却创造了令人惊异的学术业绩。

他的第一个贡献是传统音乐基础理论方面的贡献。在广泛调查民间音乐的基础上，他采取音乐实践与音乐史料互证的方法，提出了“同均三宫”理论。这个理论的核心涵义是：在同样一个八度之内，按五度相生的规则生出七律，并以前面三律为调头，可以构成三种音阶——正声调古音阶、下徵调新音阶、俗乐调清商音阶。这是为了用有限的乐器演奏丰富的民族乐调而形成的乐律学结构，实际上是文化传播与融合的特殊产物。因此，这个理论的实质，就是为汉民族的民歌、民间器乐曲、戏曲和各古老乐种，提供了一个具有强大解释力的乐律学公式。

他的第二个贡献是音乐考古学和中国音乐史学的贡献。他曾经为大量音乐文物作了鉴定，包括定名、音乐性能测定，以此充实了中国音乐史和中国乐律学史资料库，进而对音乐的历史过程作了更深入的描写。例如关于五声与七声的关系，过去人总认为七声是西方音乐的特征、五声是中国音乐或中国南方音乐的特征，并认为五声是中国人的思维特征的表现。黄先生揭示了这些假象的本质。他注意到，五声化是明清以来逐渐发展的倾向，在民间音乐中，往往可以看到按七声来记谱、按五声来演奏或演唱的情况。这就证明，五声和七声的关系是一种历史的关系，而不是文化的关系；从七声到五声的演变，是因为音乐传播过程中的乐器缺损造成的。另外还有一种情况是：越古老的乐种，七声的成分越多（琴曲也是时代越古老七声成分越多）。这又证明，从七声到五声的变化，是由于调弦法在起作用：在七律确定的情况下，根据旋律中的大三度确认“宫”音之所在，而使五声得到了强调。也就是说，对“五声”的强调反映的是对“五调”——五种调弦法的强调。五声是七声的省略形式。五声是以七声为背景的五声，七声是把五声奉为骨干的七声。其实质是“七声定均，五声定宫”的音阶关系。

他的第三个贡献是曲调考证方面的贡献。这一工作的基本步骤是：在确定一定时代的黄钟律高、调式形态的基础上，利用现存的音响资料（乐谱、存见的音乐实践），考证曲牌、宫调、谱字，最终复原音调。也就是说，是一个从具体到抽象、又从抽象到具体的完整过程。这一工作有点像我们文史研究中的辨伪：要把社会变化造成的表演习惯的改变、曲调名实关系的变化分辨出来；又有点像我们的宏观研究：要研究的不仅是字面符号，更重要的是结构——定弦的方法、各音级的关系。从前一角度看，它是一种技术鉴别的方法；从后一角度看，是一种历史比较理论。大家大概知道，音乐界近几年有个时髦，即所谓“破译敦煌曲谱”。从本质上说，破译敦煌曲谱也是曲调考证；但从方法上说，两者却颇有差别。因为在目前的敦煌曲谱研究中，刚才说的“辨伪”“宏观”两个步骤是空缺的。因而它类似于猜谜，也类似于我们的文学评论——是创作而不是研究。

黄翔鹏实际上代表了本世纪音乐研究中的科学化的倾向。由于音乐具有形式化程度很高的表现手段，这个学科比较方便地实现了同世界各国学术的交流，因而在少数学者中产生了这一倾向。其具体表现是：始终把规律探讨同具体考证结合起来、始终把基本理论同技术方法结合起来。这和我们说的微观与宏观的结合还有所不同。因为这种工作不仅坚持了文献、文物、民间遗存这三种对象资料的结合，而且，它是一种多层次的比较研究，按黄先生自己的说法，是前景－中景－背景的比较研究。前景是作为实际的艺术活动的音乐，是瞬息即逝的那些现象，包括作为对这种活动的记录的乐谱。中景是它们背后的比较稳定的东西，也就是作为某一时代许多音乐活动的概括的乐学形态——调式、音阶、乐器形态。背景则是乐学形态的数理关系，在一定程度上，是一个民族的音乐文化的骨干，称作乐律。在研究实践中，这三者之间的关系，并不是简单的统计学上的关系，而是从具体到抽象、从个别到一般逐层递进的关系。这一工作既可以命名为“传统音乐研究”，也可以命名为“中国乐律学史”。因为，“传统音乐”反映了三重论证的特点——把文献、文物、民间遗存熔于一炉的特点，亦即把各种音乐学的边缘学科熔于一炉的特点；“乐律学史”则反映了探讨规律的特点。作为一个文学研究者，我更关心他的这种能把多重逻辑对应起来的技术和精神。我认为，既然音乐可以作为文学形式而存在，那么，这种技术和精神便必定可以移用于我们的文学研究。

四、结语

所谓文史兼通，所谓多学科交叉，说到底，还是一个如何利用资料的问题。或者说，我们要考虑的是：如何调动一切手段，利用一切知识和认识角度，来观察并解决我们面临的问题。中国有绵延五千年的文明史，留下了五千年的文献。我们有文献上的优势，所以，我们治学要以文献学为先。但如果我们看看文学以外的那些学科，看看汉民族以外的那些文化，或者，看看城市以外的那个广袤的世界，我们又会知道，中国文学研究所面对的丰富的文献作品，也可能使我们盲目。文献并不是记录历史的唯一手段。我们的祖先在把自己的思想和知识写在纸上、简帛之上或金石之上以前，他们早已用各种造型艺术品刻下了这些知识和思想。另一方面，对于大部分中国人来说，口碑的方式是记录历史的主要方式。中国所有伟大的史诗都出在草原之上，为什么会这样？因为逐水草而居的生活，使游牧人必须用歌唱来保存和传递各种知识。我们这个文明久远的民族不仅经历过这样的历史，而且，它的大部分成员一直生活在这种历史之中。如果这样想想，那么，我们就会懂得“多学科结合”和“文史兼通”的必要性与迫切性。

这种必要性和迫切性还表现在，同相邻学科比较，文学研究事实上是一个发展缓慢的学科。本世纪以来，许多学科都由于技术的推动而完成了从“古典形式”到“现代形式”的转变——例如在使用地层分析、器物分类和各种年代测定技术之后，“金石学”变成了成熟的考古学；在引入音标、语言调查、谱系分类等技术之后，“小学”变成了现代语言学；在完善了对现象事物加以描述和概括的数学手段（例如表示音高的音分概念、记录乐音运动的现代乐谱、描述乐音区域和音阶关系的宫调模型，以及运用数理逻辑方法来研究乐音之间关系的律学）以后，现代的音乐学也得以确立。这种情况，在文学研究领域并没有发生。尽管人们不断倡导文学研究或文学史研究的“转型”，但占主流地位的转型学说都与上述现代化倾向相反，只强调文学作为精神或心理的存在，具有明显地把历史科学哲学化和艺术化的倾向。前面说到的把五声当作中国思维的典型例证的笑话，也是这种倾向的产物。

事实上，事物的本质是同它的存在形式相联系的。文学是一种语言的艺术；在古代中国，主要以音乐为其载体。语言和音乐是文学的两大形式。因此，考虑文学研究的转型，我们便不能不向自己提出这样一个问题：既然由语言学、音乐学所体现的关于文学形式的研究已经有了这样大的进步，已经离开价值判断而成为具有客观真理性的学科，那么，我们是否可以提出同样的要求，并找到合适的方法，使自己的研究也成为关于真理的工作，成为可以得到验证的工作？

原载《古典文学知识》1997 年第 3 期

古代音乐文学研究的观念和方法

主持人傅刚：今天，我们高兴地请到王小盾老师来跟北京大学中国诗学研究中心的师生进行学术交流。我跟王老师相知相交二十多年，对他的学术研究、他的学术观念、他的研究方法，有一点点体会，觉得对我们做研究，包括立志、选择研究方法，都会有很大帮助。可能大家对王老师的情况已经有所了解，我再简单地介绍一下。

王小盾老师现在是四川师范大学文学院首席教授、中国音乐学院博士生导师，曾经担任上海师范大学、扬州大学、清华大学教授，笔名王昆吾。他的著作有《隋唐五代燕乐杂言歌辞研究》《唐代酒令艺术》《中国早期思想与符号研究》《越南汉喃文献目录提要》《从敦煌学到域外汉文学》《隋唐音乐及其周边》等十多种。他的学术工作涉及中国古代文学当中的音乐文学、神话学、域外汉文学以及文献学等领域。

我给他一个定义：他是一名职业的学术工作者。这话听起来很简单，也很普通，但其实能够当得上这个名称的学术工作者很少。什么叫职业？这个词的意思是说他具有清晰的学术理念，具有明确的研究计划，并且具有系统的行之有效的工作方法。这就是我说的“职业”的内涵，他都具备。所以他选择研究路线的时候，不盲目，不随意。刚才我讲他涉及众多学术领域，撰有众多著述，他做这些工作的时候其实都有一种自觉性。他的研究具有很鲜明的个人特征。这跟他的学术理念有关，也跟他本人的性格有关，所以他的工作和当代任何一位研究者都不同。一般研究者喜欢集中于某个相对固定的研究领域，相比之下，他需要更广阔的学术舞台。他能够在不同的学术界域之间得心应手地探索现象存在的意义和原因，并且乐此不疲。他的研究是不是都能够得到正确的学术结论？很难说；但是毫无疑问，他的任何一个研究都不是无准备的，而是经过了思考，沿着他的学术研究大方向发展出来的。这种研究像下围棋一样，开始的时候让人看不清楚他落子的目的，但是在最后，九九归一，所有研究都指向一个目标。因此他的研究，即使不成功也都是具有启发意义的。他曾经对自己的工作做过这样的描述：“要在更广阔的领域当中开辟资料库藏，注意研究事物的长时段运动，寻找事物内部逻辑与外部规律在历史上的契合，用新的分析方法而非旧的叙述手法来组织材料，撰写历史。”因此，他很注重文化的发生和传播的研究。这样看来，他近几年的研究，都是这种目的在不同领域中的表现。我非常欣赏他说过的一句话："要像鹰一样具有坚硬的翅膀，而不要华丽的羽毛。"那是二十几年前的话了，我想他现在的翅膀已经锻炼得很坚硬了，能够抵御得住任何风雨了！他在当代的学术界，其实是颇为寂寞的，我觉得他可能有意在寻找这种寂寞。

他不仅在学术工作上取得成绩，他的教育也是出色的。他成功地把他的学术理念和研究方法传达给了他的学生。他的学生可以说都很好地得到了这方面的学术训练。我认为他是当代学者当中，指导学生成功率最高的学者之一。刚才讲他的研究涉及很多的领域，所以他的学生也遍布各个领域，取得了很高的成就。据我所知有华南师范大学的戴伟华教授，专长唐代文学；江西师范大学的傅修延教授，专长比较文学；方志远教授，专长明史；中国音乐学院的赵塔里木教授，专长民族音乐学；西南师范大学的李方元教授，专长中国音乐史；北京大学的潘建国教授，专长文学文献学；四川大学的何剑平教授，专长佛教文学。这几位都是博士生导师了。另外在中国社会科学院工作的有马银琴、周广荣、许继起等等，很多都已经崭露头角，在学术界引起广泛注意。所以我相信，他的研究和他的教学方法对我们大家都会有很大帮助。下面请王老师给我们作报告。

感谢傅刚教授对我的褒扬，我没想到他会有这样一番热情的言辞。其实，我是“摸着石头”走到今天的，未必像傅刚教授所说的那样目标清晰。我和潘建国教授倒是经常有交谈。我也会根据潘教授的意见来调整自己。今天坐在这里，由于傅刚教授刚才这番话，也由于钱志熙教授、刘勇强教授、孙明君教授在场，我觉得很有压力。我争取在一个半小时左右把应该讲的内容讲完，留一些时间跟大家讨论。

今天的演讲题目是傅刚教授指定的。本来我打算讲“经典之前的中国智慧”，向大家介绍我理解的神话，也介绍一下怎样运用考古学材料和民族学材料进行研究；但是傅刚教授认为现在这个题目更好，更加有针对性。我能理解他的意思。他的一个看法就是认为音乐文学研究或者说《乐府诗集》研究在最近出现了高涨的思潮。凡是在出现高涨思潮的情况下，学术就不免会沾染上意识形态的色彩，或者说沾染上形式主义的色彩，过去的《古史辨》就有这样的情况。这个时候需要冷静，需要有反思的精神。他也许是希望我通过今天的这个演讲，来对音乐文学研究的客观性、科学性加以某种强调。我按这个理解来讲，不一定能够实现傅教授的初衷，希望各位批评。

今天讲三个内容：第一，回顾一百年来的音乐文学研究；第二，讲一下我从音乐文学研究中得到的经验；第三，介绍我指导博士生进行《乐府诗集》研究的实践。大致上讲三代人的音乐文学研究或《乐府诗集》研究，通过这种方式向大家介绍一条贯穿了将近一个世纪的学术思路。

一、回顾：一百年来的音乐文学研究

（一）音乐文学研究的发端

现在的音乐文学研究大致上有90年的历史，它的中心是乐府文学研究，如果要追溯起源，那么可以说它是民主精神的产物，发端于对白话文学与平民文学的关注。比如胡适就是比较早地把乐府文学纳入文学史进行研究的学者。他的看法是：乐府诗是“一切文学的起点”。其他学者也有类似的看法，比如鲁迅，在谈到文学起源的时候，有“杭育杭育”的说法。这些说法都反映了当时的文学倾向；说明在这个时候，乐府文学研究的兴起是必然的。这一时期的主要著作，在1920年代有徐嘉瑞《中古文学概论》、黄节《汉魏乐府诗风笺》、陆侃如《乐府古辞考》、胡适《白话文学史》，在1930年到1935年有罗根泽《乐府文学史》，王易《乐府通论》，陆侃如、冯沅君《中国诗史》，朱谦之《中国音乐文学史》，在1936年以后有梁启超《中国之美文及其历史》、郑振铎《中国俗文学史》，此外还有萧涤非的《汉魏六朝乐府文学史》，等等。

这里列出的十几种著作，都是比较重要的中国文学史著作，都出现在1949年以前。这些著作都用相当篇幅对音乐文学做了讨论。如果要从这些作品中概括出当时音乐文学研究的特点，那么，参考各位学者的看法，可以归纳为以下三项：

第一，强调乐府歌辞在文学史上的重要地位。这一时期重点讨论的问题，也被看作文学史的重要问题。其中有：1. 各种诗体发展同乐府的关系，比如汉乐府中五言诗体的形成与成熟、七言诗的产生与乐府的关系等等。这项讨论表现了研究者新的历史眼光。2. 民间歌辞同文人歌辞的交流与渗透。这项研究表现了对事物关系的关注。3. 乐府歌辞的内容和形式。这项研究扩大了研究领域。从讨论的题目和讨论的方法看，音乐文学研究的兴起，不仅同当时的民主精神相关联，而且同当时的科学精神相关联。总之，如果说乐府研究或音乐文学研究有什么特别的观念，那么，它们表现了追根溯源的文学史动机。

第二，建立了乐府专体文学史。代表作是罗根泽的《乐府文学史》和萧涤非的《汉魏六朝乐府文学史》。这是两本具有相当系统性和新鲜视角的书籍，其作者都是富于创造性的学者。宋代严羽《沧浪诗话》曾说过“乐府俱备诸体”，亦即注意到乐府研究在文体史上的意义。但罗根泽、萧涤非具有更加开阔的历史学视野。他们使乐府文学研究变成一种新的工作，即不仅把文学当作艺术作品来理解，而且当作社会现象来理解。

第三，重视考察乐府歌辞的音乐系统。也就是说，不仅考察文学，而且考察音乐。徐嘉瑞的《中古文学概论》、王易的《乐府通论》、朱谦之的《中国音乐文学史》都是这方面的代表。徐嘉瑞认为："音乐系统即是文学系统。""要想看出真的文学历史，有生命的文学历史，非从音乐和平民的音乐、平民的有韵文里边去找，否则不会成功。"这也表明了当时音乐文学研究的基本的出发点：认为作家文学是以平民文学或者说音乐文学为根源、为基础的。另外值得注意的是余冠英的《乐府歌辞的拼凑与分割》。这不是专著，而是一篇考据学文章。它结合歌唱情况去讨论古代文学现象的原因，说明这个时期的乐府文学研究是具有深刻性的。

总之，1949 年以前的中国音乐文学研究或者乐府文学研究，总体上说，既产生于对文学等级观念的突破，也产生于了解音乐与文学的共生关系的需要。它们有这样一个观点：认为音乐的变迁导致了文学的变迁。相对于中国古典文学史的研究来讲，这是具有深刻性的。这种深刻性，很大一部分原因在于研究对象——研究的首先是一种关系，而不只是单纯的作家和作品。

（二）王运熙先生的研究

我认为，在这个阶段比较有代表性的学者是王运熙先生。他是我硕士研究生时期的指导老师。

王老师出生于 1926 年，1947 年毕业于复旦大学中文系，当时只有21岁。以后一直在该系任教。他的成名作《六朝乐府与民歌》写成于1948年到1950年两年间，共收7篇论文。另外有《乐府诗论丛》，写成于40年代末到50年代中期，共收11篇论文。从20世纪50年代中期开始，他的研究重点转移到唐代文学。60年代起，研究重点又转移到中国文学批评史。他的乐府研究主要是在二十多岁进行的。

王老师的乐府诗研究有这样几个特色：一是重视经典细读。比如《六朝乐府与民歌》，基本上是研究《乐府诗集·清商曲辞》八卷的成果，是通过对这八卷书的细读完成的。二是注重进行环境考察。他每研究一件事情，都会注意它赖以展开的空间和时间的背景。这样做的效果是能够说明事物之产生的原因。三是重视采用目录学方法，以保证资料的系统性及其来源的可靠性。他在每进行一项工作之初都会采用目录学的方法来做材料学的准备，所以他说自己的指导老师是《四库全书总目》。他的研究成果也因此显得细腻、贴切而有条理。

对王老师在乐府研究上的成果，有一些学者做过评论。我认为最好的评论是王老师自己写的《我研究古典文学的情况和体会》，发表在《贵州文史丛刊》2003年第1期上。在这篇文章中，他这样介绍了自己的研究：

关于《六朝乐府与民歌》一书，他说：这部书“对六朝通俗乐曲清商曲辞中的吴声歌曲、西曲歌两部分，作了系统深入的探究”。——注意，他对自己的学术工作特点的概括是“系统深入”。

关于《吴声西曲的产生时代》，他说：这篇文章重点研究吴声西曲“在六朝时代的发展过程及其与当时贵族上层阶级人士文娱享乐生活的密切关系”。——在这里，他提出重视研究文学现象的时间特点，也就是注意考察文学现象同当代社会文化的关联。

关于《吴声西曲的产生地域》，他说：这篇文章“说明吴声、西曲产生的中心地区分别是当时的京城建康和江陵，并进一步阐述了这一地域条件与歌辞内容、情调的关系”。——在这里，他提出注意研究文学现象的空间特点，也就是文学现象同地域文化的关联。

关于《吴声西曲的渊源》，他说，这篇文章“就吴声、西曲的体制形式特点，探讨它们与歌谣与相和歌辞乐曲分解的承传关系”。——在这里，他提出要注意考察事物的形式。

关于《吴声西曲杂考》，他说：这篇文章“考证了《前溪歌》《子夜歌》《碧玉歌》等十多种曲调”。关于《论六朝清商曲中和送声》，他说：这篇文章“通过乐曲中和送声性质、作用的阐明，解释了现存许多吴声、西曲歌辞内容与旧籍有关作者、本事记载不相符合的疑问”。——这两篇文章的特点是注意考察事物之间的联系，特别是音乐与文学之间的关系。

关于《论吴声西曲与谐音双关语》，他说：这篇文章详细分析了吴声、西曲歌辞中出现的双关语，“并从当时民谣隐语、上层阶级谈吐两方面论述了当时普遍运用谐音双关语的社会风气”。——这篇文章注意细节分析，是一篇由小见大的论文。

关于《论吴声与西曲》，他说：这篇文章“对吴声、西曲作全面概述，除上面介绍的内容外，还就其文学成就特色与发展过程作了较多补充。吴声、西曲歌辞，在过去封建时代常被人们视为淫辞鄙曲，很少措意，‘五四’以后，又被不少学人视为纯粹的民歌俗曲，很少注意它们与当时上层阶级人士的密切关系。我在这方面的研究，填补了空白，创获较多”。——这段话反映了王老师的主要研究观念：一是填补空白，打破过去因为文学等级观念所造成的研究范围的局限；二是注意考察民歌俗曲与上层人士相联系的环节，全面揭露事物关系。

总之，从以上内容可以概括出王老师关于音乐文学研究的观念和主要方法，也就是一个基本观念、五个研究方法。总的观念是填补空白，全面揭露事物关系。方法上的要点则是：第一，做系统深入的研究；第二，重视考察文学现象的时空背景；第三，注意考察事物的形式；第四，注意细节分析；第五，重视不同社会阶层之文学的彼此关联。

我第一次看到王老师的著作《六朝乐府与民歌》和

《乐府诗论丛》的时候是29岁。我是恢复高考以后第一届大学生，在农村劳动十年，到26岁进入大学，28岁才考上硕士研究生。事实上，王老师进行乐府研究的时候比当时的我更加年轻。为此，我在崇敬王老师的同时，也会被他的年轻的智慧所激励。也许我后来的学术道路同这个感受有关系。不知道大家是否注意过这样一个情况：学生都会模仿自己的老师。学生和老师之间有模仿、被模仿的关系，不一定把它说出来，但事实上是存在的。比如我的博士生导师任半塘先生。我跟他读书的时候，他已经快九十岁了，已经不太能向我传授具体的知识了。我于是找到了向他学习的好方法，即通过阅读他的著作来模仿他的研究。王运熙老师的《六朝乐府与民歌》《乐府诗论丛》，对于我来讲同样有榜样的意义，所以我在硕士阶段就开始注意事物考察的系统性，注意研究对象和环境的联系。我的硕士学位论文题目是《明曲本色论的渊源及其在嘉靖时代的兴起》。这篇论文，可以说是对以上思想方法——重视考察事物关系，注意文学理论现象的时空背景和文学基础——的初次实践。

以上是说王运熙老师的工作。从他的乐府诗研究里面我们可以看出：他所代表的第一阶段的乐府诗研究的基本观念和主要的研究方法，已经达到相当成熟的程度。所以，要是我们说过去的乐府研究水平低，所以现在要来进行乐府学；那么，我们的说法就是轻率的。当然，王老师的观念和方法是否能被学术界接受呢？却不一定。比如我有一个学兄叫杨明，他的硕士学位论文的题目是《盛唐边塞诗和唐代边境战争》。1982 年答辩的时候，这篇论文就遇到这样一个争议意见，即认为他研究的不是文学而是历史。面对这种质疑，我记得王老师未作任何表示。我理解，他的意思是：这个问题不需要讨论，因为研究就是比较，至少要把对象和它的背景作比较。这道理是不言自明的。或者说，文学史研究必然有两个观察角度：既是文学角度的研究也是历史学角度的研究。古代音乐文学研究尤其具有多角度的要求，因而要注意采用比较的方法。这种比较研究，在任半塘先生的学术实践中同样有鲜明的表现。

（三）任半塘先生的研究

任半塘先生大名任中敏。他出生在 1897 年，比王运熙老师大三十岁。为什么把他放在王运熙老师之后来介绍呢？因为他代表了比较晚近的学术思潮，也就是从“艺”的角度、“场上”的角度进入文学研究的思潮。对于一百年来的音乐文学研究来说，这是一个重大改变。

任先生是在 1917 年进入北京大学的，进校不久，就随吴梅先生学习词曲。他的特点正是从词曲研究进入音乐文学研究，跟前面说的那些学者——从诗歌研究进入音乐研究的学者——不同。大学毕业以后，1920 年代，他重点进行词曲研究，著有《散曲丛刊》《新曲苑》等著作，建立了“散曲学”这个新学科。后来，他花了几十年时间办教育，建立了“汉民中学”。到 1950 年代，他重新进入学术界，从事唐代文艺研究，著有《敦煌曲校录》《敦煌曲初探》《教坊记笺订》《优语集》《唐戏弄》《唐声诗》等著作。从 1955 年到 1982 年，他发愤图强，在政治环境相当不利的情况下，建立了三项学术事业：一是敦煌曲研究，二是唐代表演艺术研究，三是唐声诗研究。进行这些研究工作，任先生都有一种承前启后的使命感。比如他在《唐声诗·弁言》中说到：“顾于其业接触既久，好之殊殷，粗得门径，以为可行，立志开端，唤起来者，以昌其业。因撰此稿，试作综合探讨。”可见从目的、效果两方面看，《唐声诗》都是一个先行者，它代表的是一个宏大的事业。这事业不妨就叫作“声诗学”。

这是一个怎样的事业呢？在初版于 1962 年的《教坊记笺订》中，我们可以看到它的概况。这本书里面有一篇《唐代音乐文艺研究发凡》，介绍任先生的学术理想。按照这篇《发凡》，在《唐声诗》之外，他打算撰写《唐杂言》《唐著辞》等 18 部著作，这些著作共同构成“唐代音乐文艺研究”总体。其中有些著作，他没有来得及着手，而是由我完成了。比如我写过一本《唐代酒令艺术》，它其实包含了《唐著辞》的内容；我的博士学位论文叫《隋唐五代燕乐杂言歌辞研究》，它其实也就是对任先生所设想的《唐杂言》的扩大。总之，任先生这项总体工作，从一个角度看，可以称作“对唐代结合音乐之词章的全面研究”；从另一个角度看，则可以称作“对唐代结合音乐之伎艺的全面研究”。它不仅包括关于“声诗”“杂言”“著辞”和敦煌歌辞的研究，而且包括唐戏弄研究和唐大曲研究。也就是说，这是一项词章和伎艺并重的研究。任先生最基本的研究方法，就是通过伎艺看词章，通过词章看伎艺。

如果注意一下任先生本人的学术史，那么我们还可以了解，“唐代音乐文艺研究”另外有一个特点，也就是表现为由词曲研究向发生学的延伸，表现为探寻事物初始形态的学术追求。从这个角度看，《唐声诗》首先一个姐妹篇，是出版于1958年的《唐戏弄》。这两部书的共同点是分别指向了一个事物起源问题——《唐戏弄》指向中国戏剧之起源的问题，《唐声诗》指向词之起源的问题。要说中国文学史研究这个学科里面有什么问题最大，我想就是诗的起源、词的起源、戏曲的起源这几个问题。我认为，任先生立意要寻找后面两件事物的起源。

任先生是生在19世纪的人，思想跟我们有些不一样。那时的人有比较强烈的责任感，有比较明确的社会角色意识。任先生的自我角色是因为两个人而确定下来的。一位是吴梅，是他学术上的导师；另一位是胡汉民，是他政治上的导师。他很自觉地把自己的生命当作这两位老师的延续。比如，他的学术往往以吴梅先生的立场为立场，因而表现为对于王国维先生的批判：王国维写了本《优语录》，他就写了本更加详尽的《优语集》；王国维著有《唐宋大曲考》《宋元戏曲考》，他就做了一部更具本源意义的《唐戏弄》；针对王国维在敦煌文学研究的不足，他对敦煌歌辞作了较完备的收录，完成了《敦煌曲校录》《敦煌曲初探》《敦煌歌辞总编》等著作。在他身上，可以看到前代知识分子身上的一些特点，比如说忠诚、重视师承、敢于担当。无论如何，这不能说是缺点，因为从效果上讲，任先生的学术的确在王国维先生的基础上有很大推进。同样是讨论中国文学史上的词起源问题、戏剧起源问题，《唐戏弄》《唐声诗》展示了非常广阔的文化人类学的视野。

正是基于以上理想和追求，《唐声诗》提出了一套具有前沿意义的文学史理论。其中最重要的观点是以下三项：

1. 任先生认为：歌辞的体式是由音乐和表演方式决定的。齐言、杂言两类辞式，彼此之间并无因果关系。他说："齐言、杂言二体，同时并举，无所后先，不相主从。""格调则文占其一，艺占其三。……绝大部分之长短句格调，应为倚杂言之声而辞，不假他辞。"

任先生提出这些看法，有一个重要背景，即过去的词学研究是作为诗学研究的附庸而进行的。老话说"诗尊词卑"。意思是：诗歌是高级的文体，词是卑下的文体。另外有两个相关的说法，一是说"词为艳科"，词是黄色的文学作品；二是说"词生于诗"，只有用诗的理论才能解释词的理论。任先生强烈反对这种等级观念，于是把“诗”“词”之二分改称为“齐言”“杂言”之二分，以“杂言”代指词，“齐言”代指诗。也就是说，他不再认为诗先词后，而认为齐言、杂言的关系是一个平等的关系。我曾经对研究生说：每一代学者，往往能在前人的基础上往前走一步，很难一口气走两步。任先生在这里事实上往前走了一大步，这是很了不起的。我们这一代人当然可以再往前走一步，也就是对“齐言”“杂言”之分别的本质作出解释。我以后会讲到这一点，讲如何从辞、乐关系的角度看待“齐言”“杂言”这二者之间的分别，由此确认它们的本质。现在可以提一下：在分辨齐言、杂言的时候，有些辞句之间的小差异是不具备本质意义的。比如有些诗歌在《旧唐书》里记为长短句，在《新唐书》里记成七言诗或者五言诗，差别只有一两个字，它们的差别就不好说是文体的差别；或者说，由这两种记录所表现的齐言、杂言的分别并不是本质的区别。这是属于我们这个时代的问题。而在任先生那里，用齐言、杂言的对比来化解诗和词的对立，这种情况已经表现为一种进步。

2. 任先生认为：作为音乐文学，歌辞是由音乐与文学两重因素构成的。以文学为立场，仅仅把音乐作为论证之装饰的研究，不成其为音乐文学研究；把两者的关系简单化，仅仅认为长短句词是近体诗向外来音乐的一种适应，也不成其为音乐文学研究。他说：“诗与乐相表里，宣体用，非本末关系。”历代诗与乐，至少有以下三种配合方式：“（甲）由声定辞；（乙）由辞定声；（丙）选辞配乐。”

以上认识，反映了任先生的思想方法，也就是重点从声和辞的关系来看音乐和文学的关系。一般人喜欢笼统地讨论音乐和文学的关系；他不是这样，他把这种讨论具体化了。他有个看法，就是认为诗和乐的关系是多元的，这一看法到现在仍然有指导意义与前沿意义。比如学术界有一个重要观点叫做“以文化乐”，认为汉族音乐的传统是“文主字从”，具体表现为“依字声行腔”——从文词的声调化出乐曲的旋律。相比任先生的解释，这一观点就显得片面，因为任先生起码指出了在历史上存在过的三种辞、乐结合的方式。从本质上看，对这三种辞、乐结合的方式也可以一分为二：一种是辞主乐从，另一种是乐主辞从。前者即“以文化乐”，传统的表述叫做“诗言志，歌永言”，或“乐以诗为本，诗以乐为用”；后者则是“诗不言志，歌不永言”。这种“诗不言志，歌不永言”的方式是不是臆造的呢？不！它的确存在。比如当西域音乐传进来的时候，那些非汉语的歌辞必定会在传唱过程中失落，人们必定要按照已有的曲调填写新的歌词，这种情况必然会引出以下两种辞乐结合的方式：一是“由声定辞”，元稹的说法是“因声度辞”；二是“选辞配乐”，也就是唐代人所说的“声诗”。这时候的辞、乐关系显然是一个先声后辞、乐主辞从的关系。这种方式在唐代非常流行。正因为这样，才出现了采用依声填词、采诗入唱两法来创作的“曲子辞”或“词”。到宋代以后，旧传统上升，重新恢复按照诗歌来配乐的方式，使“诗而声之”成为习惯；但是，我们不能以偏概全，不能仅依南宋以后词和昆曲的情况来理解中国音乐文学的整体。从这个角度看，任先生关于由声定辞、由辞定声、选辞配乐三种方式的观点，对于中国音乐文学研究来说，具有特别重要的意义。

3. 任先生认为：宋代人关于长短句词调由填实和泛声而来的观点是错误的。唐代燕乐歌辞并不是一字一声，也不是一句一拍。朱熹有一个影响很大的看法，即认为诗歌之所以能够变成词，是因为唱歌的时候有很多和声、泛声、虚声，把和声、泛声、虚声填上实辞，原来整齐的歌词就变成长短句的歌词。任先生坚决反对这个看法。他认为诗调本来就是曲调，彼此相对应，不需要用和声来填实。这一看法，实质上是用关于音乐文学的细致考据推翻了过去诗家的推测。

我认为，以上三项理论观点未必不可以商榷，但它所代表的“声诗学”的基本立场却是明显具有科学性的。这立场就是：承认文学和音乐的共生关系；承认音乐工作者（伎艺人）和文学工作者（文人）在音乐文学史上的平等地位；重视从具体的辞乐关系的角度，去认识不同的音乐文学现象。这样一来，它就和通常的“词曲研究”或“乐府学”拉开了距离。我们知道，关于戏剧起源的研究和关于词体起源的研究，在 20 世纪以来，都可以归入音乐文学研究的范畴；但至少其中关于词与音乐之关系的研究，基本上是停留在以文学和文人为本位的传统之上的。在认识历史之时，它们很难获得客观的视角。有一个明显的事实是：相当多的研究词与音乐关系的学者，他们的立场是词学家的立场。他们所谈的“音乐”，其实是指格律，指文辞声调；他们只谈吟诵的声音，而不谈歌唱的声音。这种人习惯站在古代士大夫的立场上去看音乐文学的“雅”“俗”之别，因而有重视正统文学、否定通俗文学的倾向。这件事说明，任先生和当时学术界的一般观点确实是有差距的。有一句俗语说：做什么并不重要，重要的是怎样做。这话很对：同样是进行音乐文学研究，不同的人观念的确不太相同。前面说到，音乐文学研究者有一个很好的观念，即：为了解决文学问题，我们要研究音乐文学，研究《乐府诗集》。现在我们看到，任先生在这个观念之上进了一步。他认为，音乐文学是一个独立的本体，有它自己的问题和方法，应该作为研究的主体对象。比如关于词的起源问题，如果以“诗尊词卑”为立场，那么就会认为词是从诗变过来的，认为词的格律来源于诗的格律，所以摆脱不了“填实泛声”之说；而只有把音乐文学当作研究的主体，才能超越传统的文体观，真切地、深入地探讨文学与音乐的关系问题。总之，到任先生这里，中国古代音乐文学研究有一个范式的改变。他的实践表明，研究方法问题，归根结底也就是研究观念的问题。

二、经验：我在音乐文学领域的学习和研究

我从1979年起跟随王运熙先生学习中国文学批评史，从1982年起跟随任半塘先生学习隋唐音乐文学。不由自主就走上了音乐文学研究的道路，也阅读了《乐府诗集》。

关于两位导师对我的教育，我多次作过专门介绍。2006年，还向北大博士生讲过《进入学术工作的十条经验》。除导师的教育以外，我认为，有以下两件事情对我的学术思想影响最大。

第一件事情是，我曾经在农村劳动十年，是在牛屁股后面完成“我的大学”的。这段生活让我有了强烈的知识饥渴感。那时每天要劳动十几小时，加上繁琐的“早请示”“晚汇报”，读书时间很少很少。这样一来，我不免会把读书和自由当成同一件事情。我感到，只有通过阅读，一个人才能超越现实的辛苦和逼仄，在广阔的空间和时间里放飞自己的想象。我于是习惯从人的需要这个角度看待读书。同时，由于生活在社会底层，生活在广阔田野当中，因而在阅读和思考时会有一种人类学倾向。这十年，正是我养成读书习惯的十年，上述倾向于是深刻地影响了此后的一生。这未必是我的优点，但可以说是我的特点，因为

同其他学者相比，我的确更加关心不同环境中的文化，重视在人类学视野中认识事物。我曾经深入高原、草原和绿洲，在新疆、西藏、云南以及境外的吉尔吉斯斯坦、哈萨克斯坦做过仔细的学术考察。前两年还在四川、云南等地调查彝族和羌族文化，撰写了《论火把节的来源》《论〈梅葛〉中的文化数字》等论文。

另一件事情是，在上博士生政治理论课的时候，我很认真地阅读了马克思的《资本论》。这门课程由扬州师范学院陈均老师采用一对一的方式指导。我一边读书，一边和陈老师反复讨论了这样一个问题：如何利用概念体系，去揭示现象事物的本质。我认为，《资本论》的研究方法，核心在于范畴分析和历史分析。前者也就是把经济范畴的物质内容和它的社会形式加以区分，比如从劳动二重性、货币二重性中推导出资本范畴；后者则表现为努力追寻在资本的物质内容掩盖下的历史形式，恩格斯的说法是“逻辑和历史相一致”。这两种方法都适用于我们的音乐文学研究。比如，透过纷纭复杂的音乐文学现象，可以观察到一些比较具有本质意义的活动，这就是联结音乐与文学的不同方式。把这些活动总结为概念，那么可以建立“曲子”“大曲”“谣歌”“讲唱”“著辞”“琴歌”等一套体系。又比如同样是歌唱，不同时代有不同的典型形态，汉魏之际的典型形态是相和歌，六朝之时的典型形态是清商曲，北朝以后的典型形态是“胡夷里巷之曲”，开元天宝年间盛行“教坊曲”，中唐以后流行酒筵著辞。这些形态的关系既是历史关系，也是逻辑关系。简单地说，为了更深刻地认识事物，音乐文学研究有必要引入新的分析方法。具体说来，其要点就是上面说的两件事：一是范畴分析，二是历史分析。后来，我把思考的成果写成了一篇论文，发表在上海戏剧学院学报上面，题目是《试论〈资本论〉中对于事物的质的规定方法》。

进校之初，也就是在学习《资本论》的时候，任先生曾经同我讨论过博士论文的写作。他建议我参考《唐声诗》的结构来设计论文，写一篇《唐杂言》。我根据他的建议作了许多尝试，发现不太合适。为什么呢？因为按学术的要求，我不能简单地重复前人的工作。《唐杂言》要进行的是同样是歌辞研究，研究对象和《唐声诗》相近，可利用的资料和《唐声诗》相近；假如不改变研究思路，那么就会造出一个《唐声诗》的复制品。这是不合适的。怎么办呢？这时候，上面说的两件事情便发生作用了，我于是设想走一条新路：用一个立体的视角，来观察我所面对的那几百年的音乐文学运动。或者说，用一种剥露本质的方法，来讨论隋唐五代的音乐文学。我于是更换了自己的立场：不再是文学本位，也不再是音乐文学本位，而是以事物关系（音乐与文学的关系）为本位。我的博士论文就是按照这一思路来进行的。

我花了一整年时间来通读隋唐五代的历史著作。当我按上述思路来观察其中的音乐文学资料的时候，有焕然一新的感觉。我从每一种文学体制中，比如五言、七言、长短句、单篇、联章等，都看到了决定它们之所以如此的音乐形式，这就是隋唐燕乐的不同的音乐结构。比如前面谈到诗而声之、选辞配乐、“因声度词”三种声辞关系，它们其实意味着三种不同的音乐文学体裁。第一种，按诗而声之的方式去造歌，所造成的是乐歌型的声诗。在隋代就有这种声诗，比如隋炀帝曾“大制艳篇”，然后谱上《万岁乐》《泛龙舟》等“新声”。第二种，按选辞配乐的方式去造歌，所造成的便是曲子辞型的“声诗”。这种声诗多见于盛唐以还，比如在《乐府诗集·近代曲辞》中录有《渭城曲》《簇拍相府莲》《伊州》大曲“歌第一”等歌辞，乃采自王维诗。第三种，按因声度词的方式去造歌，所造成的是“乐府”曲子辞。比如《云谣集杂曲子》中的歌辞。在前两种情况下，人们先写好词再去配曲，所以歌辞有大致相近的文学体式——由于同当时人的写作习惯相吻合，这些体式往往是五言近体、七言近体，任先生称作“声诗”。如果相反，采用因声度词的方式去造歌，所采的曲调基本上是从西域传过来的曲调，是在流传过程中失落了原有歌词的曲调，而这些曲调原来配合粘着语歌辞，那么，新的歌辞便往往是长短句。所谓“齐言”“杂言”之别，表面上看是篇章体制的区别，而究其实质，乃是声、辞关系的区别。李清照说：“乐府、声诗并著，最盛于唐开元天宝间。”这里说到了唐代曲子的兴盛；同时说到：在唐代曲子辞中，有“乐府”与“声诗”的二分。我的理解是：前者（“乐府”）指的是乐工之辞，即因声度词的“长短句”；后者（“声诗”）指的是诗人之辞，即选配乐曲之辞，往往表现为五七言近体。它们是两种声、辞关系的代表。

值得注意的是，在“乐府”曲子辞中有一个特殊的品种，也就是按打令规则创作的曲子辞，唐代人称“著辞”。这种曲子辞是在游戏的场合，按行酒令的要求来制作的，有特殊的格律。它们的格律和诗的格律很不相同，有时候要求句句押韵，有时候要求颠倒用韵。显而易见，这种格律不是音乐所要求的，而是游戏所要求的。它们在安史之乱以后成为一种流行的娱乐方式，引起文人们的兴趣，造成了大批格律曲子辞。其代表作品是“饮筵竞唱其词而打令”的“新添声《杨柳枝》”。正是经由这些作品所代表的时代风尚的洗礼，诗才变成了“词”。

总之，在那个时候，我常常追溯每一种文学体式背后的行为原因，总是设问：什么样的行为造成了什么样的文体？可以说，这是第一种追溯。还有一种追溯是从每一种音乐结构中看到决定它们之所以如此的历史背景。比如为什么会有曲子？为什么到了隋代、唐代才有曲子？唐代以前主流的音乐形式叫做相和歌，相和、曲子是两种歌唱的方法，为什么会有这两种歌唱方法的过渡？后来，我自以为找到了问题的答案。简单地说，是因为乐器发生了改变——随着西域音乐传入，中原开始使用大量的节奏乐器（比如在“十部伎”所使用过的四十种乐器当中有十七、八种是打击乐器）。这样就造成了新的节奏观念，也造成了新的曲体观念——曲体比较规整，不再像清商曲那样散漫和随意——这样一来，依一定的曲调来作词就成为可能。这件事，按刘禹锡的说法是“依《忆江南》曲拍为句”，也就是按照节拍来作词。进行这种追溯的时候，研究对象在我面前表现为三样东西：表面上看是文体，透过文体看是音乐的结构，而在音乐结构的背后还有文化背景。为了把这三样东西的关系搞清楚，需要抓住其中的关键环节。过去，任先生把曲调当作关键环节，所以《唐声诗》用一半篇幅作了曲调考证；而在我看来，更重要的环节是作为结构的音乐体裁，所以我在博士学位论文中，把隋唐五代音乐文学区分为曲子、大曲、谣歌、著辞、琴歌、讲唱六种体裁，各立一章，分别进行了研究。在我看来，这两种研究都可以达到某种深刻性，即可以揭示音乐文学的内部关系及其历史发展的原理。我的博士学位论文，因此也改名为《隋唐五代燕乐杂言歌辞研究》。

以上说的是我自己的特殊的经验，也就是通过现象去追求事物本质的经验。同传统的古典文学研究相比，这一经验是音乐文学研究所特有的，因为音乐文学研究需要考察音乐与文学之间那许许多多个层次。不过从另一面看，任何一种文学研究都要面对事物关系，都要通过现象看到本质。因此，我愿意换一句话来表述以上这个意思。即：观念的转变必然会导致思路的转变和方法的转变。比如，当我把学术立足点转移到音乐文化的历史变动这一基础之上（而不止是考察文学的发展），那么，我的论文就从“隋唐燕乐”一章开始，因为隋唐燕乐是我要讨论的各种音乐文学现象的背景。又比如，一旦按前面所说的理由进行操作，那么在这一章之后，论文便自然会进入音乐体裁部分，列出“曲子”“大曲”“著辞”“琴歌”“谣歌”“讲唱”等六章进行论述。这说明一个道理，真正的音乐文学研究的确有其特殊性，在观念上有别于传统的古典文学研究。

也许各位会问我：对于音乐文学研究来说，哪些新观念比较重要？从我的经验看，是以下三个观念：

1. 把文学体裁视为各种艺术活动的书面表现。比如依调填词的“词”，其实是以下三种彼此联系的艺术活动的书面表现：一是按固定曲调唱歌，二是依一定格式唱和，三是循一定的规则进行打令游戏。文学体裁和这些艺术活动之间的关系，可以说是“果”和“因”的关系。也就是说，依调填词的创作方式是由曲子、唱和、打令这三者确定的，这种创作方式又决定了文体。比如曲子辞之体，就是按照曲调来选择文辞格式这种创作活动的书面表现。总之，我们观察事物，若要讲究深入，那么就要去探讨隐藏在现象底下的原因。

2. 认为文学形式是歌唱程式和表演程式的遗迹。这也可以举个例子：比如多段重复的“联章歌辞”，是反复踏歌的遗迹。所谓反复踏歌，也就是一群人在聚会中不断地按一个曲调来唱歌，一段一段地唱，用脚步来打节拍。许多少数民族还保留了这样的歌舞习惯。我认为，正是这种风尚造成了“联章”这样一种文体。“联章”是任先生造的词，它指的就是同一个格式不断地重复这样的韵文。这个例子启发我们：文学形式的区别，往往源于歌唱程式或表演程式的区别。

3. 认为不仅要在理论上承认音乐和表演对于歌辞体式的决定作用，而且要建立细致的空间和时间坐标，具体探讨其方式和表现。这一观念，跟王运熙老师的思路是相近的；不过，在《隋唐五代燕乐杂言歌辞研究》研究当中，它运用得更加广泛。比如关于词这种新文体的产生，很多人发表过意见，笼统地说词是由隋唐燕乐造成的。但是，隋唐燕乐如何具体地影响了词，人们对这一点的讨论却不多。其实，只要仔细观察就能发现：词是一个不断变化的事物，它在不同发展阶段接受了不同文化因素的影响。因此，词的起源问题可以由“隋唐燕乐和文学如何相关”的问题转变成为“这种相关性如何实现形态转换”的问题。

关于这个“问题转变”，我愿意多说几句话，作点解释。大家也许都知道，关于词的起源问题，人们习惯给出有固定时间点的答案，比如说认为词起源于诗三百，或起源于乐府诗，或起源于隋炀帝，或起源于初唐中宗皇帝，或起源于盛唐李白，或起源于中唐白居易、刘禹锡等人的唱和，或起源于晚唐温庭筠、裴諴等人的打令，等等。我的看法与此不同。我认为，这些人所说的“词”，其实并不是同一样东西——比如隋炀帝所作的《纪辽东》，和温庭筠用来打令的《南歌子》就不是同一样东西。正因为标准不同，所以人们在词起源问题上争执不下。也就是说，所谓“词”其实有多种形态，词的起源实际上是一个形态转移的过程：它在隋代的时候被视为“胡夷里巷之曲”，也就是有了曲子形态；它在初唐的时候采用“撰词起舞”的方式来创作，也就是产生了依调唱和的规则和风气；它在盛唐的时候以“教坊曲”的名义流行，也就是有了“依曲拍为句”的条件；它在中晚唐的时候有了“著辞”这一特色品种，流行按某一曲调范式而打令。许多因素不断累积，最后到五代形成了“律词”之体，到宋代则演变成为按谱作词的文人新诗体。我由此得出的看法是：词是在新俗乐兴起以后，经长期发展而形成的一种文体。就其主要的阶段性特征而言，词经历了民间辞、乐工辞、饮妓辞、文人辞次第演进的过程，分别具有作为“胡夷里巷之曲”、作为教坊曲、作为酒筵改令辞、作为格律范本辞的不同本质。词体的格律特征事实上反映了一种文化积累：在民间辞阶段（大致相当于隋至初唐），获得歌调；在乐工辞阶段（大致相当于盛唐），获得依调撰词的曲体规范；在饮妓辞阶段（大致相当于中晚唐），增加众多的改令令格；在五代以后的文人辞阶段，这些令格转变成由词谱所规定的种种格律，才形成了和诗相并列的一种新文体。

不知道各位是否能够接受我提出的上述答案。它回答问题的方式的确不同于人们所习惯的方式。这种方式是否有道理呢？我想大家可以回想一下瞎子摸象的故事。在这个故事里，也有两种回答问题的方式：一种说大象像绳子（摸到大象尾巴的瞎子这样说），或者像扇子（摸到大象耳朵的瞎子这样说），或者像柱子（摸到象腿的瞎子这样说）；另一种则说大象其实是这许多局部的总和。我们都知道，后一种方式是比较接近真理的；前一种方式貌似准确，却很片面。可惜的是，人们总是习惯按前一种方式来解答问题。在词起源问题上出现的情况，正好也是这样。为此，我们需要反思。大家知道，建立理论的目的是为了准确而深刻地解释事实，只有能够解释事实的理论才是有效的理论。比较起来，在关于词起源的理论中，从形态转移的角度来观察词起源的理论，具有最大的解释力。

把以上三条综合起来，可以说，我在实践中形成了一套自己的方法。其中有三个要点：一是“通过物质来考察精神”，二是“通过形式来探究内容”，三是“通过行为来理解思想和言论”。2008 年，在《中国早期思想与符号研究》一书中，我再次提到这三句话，认为我在研究中国早期思想文化的时候、研究神话的时候，也是把这三点当作方法论的基础的。现在回过头来看，这些方法最初是音乐文学研究的方法。它首先在博士学位论文中得到运用。这说明，这些方法是具有普遍效用的，并非仅属于音乐文学研究。不过，饮水思源，正是这些方法，使我对《唐声诗》所提出的核心问题作出了初步圆满的回答。

从撰写博士学位论文那年（1983年）算起，我已经在音乐文学领域工作了三十多年。尽管我的研究范围大致限定在唐五代以前，但其中也有很多体会，三言两语说不完。现在，我打算再举一个例子，说一说印象最深的一点体会。

大家一定知道《胡笳十八拍》吧？它既是一部著名的文学作品，也是一部著名的音乐作品。大家知道它，通常因为它联系于三国时候的蔡文姬。人们一般认为，它是蔡琰蔡文姬的作品。不过，关于这一说法，却在20世纪50年代末期引起了一场热烈的讨论。这时，正是郭沫若先生完成了他的剧本《蔡文姬》的时候。为了维护蔡文姬对于《胡笳十八拍》的著作权，郭沫若在半年里写了六篇文章。他用雄辩的语言论证说："那是多么深切动人的作品呵！那像滚滚不尽的波涛，那像喷发着融岩的活火山，那是用整个灵魂吐诉出来的绝叫。我是坚决相信那一定是蔡文姬作的，没有那种亲身经历的人，写不出那样的文字来。"

郭沫若先生的这些话能不能解决问题呢？不能。因为那是文学评论，而不是文学研究。它把“美”的东西当作“真”的东西，这在考据学上是行不通的。那么，持怀疑观点的学者们是不是解决问题了呢？应该说，有很大推进，但没有解决。因为这些学者主要是把《胡笳十八拍》当作文学作品来研究的，而忽视了《胡笳十八拍》的本质——它是一首琴歌，并不是普通的文学作品。

我是在研究唐代琴歌时注意到《胡笳十八拍》的。也就是说，我是在对曲子、大曲、著辞这些音乐体裁作过细致考察之后，再来研究琴歌，进而研究《胡笳十八拍》的。因此，我很自然地采用了音乐研究的思路。根据这一思路可以得出以下两个基本认识：

第一，《胡笳十八拍》这个名称联系于一种特殊的伴奏方式，也就是用拍板表示段落结束。这种方式不可能产生在唐以前，因为在魏晋南北朝时期，人们是用“节”（而不是“拍”）来为歌唱打节奏的，这就是所谓“丝竹更相和，执节者歌”。翻遍魏晋南北朝的文献资料，找不到一处关于拍板或“拍”的记录。这种记录一直到隋代才出现，也就是说，拍板这种西域乐器，是到隋代才在中土流传开来的。因此，从音乐角度看，“节拍”这个词是两个不同的历史形态的结合，“节”代表清乐时代的节奏乐器和节奏单位，“拍”代表燕乐时代的节奏乐器和节奏单位。现在我们把乐曲的节奏单位统称为“节拍”，不再明显区别“节”和“拍”；不过从历史的角度看，“节”

和“拍”却代表了两个不同的时代。到了唐代，“拍”的使用就非常普遍了，仅从敦煌壁画中的种种乐器组合就能看出这一点。总之，三国时候的蔡文姬不可能创作以《胡笳十八拍》为名的作品；《胡笳十八拍》这个名称说明，郭沫若先生错了。

第二，《胡笳十八拍》是琴歌，也就是古人说的“弦歌”。它是怎样歌唱的呢？根据《尚书·益稷》的说法，是“搏拊琴瑟以咏”，也就是用古琴作简单伴奏，进行咏唱；根据《古诗十九首》的说法，是“上有弦歌声”，“一弹再三叹”，也就是按相和方式来歌唱，歌声和琴声相和而不相合，两者的旋律不一样。这两种歌唱方式同古琴的性质有关：古琴其实是一种独奏乐器，主要用于自娱，在正常情况下并不伴歌。因此，历史上关于《胡笳曲》的记录，在中唐以前，都是对独奏器乐曲的记录；它不能等同于关于《胡笳》歌的记录。郭沫若先生所说“弹和唱往往是分不开的，有了琴谱尽可以证明也有了唱辞”。这句话也是不对的，因为弹和唱其实是两回事。

依据以上这两条，我在《胡笳十八拍》研究中建立了以音乐为本位的观念。如上所说，这自然也就引起了研究方法的改变。比如，我在考察《胡笳曲》的演变过程之时，补充了三类被人忽视的资料：第一是七弦琴艺术史的资料。根据这些资料，可以清晰地描写出《胡笳》曲的发展过程：魏晋南北朝的时候，《胡笳》是琴小曲，到唐代才变成琴大曲。在中唐以前,《胡笳》一直是单纯的器乐曲,到中唐,也就是刘商为《胡笳十八拍》作辞的时候,它才成为伴奏曲。由此可以知道,十八拍的《胡笳曲》产生在盛唐董庭兰以后,而不是蔡文姬时代。第二是文物资料,例如宋代初年摹刻的《淳化秘阁法帖》和敦煌写本所记的《胡笳十八拍》。根据这些资料,唐代流行的《胡笳十八拍》是《大胡笳十八拍》,也就是刘商作辞的《胡笳十八拍》;传说蔡琰所作的《小胡笳十八拍》,是直到宋初才有明确的文字记载的。第三是民间遗存的资料,例如保存在各种琴书中的 38 份《胡笳》琴谱。根据查阜西《存见古琴曲谱辑览》,这些琴谱可以分为三个系统:一是四段结构的《小胡笳》系统,二是配合刘商辞意的《大胡笳》系统,三是调式和《小胡笳》相同的《胡笳十八拍》系统。这说明,《胡笳十八拍》有两个来源:一是《大胡笳》,二是《小胡笳》;人们所争论的《胡笳十八拍》,只是《小胡笳十八拍》,来源于《小胡笳》。根据元稹《小胡笳引》和《琴史·萧佑传》,它在中唐时只有四段,到五代才形成十八段的结构。而根据目录书的记载,它的作者是南唐人蔡翼,而不是汉魏之际的蔡琰。

通过以上这件事,可以得到什么启发呢?我认为:

第一,它说明音乐文学研究有一种特殊性。音乐文学研究的对象有更多的侧面,可以提供更多的观察角度,使用更多的研究资料。我们知道,一部中国古代文学史,主体上是音乐文学的历史，不仅诗、词、曲三大古典文体是由音乐孕育的，而且各种通俗文学文体、民间文学文体也必定要依靠音乐而传播，本质上是诉诸人耳的文学。既然如此，我们要学会从音乐角度观察文学现象。

第二，它说明，我们面对的研究对象，往往有多重本质，我们应当联系事物的发生过程去把握它的深层本质。这种研究方法，可以概括为“立体考察”，也就把平面的事物竖立起来加以观察。通过这种考察，我们才能准确地理解事物。根据我的经验，这是最有用的方法。

第三，近几十年，学术界提出过两重论证之法，也就是把地上文献和地下文物相结合；又提出过三重论证之法，也就是再加入民间遗存的资料，作文献学、考古学、人类学的综合论证；除此之外，还有学者提出“四重证据法”。以上事例说明，在音乐文学研究中，我们有必要综合运用文献、文物、民间遗存等方面的资料来进行多重论证；实际上，音乐文学研究也为这种多重论证提供了舞台。

当然，《胡笳十八拍》是一篇有争议的作品，关于它的作者和年代，历来意见不同，将来势必还有争论。因为以纯文学为立场的认识、瞎子摸象式的认识，不可能一下子就消失。不过我认为，用音乐研究的思路来补充文学研究的思路，利用多种资料来作综合论证，这种做法却毕竟代表了一种进步，代表了更加接近真理的思想路线，值得大家选用。所以，今天特别提出来，供大家讨论。

三、教学实践：作为博士生课程的《乐府诗集》研究

刚才说到，《乐府诗集》研究是兴起于20世纪的一门新学问。在这项研究的先行者当中，有两位学者最具特色，也就是我的导师王运熙教授和任半塘教授。当我追随这两位学者攻读硕士、博士学位之时，我也开始了《乐府诗集》研究。后来，1990年代，当我继承任先生的事业，在扬州大学指导博士研究生的时候，我就把全面进行《乐府诗集》研究当成自己的目标了；因为我知道，学术工作有一个重要意义，那就是传承学术。1998年，来自西南师范大学音乐学院、武汉音乐学院等学校的三名新生入学，我们共同尝试了一种围绕"历代乐志"培养音乐文献学人才的教学方式。1999年，当这种"因书究学"的方式取得初步成功之时，我正好招收了五名博士生，于是把《乐府诗集》研究提上了日程。

我们之所以要研究《乐府诗集》，主要有两个原因：其一，《乐府诗集》是产生在《诗经》《楚辞》《昭明文选》《文苑英华》之后的一部诗歌总集，以具有音乐性的诗歌作品为主要内容，代表了中国文学史的一个重要段落，也代表了中国文学史上的一种重要文体。通过《乐府诗集》研究，可以建立起中国音乐文学这一学科。其二，《乐府诗集》没有完善的校注本，适合进行"即类求书，因书究学"式的学术训练。我们于是按这个"因书究学"的思路，

或者说文献学和考据学并行的思路，以《乐府诗集》为对象进行了教学和研究。我们的方法论可以表述为三句话：（一）以文献考订为文本研究的前提；（二）在求得古本之真的基础上追求事实之真；（三）把对事物内容的理解同对其形式和存在形态的理解结合起来。实践证明，这些做法不仅有益于学术本身，而且有益于造就学术人才。

前几年，我为1999级博士生尚丽新的新著《〈乐府诗集〉版本研究》写了一篇序文。借此机会，回顾了当年进行《乐府诗集》研究的过程。现在，我打算以尚丽新为例，对这一过程作一介绍。它大致可以分为四个阶段。

第一阶段是基础训练。五位博士生，每人做了十项练习。其中五项同文献学有关，是五位同学都要做的练习。它们是：

1. 作为目录学的训练，选择扬州大学敬文图书馆馆藏目录书、类书、丛书各十部编写一份简明提要；

2. 作为对校勘学理论的实践，以《乐府诗集》为例编写校勘工作体例；

3. 为建立校勘经验，校勘《汉文大藏经中的音乐史料》一书的初稿；

4. 为熟悉古籍，也为掌握传注之学的主要方法，选定三本校注方面的典范之作进行学习和揣摩；

5. 为熟悉古代音乐文学作品资料，也为掌握写作叙录的方法，编写《先唐音乐文学作品解题》和《唐代谣歌解题》。

这五项练习主要是为校勘《乐府诗集》做准备。另外五项则同《乐府诗集》研究有关，每人的项目不同。尚丽新做的练习是：

6. 编写有关唐代乐府诗研究的论文目录和提要（其他同学针对其它朝代编写论文目录和提要）；

7. 对《乐府诗集》版本进行考证；

8. 对《乐府诗集》所见地名进行考证（其他同学分别做《乐府诗集》引书考、制度考、人物考、音乐术语考）；

9. 编写唐五代音乐文学年表（其他同学编写汉代音乐文学年表、魏晋音乐文学年表、南朝音乐文学年表、北朝音乐文学年表）；

10. 对《乐府诗集》谣歌部分进行补正（其他同学补正《乐府诗集》的其它部分）。

以上练习实际上是一年的任务，不过，在第一学期，同学们就把这些练习项目摸过一遍了。他们懂得：在入学之始进行这些练习项目，是为了让自己遵循实事求是的路线，去亲近《乐府诗集》这部重要古籍。实际上，我们对于《乐府诗集》的理解和其他人有所不同。在我们看来，这部书在文学史上有独特的禀性，也有独特的价值。尽管它和《诗经》《楚辞》一样，反映了形态较原始的文学的面貌；但它的篇幅较长（一百卷），所载作品时代较晚（出现在作家文学兴起之后），时间跨度更大，因此细致地揭示了书面文学与口头文学的关系。从这个角度看，它的学术意义可以超过《诗经》《楚辞》。它按作品所属的制度把汉唐之间的诗歌分为十二类，各类有序，各题有解，实际上从十二个角度展示了文学同文化的关系，或者说展示了同古代诗歌相关联的十二项文化史和制度史的背景。它编成于两宋之交，也就是编成于文人乐府诗创作充分繁荣、乐府研究也充分发达之时，征引古籍数百种，它对乐府诗创作所作的总结，既具有高度的理论价值，也具有高度的史料价值。这样一来，当研究者面对《乐府诗集》的时候，他实际上面对了整个音乐文学学科。他自然应该怀有敬畏之心，留意读懂这部大书。具体说来，在进入研究之前，首先应该用严格的古典文献学的方法整理这部古籍，借此建立纯客观的态度，并探明进入《乐府诗集》研究的道路。《乐府诗集》版本考、引书考、制度考、人物考、地名考、音乐术语考以及从汉代到唐代的音乐文学年表，正是为保证这种客观性而建立的工具——既是架向《乐府诗集》校注这一文献学工作的云梯，也是为分头进入《乐府诗集》研究而夯实的基础。

第二阶段是细读原著。为了使乐府研究的工作做得更扎实、更深入，2000 年，我们拿出两个学期的时间，对《乐府诗集》作了逐卷阅读和讨论。这门课程就叫作“《乐府诗集》导读”。第一课是“郭茂倩及其《乐府诗集》”，

第二课是“《文心雕龙·乐府篇》讲疏”[1]。除这两堂课以外，我们一般采用概述和导读相结合的方式来读原著。具体做法是，由一位研究生概述《乐府诗集》某一部类的情况，再从中提出一些问题来做集体讨论。这样做的目的，一方面是加深对原著的理解，另一方面是加深对学术问题的理解。

那段时间过得很快乐，有时候每天都有一场讨论，讨论的范围很广，也很深入。比如在阅读《郊庙歌辞》的时候，我们讨论了郊庙歌辞的特殊性。我们认识到：它不同于其它歌辞。它所面对的是天神、地祇、人鬼，而不是现实中的人；它的功能是娱神而非娱人。要了解这种面向彼岸世界的歌辞，就要分析其形式上的特点。在阅读《横吹曲辞》《鼓吹曲辞》的时候，我们讨论了横吹曲与鼓吹曲的区别，注意到它们不仅有不同的音乐来源，而且有不同的功用和不同的“乐器工衣”。通过这些区别可以了解《乐府诗集》进行部类划分的原则。我们还讨论了鼓吹乐的两个传统，亦即作为纯器乐曲的传统和作为配辞音乐的传统。我们建立了这样一个认识：传统的更替意味着文化风尚的更替，因为其它乐府部类也在相近的时间段出现了类似的传统更替。在阅读《相和歌辞》的时候，我们讨论

① 其内容后来发表于《文学遗产》2010年第3期，题为《〈文心雕龙·乐府〉三论》。

了相和歌辞的定义和分类，进而讨论了解决这一问题的方法，《乐府诗集》相和歌辞的结构问题于是被还原为历史资料之积累的问题。在阅读《清商曲辞》的时候，我们还讨论了两种意义上的清商乐：一是作为《乐府诗集》特定部类的清商乐，它的身份是“九代遗声”；二是作为中古南方俗乐的清商乐，它是晋唐各代清商署音乐的来源。根据这一事实，我们进一步理解了《乐府诗集》清商曲辞同近代曲辞的关联。读书会上出现了很多有趣的细节。2005年，我发表了一篇关于《乐府诗集·琴曲歌辞》的文章，披露了其中一斑[①]。

根据尚丽新的日记，2000年9月中旬，我们的讨论进入高潮。比如在9月10日晚，我们联系《乐府诗集·琴曲歌辞》，讨论了“杂言琴歌”与“杂言谣歌”的异同问题。最后结论是：为便于分析唐代歌辞，应该采用两个谣歌概念。一是与曲子相对待的谣歌概念，指一般意义上的谣歌，在这种情况下，可以在琴歌中作琴谣歌、琴著辞之二分；二是与《乐府诗集·杂歌谣辞》相对应的谣歌概念，指进入音乐记录的一个歌辞部类，在这种情况下，谣歌是与鼓吹、横吹、相和、清商、杂曲、琴歌等等相对待的音乐文学品种，彼此不相混合。又如在9月11日下午，我

① 王小盾《关于〈乐府诗集·琴曲歌辞〉的几个问题》，载《中国诗歌与音乐关系研究》，学苑出版社，2005年。

们讨论了游戏文体，认定“嘲”是作为民间的口头文学作品存在的。口头的未必都是音乐的，但它往往有一部分，特别是未记录的部分，联系于音乐。在搜集资料的时候，对于这种界限模糊的或跨类的作品，应该以“存目”或“副编”的方式加以辑录。此后，9 月 12 日晚，我们又讨论了相和歌的音乐性质，以及曲子的曲体规范化问题。尚丽新在讨论会上问及谣歌是否可能稳定为一定的调子。我受问题的启发，于是说了这样一番话：

人声是不稳定的，每一次演唱都不相同，人声很难规范曲体。原始的民歌，比如山歌，其歌唱方式天生是自由的、不稳定的，我们看到的那些有固定曲调的民歌都是经过收集整理的民歌，它们通过记谱才稳定下来了。古人历来重视器物，将器物作为认识和分类的标准，其道理就是器物可以作为特定事物的载体。

我现在想到了两种人，他们曾经造成了某种比较稳定的歌体。一种人是先秦时代的瞽蒙。他们在当时承担了采风、唱诗、奏乐的使命。之所以这样，是因为他们失去了视觉，因而善于听风，对声音有很强的模仿能力和记忆能力。也就是说，瞽蒙采风有保存歌体的目的。在这里，瞽蒙是民歌及其曲体规范的载体。古人总是把歌手当作一种乐器来看待，这个习惯可能就是源自瞽蒙的。另一种人是汉代的乐府歌人，比如李延年。李延年造新声二十八解，如果说"解"的意思是"章"（"章曲"之"章"），代表一个曲体单位，那么，新声二十八解就是一批有曲体规范的乐曲。这意味着，有"解"的地方就有歌曲。

这些问答表明：读书会在很大程度上启发了思考。不仅调动了参加者的知识，而且调动了参加者的经验。

这样的读书会，从2000年4月到2000年10月，大约举行了30次。《乐府诗集》12个部类，每个部类讨论了两到三次，平均10小时。一般来说，读书会有三个效果：第一，让每位博士生都建立了从原著出发的研究观念；第二，让每位博士生都建立了关于《乐府诗集》的全面认识；第三，让每位博士生都积极地调动起自己的学术思维，打通了文献学和音乐文学研究这两者的关联。

《乐府诗集》读书会结束于2000年10月25日。从这一天开始，《乐府诗集》研究进入了第三阶段——校勘《乐府诗集》的阶段。我们的计划是：在本学期剩下的60至70天时间里，争取完成校内各种版本的对校。若有条件，则进行本校（全书上下文互校）和他校（跟其它书中的同类史料作比较）。从时间上看，我们其实是来不及完成他校的；但为什么要安排这项工作呢？是因为他校有助于建立四项认识，即认识《乐府诗集》的材料来源，认识《乐府诗集》的分类观念，认识《乐府诗集》排列秩序的原理，认识《乐府诗集》的编纂原则。也就是说，他校的实质是考据学或史源学。由于这一点，每位博士生都选择《乐府诗集》的一个部分进行了他校。

从尚丽新的情况看，第三阶段的工作持续进行到2001年4月20日，也就是第四个学期的期中。在半年时间里，尚丽新校勘了《乐府诗集》的十几种版本，在扬州校了傅增湘配补本、《四部丛刊》影印汲古阁本、清刊本、文渊阁《四库全书》本；在北京校勘了一个宋本、两个元本、三个明修本、三个汲古阁本；在南京图书馆校完了八千卷楼的明修本和陆烜所藏汲古阁本；在上海图书馆、复旦大学图书馆等地校完了《乐府诗集》的上海藏本。通过校勘，她收获了三样东西：第一是得到一批对校的成果，第二是取得了关于《乐府诗集》版本的生动认识，第三是由此生发出从印刷术角度研究《乐府诗集》和乐府文学的信心。以此为基础，她和其他同学一样，进入了《乐府诗集》研究的第四阶段，也就是论文写作的阶段。她提出一个设想：依据《乐府诗集》的物质存在（版刻和抄写），研究乐府文学在元明清三代的传播。因此，在这篇论文里，尚丽新结合印刷术和乐府文学的发展，从物质文明史的角度，理清了《乐府诗集》的诞生、流传和影响。

2002年夏天，从事《乐府诗集》研究的五位同学都完成了他们的博士学位论文。题目分别是：《〈乐府诗集〉成书研究》《〈乐府诗集〉的刊刻与流传》《秦汉乐府制度研究》《汉魏六朝乐府辞乐关系研究》《乐府史研究》。到现在，算起来有十年了。这些论文还有一部分未出版，还在不断的修订之中；其作者也不太被人了解。同当前的“乐府学”热潮相比，这不免显得很落后。那么，我们应该怎样来看待这些博士生的《乐府诗集》研究工作呢？尚丽新日记中的以下一些话，或许可作参考：

读书是一种有价值的生活方式，因为读书人是有能力读书并且有毅力读书的人。

学者要注意自己在本质上是个读书人，不要丧失作为读书人的原始热情。

追求知识是人本性中的需要，是人取得自由的一种手段，所以，追求的意义并不在于它是否能够改变生存。

我们的工作只能是学术史的一个部分、历史过程的一个点。基于这一点，我们应该摆脱那种以构建宏观体系为目标的论文写作模式。

做一项踏实的工作，做一项能让自己放心的工作，从中感觉到的快乐更为隽永。

追求真理，热爱知识，尊重劳动。

这些话是我讲课时说出来的。尚丽新把它们记下来了，说明这些话也被她看作教学和研究的重要组成部分。考虑到这一点，我认为可以这样来概括这些博士生的《乐府诗集》研究：

第一，它是一个造就学术人才的项目。因此，它重视基础训练，重视建立学术规范，重视培养实事求是的学风。这也就是《论语·宪问》所谓“古之学者为己，今之学者为人”的意思。《后汉书·桓荣传》注解这句话说：“为人者，凭誉以显物；为己者，因心以会道。”可见学术入门有两条路，正确的路线是“为己”而学，使自己的心灵和学术之道相会合。

第二，它遵循学术规律，注意循序渐进。这主要表现在：充分采用文献考据学的研究手段（包括目录学、版本学、校勘学的手段），以校订原著，并编制引书考、制度考、人物考、地名考、音乐术语考等工具来作为研究的前提。这些项目既是基础训练的项目，又可以为学术的客观性提供保证。

第三，它重视前后学术的相互关联，一方面注意同以往的《乐府诗集》研究相对接，另一方面注意向未来的学术史推进。因此，它既重视文献先行的研究方法，又注意把立体考察的方法用于“因书究学”，注意把对事物内容的理解同对其形式和存在形态的理解相结合。它的理想是：成为既有根柢又有新思想的学术。

总之，作为博士生课程的《乐府诗集》研究是有两重性的。一方面，它虽然发生在21世纪之初，其精髓却和前辈学者所有优良传统相一致——比如和五十年前王运熙老师“系统深入”的学术理念、文献先行的学术方法相一致；另一方面，它仍然代表了音乐文学研究的新阶段。这里所谓“新阶段”，意思是：一百年来的音乐文学研究，其实不妨分为三个阶段：“乐府学”阶段，“声诗学”阶段，“歌辞学”阶段；以上工作正是“歌辞学”阶段的代表。因为在“乐府学”阶段，音乐文学研究的目的是解决古典文学的问题；在“声诗学”阶段，音乐与文学被平等看待，音乐文学研究拥有了属于自己的问题体系；而在“歌辞学”阶段，研究的目的已经不受学科局限了，音乐考察与文学考察做到了相互渗透，音乐与文学的关系也被理解为同一个事物的不同部分的关系，亦即形式与内容的关系。这三个阶段并没有高下之分，但各自代表了一个特定的时代，因而显示出学术的进步。这一点是有必要指出来的，因为它可以提示这样两个道理：其一，不必按第一阶段的标准要求后两个阶段。比如，不必要求后两个阶段的工作以解决古典文学问题为目标。其二，如果在座各位打算投入对中国古代音乐文学的研究，那么，各位一定要注意一百年来的学术史，注意学者们辛勤建立的学术规范；一定要充分吸收前人的全部经验，站在前人所奠定的基础上进行研究；而不要目空这一切。只有这样，我们才能真正地推动学术，或者传承学术，而不是把学术拉向后退。

清代学者阮元说：“学术盛衰，当于百年前后论升降。”今天我谈到了中国古代音乐文学研究的过去百年；我的初衷，是为了新一代学人健步走向未来百年。这些认识出自个人的经验，不免片面，希望得到各位的批评。事实上，我也愿意同各位一起，乐观地等待百年之后的学术检验。

本文是2012年5月22日在北京大学中国诗学研究中心的演讲记录，由中国艺术研究院李宏锋录音，四川师范大学张晓琪整理。曾连载于《古典文学知识》2013年第1至6期。

关于考据学与其它方法的结合

在中国比较文学学会1996年年会上，我提交的论文是《汉藏语猴祖神话的谱系》。这篇文章分析了分布在彝、羌、藏、僜、汉、白、怒、瑶等18个民族当中的45个关于猴祖创生人类的神话，据此提出了三个分类体系：一是关于汉藏语猴祖神话主题和情节的分类体系，二是关于上述主题、情节的历史形态的分类体系，三是关于汉藏语诸民族猴名称的原始语音的分类体系（参见以下图表，亦见《中国早期艺术与宗教》页202）。当这三个体系叠合在一起的时候，一个具有发生学意义的汉藏语猴祖神话的谱系树，就清晰地凸现出来。凭借它，我们可以比较深入地解释中国猴祖神话的不同历史形态与不同民族文化的对应关系，解释其中各思想要素（包括主题）的源流。

在那次年会的讨论会上，有学者提到这项工作的方法论特点。认为它所研究的，不仅是文学现象之间及其思想

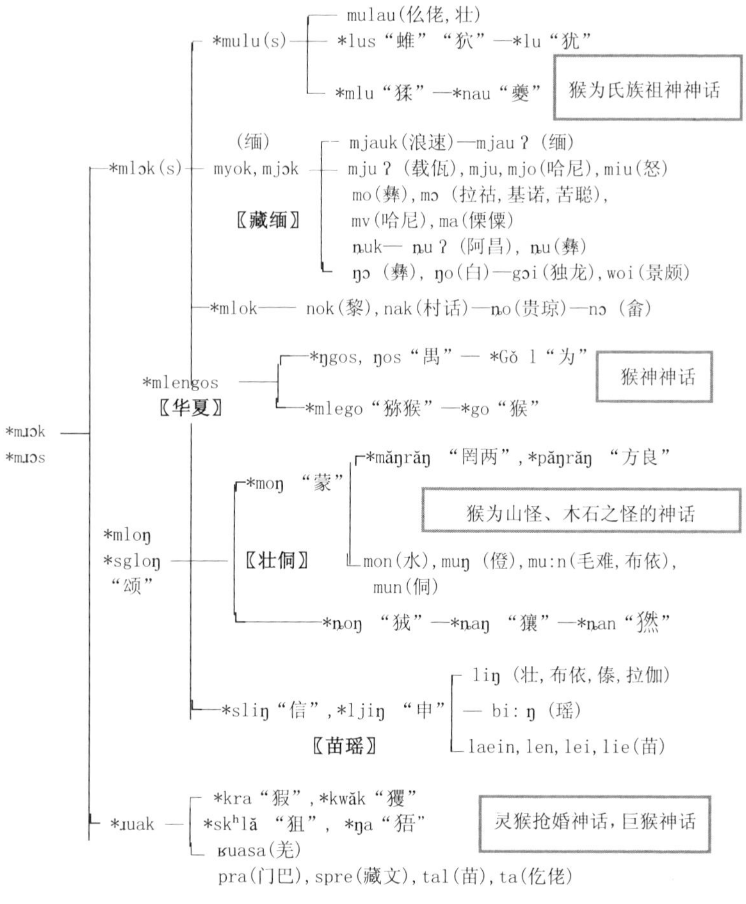

要素之间的平行关系和相互影响的关系，而主要是发生学上的亲缘关系。这是通常意义上的比较文学研究难以做到的。我同意这一看法。我认为，这项工作之所以能对以前

的局限有所突破，主要原因大概有两条：其一在于它选择了一个特殊的研究对象——它所考察的猴祖神话，是在图腾信仰的基础上发展起来的神话母题，主要在血缘上相互关联的人群中传承，适合作为发生学研究的标本；其二在于它使用了一些特殊的资料与方法——它使用了汉藏语的资料，并引进了历史比较语言学的方法，所以它能实现逻辑与历史的统一。这就是说，只有面对在发生学上具有亲缘关系的事物，只有掌握了相关的分析手段，我们才能进行发生学的比较研究。

在运用上述资料与方法的时候，最重要的一个环节，是对汉语中的二十几个猴名作出古音构拟。构拟的结果是造成了一批链条式的史料：一方面从语音角度把各个民族语类型联系起来，另一方面从语义角度把各个神话形态联系起来。这样就为汉藏语猴祖神话谱系树建立了脉络和类型标志。这同考据学是有关联的，因为语音研究属于音韵学的范围，语义研究属于训诂学的范围。因此可以说，这项工作是一种新的考据学。或者说，它使传统的考据学成为神话学的、文化人类学的、历史比较语言学的等等现代学术方法的基础。

最近几年，关于考据学的否定意见，时有耳闻。在一些人的看法中，考据学好像就是各种新方法的障碍。上述情况证明，这种看法是不合理的，因为考据学本质上是史料研究，对于一切考察事物过程的学科都是必要的前提。

在过去的习惯中，“考据”是和“义理”相对的词语。其间区别实际上是实证之法与演绎之法的区别，或者说史学方法与哲学方法的区别。在近几十年的习惯中，考据又和西方输入的一些方法相对，代表以文献考订为基础内容的传统国学方法。因此，对考据学的评价，实际上意味着对历史学科或史料研究的评价，意味着对国学传统的评价。既然事物的规律是通过运动呈现出来的，既然对规律的认识必定要以关于运动的记录为依据，既然国学的精髓是“实事求是”，亦即强调认识及其手段的真实性，那么，我们就不应该排斥考据学，这就像高楼大厦不应该去排斥全部材料工艺以及它的地基。

当然，一切科学方法都不会排斥革新；但哪些考据学方法需要革新？怎样革新？这却是个实践问题，而不是理论问题。因为在不同时代、不同学者当中，考据学本来就有千差万别的形态。一般来说，这些形态是由资料的质量和问题的性质决定的。因此，我们没有必要为现在的考据学设计模式。《汉藏语猴祖神话的谱系》一文便提供了这样一个经验：为了提高认识水平和学术质量，我们有必要采用一切可能的手段来扩大史料的效用。既然考据是最基本的学术手段，那么，学术方法的革新，可以理解为因研究目的的需要而实行的考据学与其它方法的不同形式的结合。

对于以上经验，还可以这样来理解：为了有效地解决学术难题，我们应该尝试多种学科方法同考据学的结合；其前提是掌握各个相关学科的知识。比如说，如果我不了解文化人类学，我就不可能把各民族的猴祖崇拜资料引入神话研究；而如果我不具备汉语音韵学的基本知识、不了解汉藏语研究的基本情况，我也不可能采用历史语言学的资料和方法。这就是说，所谓方法问题，其实是知识修养问题。由此看来，孤立地讲方法，是没有意义的。相信大家都能理解以下事实：如果不懂考古学，我们就不可能运用“二重论证”之法；如果没有田野工作的经验，我们也不可能进行所谓“三重论证”。而如果不懂文献考据之学，那么，历史科学中的所有工作，即使一重论证，也是无从谈起的。

原载《中外文化与文论》1996 年第 2 期，有增改

从《诸神的起源》谈“循名责实”读书法

20 世纪以来，中国神话研究成为一个很受关注的学科。为什么会这样？大概有三个原因。第一是由于考古学等学科的发展。这些学科发现了许多新材料，从而为神话学的跨学科研究提供了更好的前景。第二是由于西方人类学理论的输入。这些理论代表了考察文学史、艺术史的新思路，因此也催生了一批以古神话为对象的著述。第三是由于“文化学者”的出现。这些善于进行宏观思维的知识人，需要对中国文化加以解释，遂往往选择较具神秘色彩的早期事物作为论述的对象。三联书店 1986 年出版的《诸神的起源》是其中一部影响较大的图书。21 世纪初，这部书由时事出版社（2002 年）、北京工业大学出版社（2007 年）、中国民主法制出版社（2008 年）反复再版了，由此可以见出它的影响。

以上情况也影响到了大学中文系的教学。随着中国神话研究热度的提高，在研究生教学过程中，我们常常会遇到如下两个问题：其一，如何在中国神话研究中引入语言学、考古学、民族学的资料和手段，进行多重论证？其二，如何鉴别那些在“二重论证”“三重论证”“四重论证”的名义下产生的神话研究成果？这些问题提得很好，因为它们不仅反映了研究生对于中国古代神话的关注，而且反映了他们对于学术研究方法论的关注。如何回答呢？经过一段时间的讨论，我们得出结论：前一个问题是学术实践问题，要解决它，就需要花费较长时间进行学习，掌握语言学、考古学、民族学的学术规范，而不是孤立地讲“方法”；后一个问题则是培养学术批判能力的问题，要解决它，较可行的办法是“循名责实”——根据著述者的自我标榜，选择若干事例，逐一核实其论证过程及其所依据的材料，由此得出独立的认识。总之，我们认为，只有结合一定的学术练习，才能回答好这两个问题。

这样一来，以上问题就变成了读书方法的问题。因为可以把前一个问题理解为如何进行跨学科学习；把后一个问题理解为如何从考察名实关系入手，批判地学习。后者也就是把“循名责实”当作读书的方法。这样做是有道理的，因为其一，学术批判应该从材料开始。学术成果真实与否，主要是通过细节表现出来的——所以要“责实”。其二，现在的人喜欢谈方法，“未开风气先为师”，“硬把金针度于人”。但方法其实是一定的学术修养的自然表现，我们应该通过检查学术修养来检查方法的有效性——所以要“循名”。总之，“循名责实”是一种很好的读书方法，既有助于真实性判别，也有助于有效性判别。

为了说明以上两种判别，下面我们拟选择《诸神的起源》一书略作分析。《诸神的起源》是一部23万字的著作，涉猎的范围很广，而以论证“中国远古曾存在一元的太阳神信仰”为主旨。作者自称，此书所使用的方法是现代的、科学的，包括观测对象、建立假说、接受验证三个环节。其中一个重要环节是：“用训诂学的方法，扫除理解这个神话系统的语言障碍。”[①] 这就意味着：我们阅读此书的时候，可以选择关于太阳的部分，着重从语言学的角度进行检查和核实。下面我们就按这一思路作一个具体尝试。事实上，一旦加以检查，便可以发现，这是一部比较夸张的书，名与实不相符合。这说明“循名责实”是一种值得推广的读书方法。请看以下例证。

一、关于字义阐释

（一）《诸神的起源》（下称“原书”）页26说：“我推测华字是‘曅’字的省文。《说文》：‘曅，日光也。’晔

① 何新《诸神的起源》，三联书店，1986年，页251至254。以下用这一版本。

与晃虽然今音不同（与作火光讲的‘烨’音相乱），但以形与义论之，古时可能为同源字。所谓华族，就是崇拜太阳和光明的民族。”

按：这段论证有两个问题：首先，它是用“推测”和“可能”来作出“就是”的判断的，故不可信。其次，它的推测毫无根据——说“华”字是“曅”字的省文没有根据；说“晔”与“烨”今音相乱没有根据；把“以形与义论之”当作同源字的判断方法也无根据。《汉书·叙传》有云：“世宗晔晔，思弘祖业。畴咨熙载，髦俊并作。”[①] 这里“晔”“业”叶韵，同属上古叶部字；“载”“作”叶韵，同属上古职部字。到现代汉语中，“业”“晔”二字仍然是同韵字，可见它们都没有发生例外变化，所以不能说其音为“烨”字所乱。判断同源字（准确地说是“同源词”）的条件是音同义近，而“晔”“晃”二字的字音既不相同也不相近，因此，所谓“晔”“晃”为同源字云云，是不对的，纯属无稽之谈。

（二）原书页27脚注：“华本义是光华。之所以后来成为植物花的代称，盖因为花的色彩斑烂如光华，所以引申而转注也。”

按：这段论证的特点是把以上一例中的错误推论作为

①《汉书》卷一〇〇下，中华书局点校本，1962年，页4237。

前提，来否定古文字研究者所认识到的事实。“华”字的本义是什么？应该根据确凿的资料来判断。这个字未见于甲骨文；从金文看，它像草木之花形，其本义应该是草木之花。草木之花最为华丽，所以后人用来指称物之盛丽者，并借为光华之华。到六朝时候，为示区别，才又造了一个“花”字来表示草木之花。这一点已经是古文字学界的共识了，因为它符合词义引申转注的规律，也就是由具体而引申为抽象的规律。草木之花远比光华之华具体，因此，说它从光华那里“引申而转注”，这也是不讲道理的话。

（三）原书页91脚注：“岳（嶽）字古与垣通。垣，垣墙也。古人称大山为垣（《尔雅·释山》）。《周礼·序官·司圜》郑众注：‘今狱城曰环。’……环、垣（圆）古通用。由此可见，古代所说四岳，也就是包围中国的四面环山。”

按：这段论证使用了两种方法：一是割裂、篡改古籍以制造论据的方法，二是以虚假前提为基础进行解释的方法。因为：（1）《尔雅·释山》的原文是：“小山岌大山，峘。”作者把“峘”改为“垣”，并且割裂掉了“小山岌”三字。（2）宋邢昺《尔雅疏》解释这句话说：“言小山与大山相并，而小山高进于大山者名峘；非谓小山名岌，大山名峘也。”[①] 作者硬说“大山为垣”，乃篡改了古义。（3）《周

① 《尔雅注疏》，阮刻《十三经注疏》本，上海古籍出版社，1997年，页2618上。

礼·秋官·序官》“司圜”下郑众注的原文是说：“圜谓圜土也。圜土谓狱城也。今狱城圜。”对于末句，阮元校勘记说：“大字本、岳本、钱钞本、嘉靖本、毛本同，闽监本‘城’下衍‘曰’，当删正。”[①]显而易见，郑众末句的原意是说：“现在的监狱是环状的。”作者则改成“狱城叫做圜”。是不是作者别有考据呢？不是。从作者把书名误写作《周礼·序官·司圜》这一点看，他是没有查证《周礼》原文的。（4）即使退一万步，承认作者的论据可靠，承认“狱”等于“环”，但“嶽”字仍应判为形声字，它从山，狱声，同“岳”一样意为高大之山。所谓“环”义，“垣”义，“圆”义，完全是作者比附出来的。

以上例证说明，必须按语言学规范来作字义阐释。在这方面，《诸神的起源》有时缺少知识，有时则缺少操守。所谓“用训诂学的方法，扫除理解这个神话系统的语言障碍”，其实是一种障眼之法。

如果反求诸己，那么我们可以得一教训：当我们用多重论证的方法来做中国神话研究的时候，要注意避免无根据的推测，更要避免把这种推测用为进一步论证的前提；要尊重古籍，在引用时要仔细查核，而不能割裂、篡改原文；要谨慎进行同源词等语言关系的判断。技术问题，说

① 《周礼注疏》，阮刻《十三经注疏》本，上海古籍出版社，1997年，页868上，871下。

到底是态度问题。

二、关于古音通假

（一）原书页 20：“我认为伏和包都是‘溥’的同音通假字（此字既可读 fu，亦可读 buo）。《说文》：‘溥，大也。’溥就是伟大。而所谓伏羲或包羲，其实就是‘伟大的羲’。”

按：这段话的问题是不讲条件地滥用同音通假。它违反了一个音韵学常识：判断古音通假成立与否，除了古音必须相同相近以外，还要有通假的先例或旁证材料。因此我们要问：古籍中有没有“伏”通“溥”的先例？古书中伏羲又作庖牺、包牺、炮牺、虙戏、宓戏……异文不下十多种，为什么没有一个写成作者所谓本字“溥羲”的？为什么偏偏全写作通假字？换句话说，“伏”字既然有十几种异文，那么，对它进行释义，也就有十几种可能的方式。不提供任何证据，便全部否定这十几种方式，顺我者昌，逆我者亡，这属于主观武断。

（二）原书页 21：“那么，‘羲’的意义又是什么？……凡今音 xī 者，先秦古音均读作双音节的 xi-e（自注：王念孙《读书杂志》：‘古音俄、义同声。……’），若连读即成为‘xie’，亦即‘羲俄’或‘些’。……原来，这位伟大的羲，或者更确切地按古音应读作‘伟大的羲俄’

的人物，不是别人，正是在先秦典籍中那位赫赫有名的太阳神——‘羲和’。”

按：这段话的问题是，在没有任何真实根据的情况下，杜撰了一个 xī 音古为双音节的规律。原书注引的《读书杂志》等资料，只能证明“义”“俄”等字古音相通，而不能证明这几个字可以读作双音节。据现有资料，汉字在其几千年历史中，始终保持着一个字代表一个音节的体制；只有后代造出的“圕”“瓩”等字，才代表“图书馆”“千瓦”这样的多音节。虽然古音学家们有所谓复辅音声母之说或前后缀辅音之说，但这并不是说汉字有双音节或多音节。由此看来，《诸神的起源》的作者有强不知以为知的毛病。他连某一字古读为双音节都未能证明，却一下子来一个全称判断，说什么“凡今音 xī 者，先秦古音均读作双音节的 xi-e”。这是令人咋舌的。另外，即使“羲”音如作者所云读作“羲俄”，那么，它能否判为“羲和”呢？也不能。在上古音中，“俄”属疑母，“和”属匣母，两字字音不同，在古籍中也未见通假，怎么能不加论证，就把“羲俄”“羲和”说成是同一个神名呢？

（三）原书页 21：“（羲）与《尚书·尧典》中那位名曰‘析’的春天之神以及甲骨文中那位东方之神‘析’，也正是同一个人。”

按：这段论证的特点是用今音冒充古音。作者大概不了解，“羲”是晓母歌部平声字，上古读为 *hŋral；“析”

是心母锡部入声字，上古读为 *seeg[1]。两字在现代汉语普通话中虽然同音，但在古音中却相距甚远。实际上，即使具备现代汉语的基本知识，也不至于做出“同一个人”的胡乱猜测。因为在现代的多种南方方言中，此二字一读平声（羲）、一读入声（析），其差别已经十分明显。

王力在《龙虫并雕斋文集·训诂学上的一些问题》中说过：“双声迭韵（包括准双声、准迭韵）的机会是很多的，字与字之间常常有这样那样的瓜葛，只要注释灵机一动，大胆假设一下，很容易就能攀上关系。曾经有人认为杨朱就是庄周，因为‘庄’‘杨’迭韵，‘周’‘朱’双声；这样滥用古音通假，不难把鸡说成狗，把红说成黄，因为‘鸡’‘狗’双声，‘红’‘黄’双声；又不难把松说成桐，把旦说成晚，因为‘松’‘桐’迭韵，‘旦’‘晚’迭韵。”[2]在《诸神的起源》一书中，这种“滥用古音通假”的例子触目皆是，例如：

页 44：“娥、和一声之转，无疑可通用。”——按：在古籍中未见通用。

页 45：“女娲别名女希，与羲实际上同名。”——按：这是用今音冒充古音。“希”是微部字，“羲”是歌部字，

① 参见郑张尚芳《上古音系》，上海教育出版社，2003 年，页 491 左，495 右。

② 王力《龙虫并雕斋文集》，中华书局，1980 年，页 339。

上古并不同音，因而根本谈不上同名。

页 50：“这位能止雨的天女发，应就是汉代人止雨时所祭祀的旱种女娲（发、呙迭韵转音，字可通）。”——按：这是逞臆。“发”为帮母月部入声字，在上古读 *paad；“呙”为溪母歌部平声字，在上古读 *khwrool；“娲”为见母歌部平声字，在上古读 *kwrool[①]。“娲”“发”二字根本不迭韵，没有任何道理说它们可以通假。

页 56：“谷古音读浴。浴、月一声之转，故相通。所以谷神其实就是月神。”——按：“浴”为喻母屋部字，“月”为疑母月部字，既不双声也不迭韵，说它们“一声之转”，这是完全没有根据的。

（四）原书页 180 至 182 论证盘古就是印度的梵：“梵天 Brahma 的汉译音，也作盘。”“无论盘古的反切音或盘音，皆可作为‘梵’和 Bau 神的对译音。”

按：梵天 Brahma 的汉译，又作跋罗吸摩、波罗贺磨、婆罗贺磨等，译名十来种，却不见译作“盘”的。在中古音中，“盘”属山摄，韵母为 an；“梵”属咸摄，韵母为 am。只要看一看隋唐时代的梵汉对音，就知道古人对这两种韵母是严格区分的，绝不相混。凭什么说“盘”可对译“梵”？又凭什么再加引申，把盘古神话说成“是佛教

①《上古音系》，页 312 右，338 右。

和印度文化与中国文化相结合产物”?

（五）原书页 184:“尾古音 yǐ，故尾——委羽乃一音之转。”

按：此处的拟音说和“一音之转”说，完全没有根据。“尾”，上古为明母微部字，怎么能按现代北方话拟音为 y ǐ ?“委”，上古为影母；“羽”，上古为鱼部：此二字的连音，同“尾”字毫不相干。

（六）原书页 185 脚注：“务通委，羽、隅通。务隅山即委羽山，亦即羽山，又作苍梧山。”

按：在上古音中，“务”是明母侯部平声，“委”是影母微部上声，“隅”是疑母侯部平声，“务”和“委羽”也没有共同之处。在这里，作者既滥用了一音之转，又用今音来冒充古音，是很胡闹的。

以上几例说明：按照音韵通训诂的道理，依据古音通假知识在字义之间建立相关，这的确是探寻神话事物之内涵的办法；但我们必须遵守学术规范，既不能把相似的说成是相同的，也不能把局部关联说成是全部关联。因此，在《诸神的起源》一书有两种明显不合理的做法：其一是不讲条件、不考虑书证而随便套用同音通假、套用一音之转。这种做法或许源于无知，但它的恶果则是造成了认识上的混乱。其二是用今音冒充古音，甚至连今音也不顾及（例如原书页 201 所云“熙就是鲧的近音通假字”）。这种做法则反映了对学术规范的蔑视。由此可见，对那种把所谓“训诂学”用为无坚不摧之武器的做法，我们要保持特别的警惕！

以上几例同时说明：打算从事神话研究的青年人，很有必要认真掌握音韵学的基本知识，注意依据通假的先例或旁证材料来判断同音通假，注意依据每一字的古代音韵地位来考察它们的字义关联，注意字音的历史变化，而不用今音来冒充古音。也就是说，既要有好的态度，又要掌握一定的技术，在这样的基础上才能运用多重论证的研究方法。

三、关于援引书证

（一）原书页21脚注：“杨树达谓：‘东方曰析者，此殆谓草木甲坼之事也。’不确！‘析’就是‘昕’（《说文》：‘昕，旦明也，日将出也，从日，斤声，读若析。’）的假借字。”

按：这段话的特点和前文“关于字义阐释”中所引页91脚注的一例相同，是伪造论据作为论战工具。因为《说文解字》大徐本说“昕”字“读若希”，小徐本说“昕”字“读若忻”[1]。作者用着重点号标明的“读若析”三字，

①《说文解字注》，上海古籍出版社，1988年，页303上。

是凭空捏造的。

（二）原书页157：“辛字古音读尧。证据是，辛同薪声，《说文》说：‘薪，荛声。从艹，尧声。’这一点至关重要，因为由此我们就可知道，所谓炎帝高辛氏，其实就是古帝中赫赫有名的‘帝尧’。”

按：这里“揭破”了一个“至关重要”的“秘密”。其方法如何呢？说来也让人失望，那就是篡改古籍以为论据。《说文解字》的原文是：“薪，荛也。从艸，新声。”[①] 这根本成不了“辛字古音读尧”的证据。

（三）原书页93：“而‘昆仑’二字，在古代也正是‘天’的称号。扬雄《太玄·法言》：‘昆仑旁薄幽。’注文说：‘昆仑，天也。’”

按：这里论证昆仑山就是泰山，是作者的惊人之笔。但作者所说的《太玄·法言》这部书却是不存在的，我们只能从扬雄《太玄》中找到“昆仑旁薄幽”这个句子。作者的论证方法也和前二例相类似，无非是篡改古注。因为晋范望注的原文是：“昆，浑也；仑，沦也：天之象也。旁薄，犹彭魄也：地之形也。幽，隐也。言天浑沦而包于地，地彭魄而在其中。”这里只是说昆仑意为浑沦，像天的形态，根本没有把昆仑当作天之称号的意思。

①《说文解字注》，页44下。页44下。

（四）原书页 157 脚注："《史记·仲尼弟子传》：'颜辛，字子柳。'《天官书》：柳为马。注文：'主木草。'古人以字释名，辛训木草，可证其本义。"

按：这段论证有三个问题：第一，改动古籍。《史记》卷二七《天官书》的原文是："柳为鸟注，主木草。"[1] 作者改"鸟"为"马"，删"注"字，并凭空增添了一段"注文"。第二，曲解古文原意。《史记》所说的"柳"，指的是朱鸟星座的第三星宿；"为鸟注"，意思是柳宿为朱鸟星座的嘴，故"柳为鸟喙"；"主木草"的意思则是主管朱鸟之食，即《史记正义》所说的"柳为朱鸟咮，天之厨宰，主尚食，和滋味"[2]。这就是说，从古籍中根本得不出柳为木草的意思。第三，附会出一个"以字释名"的论据。作者大概不了解：周秦人并没有以星座名为人名的习惯。所谓"颜辛，字子柳"，其实是一种天干地支命名法，也就是"柳"通"酉"，"辛柳"代"辛酉"，生于辛酉，所以名"辛"字"子柳"。相同的情况还有鲁人泄柳字子庚，郑人印癸字子柳等等。这哪里符合什么"以字释名"说和"薪能得火"说？如果依此二说，那么"庚"字、"癸"字的本义便也将成为草木，而"子庚""印癸"等等便也会成为火神或日神的别号。

①《史记》卷二七，中华书局标点本，1959 年，页 1303。
② 同上注。

以上几例，说明《诸神的起源》是一部不太尊重史实和史料的书，其论证有违实事求是的原则。所以在它出版之初，就有许多学者提出了批评。例如《历史研究》1988年第2期所载王震中《应该怎样研究上古的神话与历史》一文，《中国语文》1989年第1期所载张猛《〈诸神的起源〉声韵训诂错误举例》一文，都提出了很精彩的意见。但为避免成见，我们在作进一步核查之时，尽可能回避了上述文章所涉及的内容；尽管如此，上述核查也足以动摇作者所谓“神话系统”，得出这样几条结论：

第一，《诸神的起源》一书的研究方法并不“科学”。它的论据不可靠，它的论证过程不符合科学的逻辑。因此，此书的论点，至少那些同音韵学、训诂学有关的论点，不具备真实性。

第二，此书的研究方法也不够“现代”。假造论据、滥用通假、凿空臆断等手法，是古已有之的，其间差别只在于作者用得更为大胆一些。书中的真正现代的方法倒是那些关于深层结构的论述，可惜这些论述的微观基础不真实。

第三，总体而言，《诸神的起源》是一部缺少真实性的书籍。正因为这样，后学者应该把它引为教训。

四、关于“揭开千古大谜”

现在，我们打算从另一角度，对《诸神的起源》一书再作“循名责实”的考察。

我们注意到：作者关于《诸神的起源》一书的自我评价，主要有三方面内容。其一即该书《结语》所说的包括“严格地程序化的操作和演算”的“现代科学的方法论”；其二即《语文导报》1987年第11、12期所载一文中说的“现代性”的“清季朴学方法”。关于这两方面的内容，以上部分已略窥一斑，判断它们是名实不符的。现在，我们来看看第三方面内容，即“揭开千古大谜”的内容。

“揭开千古大谜”是作者常用的一种自我评语。仅在《诸神的起源》一书中，这一类评语就出现了近十次。我们理解它的涵义有三：其一表明作者所处理的问题非常棘手，千古以来未能解决，或无人敢于问津；其二表明作者如今已一举揭破此问题，石破天惊，而且已成铁案，无法再颠扑；其三表明无论是问题本身，还是揭破者的方法，都具有扑朔迷离的色彩，充满神秘。很明显，这是一种富于宣传效果的提法。

但不管怎么样，我们还是暂且谨慎一些，重新审查一下这些“千古之谜”。

（一）原书页44：“在第一章中已曾指出，羲和的古音读作xie，缓读即羲—娥，或羲—和。由此，我们又可以揭开一个已淹昧千古的大谜。原来，月亮神女娥以及华夏民族的母神女娲，其实都是从太阳神‘羲’的名号中分化出来的。”

按：所谓“第一章”，即指前引页 21 的那一段话。这里将其作为前提，提出了新推论。现在我们知道，xī 读双音节的规律是杜撰的，“娥”与“和”在古籍中未见通假，既然如此，所谓女娥、女娲来自羲的推论就不能成立。何况，即使承认女娲一名来自伏羲，作者也没有理由说“揭开一个已淹昧千古的大谜”。因为闻一多早在《伏羲考》中就已考证过“伏羲与女娲，名虽有二，义实只一”[①]。作者不过盗用闻先生的论点，然后加上了一些点金成石的论证罢了。

（二）原书页 21 脚注：“由此可以解决一个谜，《楚辞》中《招魂》句末，叹词用‘些’字，而不与其它篇同用兮字，实则‘些’就是‘兮’，即‘xie’的合音。”

按：作者大概以为，几千年前的楚人和今天的北京人是说同一种方言的，所以他判断“些”的古音为“xie”。殊不知“些”字是心母鱼部字，上古拟音应为 *saals[②]，同 xie 相去甚远。而“兮”字是匣母支部字，跟“些”字风马牛不相及。这个谜的谜底其实并不成立。

（三）原书页 69 至页 71：“凤字就是风字。甲骨文中此二字同音、同义、通用……凤鸟也就是风神……皇鸟

①《闻一多全集》，三联书店，1982 年，第一册《神话与诗》，页 60。

②《上古音系》，页 293 左。

实际上就是光鸟，亦即是太阳鸟……由上所述，我们已可揭开关于神鸟凤凰的千古之谜……为什么凤鸟被看作‘历正之官’（《左传·昭十七年》）？因为太阳正是古人用以制订历法的主要天文参照物。”

按：这里的谜底有点费解。作者一会儿说凤是风，一会儿说凤是太阳，而验诸史料，这两种说法都有问题。在甲骨文中，“凤”字像鸟形，所以它的本义应是凤鸟，而不是风。凤、风音近，所以“凤”可借为“风”，但不能说二者同义。在《左传·昭公十七年》中，郯子把凤鸟同玄鸟、伯赵、青鸟、丹鸟、祝鸠、爽鸠等诸鸟并举，以说明“少皞氏以鸟名官”，这里的凤鸟就绝不是什么“风”或“风神”。另外，从郯子的话中，看不出以凤鸟为太阳的意思。因为这里的历法之官并不仅仅是凤鸟；玄鸟司分（春分、秋分），伯赵司至（夏至、冬至），青鸟司启（立春、立夏），丹鸟司闭（立秋、立冬），同样是历法之官。

（四）原书页72脚注：“由此又可以解决一个千古之谜。《诗经》中分风雅颂三部。风之取义，历来聚讼纷纭。今案，《吕览·音初篇》：‘实始作为南音……取风焉’，‘作为西音，……取风焉’，‘是故闻其声而知其风’。由此可见，古人认为，自然之音乐，是风。而音、言古同字。天之音言，是为风也。所以‘风’成为古代音乐歌唱之共名（在《诗经》中，风即乐歌，雅是祝歌，颂是颂歌，三音宗教意义不同，故别为三类）。”

按：这段论证有两个问题：第一，有曲解古籍之嫌。《吕氏春秋·音初篇》载上引末句的原文是："音成于外而化乎内，是故闻其声而知其风，察其风而知其志，观其志而知其德。"这里的声、风、志、德四字，是指由外而内的四种事物。因此，"风"字应当按照高诱注，解释为风俗[①]，而不能解释为音乐，更不能解释为"自然之音乐"。第二，持论不周延。如果说风是"天之音言"，那么，用于敬神仪式，作为祝歌的雅、作为颂歌的颂，为何又不是"天之音言"了？

（五）原书页102："由此我们还可以解开古史中的一个大疑谜，这就是黄帝所居的'轩辕之丘'的秘密。其实，轩辕丘也就是昆仑山。轩辕古音 kuang lun，其对音正是昆仑。"

按：无论在中古还是在上古，"轩""辕"二字都属同一个韵部（元部），因此，它们不可能拟音为 kuang lun。在上古，"昆""仑"二字分别为见母文部字和来母文部字，"轩""辕"二字分别为晓母元部字和匣母元部字，这两座山名的声母、韵母都不相同，凭什么说它们是同一事物呢？

（六）原书页157："这里还应当指出，辛字古音读

① 陈奇猷《吕氏春秋新校释》，上海古籍出版社，2002年，页338，348。

尧……这一秘密过去似乎一直未被揭破。”

按：此处解谜的秘密武器是篡改古籍，请见上文“关于援引书证”。

……

好了，关于“千古之谜”的考查，也暂且到此为止。从这种循名责实的考查中，我们可以得出什么结论来呢？现在看来，结论应该是：

（一）作者的自我标榜是过甚其词的，他并没有揭破什么千古大谜。

（二）所谓“千古之谜”一说不具备真实性，其意义只在于哗众取宠。

（三）凡出现“解开千古之谜”的自我标榜，我们都要警惕。

五、结语

通过上述举例，我们大概能够了解：“循名责实”的两种方法——核查论据论证的方法和核实作者宣言的方法——是了解书籍真实性的可行方法。越是有来头的书，越应当用这两种方法加以检验。这两种方法是并行不悖的，它们往往能奏异曲同工之效。因为在中国学术界存在这样一种有趣的联系：有实事求是之意的人，便不会去哗众取宠；反之亦然。

上述方法的可行性，主要建立在这样一种看法的基础之上：学术书是一个有机体；书籍整体的真实性，必定要用细节的真实来做保证。因此，在我们一时无法把握某一理论系统的真实性的时候，我们不妨去抽查一下这一系统的细节。这就是所谓“窥斑见豹”。另外，在我们一时无法确定抽查点的时候，我们不妨首先选择被作者粉饰得最漂亮的地方入手。这也就是所谓“美言不信”的道理。一百年以来，西方哲学家提出了许多关于科学的真理性的新见解，其中也包括《诸神的起源》作者说到的“观察—假设—证伪”的方法论。但不管哪一种科学哲学理论，都必须以下述认识为前提：理论要面对事实，一方面以事实为出发点，另一方面以解释事实为目的。科学推理的主要条件和主要价值就是理论必须得到事实的支持，这事实包括过去的事实和将来的事实。所以，我们说的“真实性”，也可以理解为“科学性”或“科学的诚实性”；我们说的“循名责实”，也可以理解为对学术诚实的考究。

值得注意的是：学术研究中的科学方法，是通过一系列学科规范体现出来的。我们批评伪科学，最重要的目的是学会掌握学术规范。比如，我们不仅要明白《诸神的起源》作者标榜“清季朴学方法的现代性”和所谓“理论系统”的目的——掩盖杜撰论据和歪曲科学逻辑的做法，“以证成主观的立说为唯一目的”（原书页251语）；而且要以此为鉴戒，学会识破“科学”名义下的伪科学，也把这些伪科学的做法作为教训，警惕它，远离它。这个学术规范问题或许是一个至关重要的问题，因为中国学术的前途，在很大程度上，取决于读者群体分判科学和伪科学的能力，也取决于学术规范的严肃性。

本文与学友杨剑桥合作写成，1989年春季投寄某刊，因特殊原因未能发表。今略加修改，刊入本书。

从《布洛陀》看神话的本质

一

神话学是一门内容很丰富的学问，近年来非常热闹。这从关于“神话是什么”的讨论中也能看出来。

这场讨论大约经过了两个阶段。在20世纪80年代以前，人们倾向于把神话看作一种低劣的思维方式，认为它是想象或幻想的产物。有一个很著名的定义，见于马克思《〈政治经济学批判〉导言》，说“任何神话都是用想象和借助想象以征服自然力，支配自然力，把自然力加以形象化”，神话“是已经通过人民的幻想用一种不自觉的艺术方式加工过的自然和社会形式本身”。与此相应，中国学者刘魁立等人也在《神话新论》一书中说：“神话是和人类一定社会阶段相联系的历史性现象”，以“原始思维”

为灵魂[1]。这两个说法都进入教科书，发生很大影响。

1990年代以来，神话研究风起云涌，人们的神话观发生改变。有的研究者便否定了关于神话是低劣思维的理论，认为神话是中华民族文化之根，是炎黄子孙达到文化认同的基础[2]。又有人反对把神话功能简单化，认为神话不仅面向人与自然的关系，而且面向人与人的关系，进而认为神话具有“想象共同体”的性质，是初民制作出来的“制约社会运作和生活规范的根本性原典”[3]。还有人分别从内容优先、形式优先两个角度来定义神话，前者把神话定义为对“世界、人类和文化三大起源故事”的讲述，后者则把神话定义为“实践了对道德性、超越性、神圣性对象的信仰关系”的叙事[4]。

从上述情况看，中国的神话学的确有很大进步。这是令人高兴的。不过反过来想一想，其中是否有未能让人满意的地方呢？是有的。比如那个民族文化之根理论，是从政治功用的角度来看神话的。由此出发，是否能得到贴近神话本体的认识呢，值得怀疑。又比如说古人“制约社

① 刘魁立《神话新论》，上海文艺出版社，1987年。
② 潜明兹《中国神话学》，上海人民出版社，2008年，第398页。
③ 叶舒宪等《新世纪神话观的变革与神话研究新趋势》，载《百色学院学报》2013年第6期。
④ 吕微《神话作为方法——再谈“神话是人的本原的存在”》，载《民间文化论坛》2017年第5期。

会运作和生活规范的根本性原典”是一个“想象共同体”，也有点超出常理，因为很难设想古人如何用想象来指导社会实践。再比如说神话是对“世界、人类和文化三大起源故事”的讲述，比较接近鲁迅所说神话是“叙述神的话”，但不够准确；因为同样内容的叙事，可以“在此文化中被视为神话，而在彼文化中则不被视为神话”，“在古代文化中被视为神话，而在现代文化中不再被视为神话”。至于那个“实践神话学”的定义，则有一个完整的表述，说：“神话所讲述的是人（现象）与人自身（本体）的存在论关系的信仰故事。其本质及判断标准由叙事的信仰存在形式（道德形式）与其道德性、超越性、神圣性、真实性信仰对象（道德对象）之间的先验（纯粹）综合即人的信仰性（道德性）构成。”[①] 这一定义比较复杂，大概意思是说：神话用信仰方式表达人对自己的本质属性的追问。信仰的对象具有道德性、超越性、神圣性、真实性。这个先于经验的信仰形式是判别神话的标准。我们知道，对事物下定义，要对事物的本质特征及其内涵和外延做出简要说明，以便联系于经验事实。这个定义似超出了这一要求。

为此，我们打算重起炉灶，用稍稍浅显的语言来讲一讲我们对神话的看法。今天先通过一个实例来讲讲“什么

① 吕微《神话作为方法——再谈“神话是人的本原的存在”》。

是神话”。

二

我们选择的例子是壮族神话《布洛陀》。

“布洛陀”是壮语的译音，常与“麽渌甲”或“麽洛陀”（“麽”也写作“妹”）一起用为双神的名称。考虑到“布”字与“父”字、“麽”字与“母”字的同源关系，可以判断，其原义就是男性祖神。关于布洛陀的故事有两种记录：其一是古歌，即长篇叙事歌谣，例如《陆陀公公》《保洛陀》《布碌陀》《布洛陀和麽六甲》《布洛陀与敢壮山》等，通常被看作神话；其二是经诗，即布麽（壮族巫师）在祭祀仪式和道场法事上的唱本。现在，广西学者根据22个手抄本结集出一部《布洛陀经诗》①。这部经诗至少有25个章节，5741行，堪称鸿篇巨制。它包含《序歌》《造天地》《造人》《造万物》《造土官皇帝》《造文字历书》《伦理道德》《祈祷还愿》八篇。《序歌》是巫师做法事时念的开篇经诗，主要内容是请求布洛陀等神灵来坐坛。《造天地》《造人》《造万物》《造土官皇帝》《造文字历书》等篇讲布洛陀派来盘古王，由盘古和太上老君造天

① 广西壮族自治区少数民族古籍整理出版规划领导小组办公室整理《布洛陀经诗》，中国国际广播出版社，2016年。

地、月亮和太阳，并教人耕种，创造水、火、稻谷、牲畜、住房、果园、文字、文书、社会制度等万物。《伦理道德》《祈祷还愿》两篇是法事仪式上的唱本，包含《唱童灵》《解婆媳冤经》等篇章。从前五篇看，《布洛陀经诗》讲述天地万物之来源，符合“世界、人类和文化三大起源故事”的定义；从后两篇看，《布洛陀经诗》兼说伦理道德和宗教禁忌，所以也符合“制约社会运作和生活规范的根本性原典”的定义。总之，关于布洛陀的古歌和经诗，都可以看做神话。

不过，以上作品有一个重要特点，即密切关联于神圣仪式。据介绍①，有以下两类仪式：

第一类是大型祭典，祭布洛陀和麽渌甲，又称“接祖公、母娘上山入位仪式”。广西田阳县敢壮山的祭祖仪式通常在农历二月十八到三月初九举行。祭典中最隆重的节目就是在“开歌仪式”上唱颂《布洛陀经诗》。除此之外，要唱诵《布洛陀与敢壮山·祭祀歌》《朝圣大典仪式歌》《十拜歌》《十供歌》《唱祖公》等经文和歌辞。

第二类是小型法事，包括以下四种仪式：（一）祈福仪式，主旨是祈求布洛陀等神灵护佑。广西壮族习惯在杀

① 参见陆晓芹、廖明君《布洛陀》第四章《布洛陀仪式》，科学技术出版社，2012年。又李斯颖《壮族布洛陀神话研究》，中国社会科学出版社，2017年。

牛祭祖宗仪式的过程中唱诵麽经，赞颂布洛陀创世之功；并在杀牛生祭之时唱诵《占杀牛祭祖宗》。云南壮族则在农历二月初二或三月初三祭布洛陀神树，仪式中由布麽唱诵经文。（二）超度仪式，意在通过唱诵经文使死者的灵魂脱离苦海，进入生魂世界。较完整的超度仪式包括请师、祭棺、开丧、转场、砍牛、送仙、嘱咐等节次。请师即吟诵经书，祈请各路神仙到位。砍牛的涵义是为死者送牛到阴间，用于耕田犁地，故经书中有《祭黄牛篇》。若祭祀对象是非正常死亡者，则要念诵《麽王曹科》等祭文，引领亡灵上“刀山”，下“火海”，渡“血河”。（三）禳解仪式，即向神灵祈祷以求驱邪消灾。通常针对祸害的情况念诵相对应的经文。比如为解除家庭不和而念诵《解冤经》。（四）赎魂仪式，即为形成灾害的人和其它动植物祈魂。比如念诵《赎魂经》为病人招魂，念诵《赐谷魂经》赎稻谷魂。另外还有针对五畜和鱼的“麽朗”仪式，其时须念诵《赎牛魂经》或其它经文。

由此来看《布洛陀经诗》，便知它是一部多层次的作品，由多种仪式讲唱合成。其开篇“序歌”是巫师对着神案唱的请神歌：“请布洛陀来到我就诉说，请布洛陀坐定我就喃唱。”然后唱：“第一要拜天地……第二再拜天地……第三要拜天德……第四要拜北辰……”既与祭布洛陀仪式相伴（礼请布洛陀神），又与祈福仪式相伴（礼请其它神灵）。接下来，每一章与序歌相呼应，反复用“三样是三王安置，四样是四王创造”来开篇，提示仪式的转换。其中有“杀牛祭祖宗，请诸神一同来闻芳香的供品气味”，“这一章就唱到这里，这是前世人还冤的故事”，“猪头供在高桌上，猪下巴供在祭台上……祭供灶王神，祭供布洛陀，祭供麽渌甲”等语句，描写祭祀现场的仪节。而另外一些篇章，则表现了同特定仪式的联系。比如第三篇《造万物》有《寻水经》《造火经》，讲到“布洛陀才开口说话：我去与道公一起主持，我去同巫师一道念经消灾”，保留了向亡灵祈祷消灾的口吻；又有《赎谷魂经》，讲到“遵照布洛陀的吩咐，王搭起扎花的神龛，王安起赎谷魂的神位”，是赎稻谷魂的仪式祷词和经文。类似的经文还有《赎水牛魂、黄牛魂和马魂经》《赎猪魂经》《赎鸡鸭魂经》《赎鱼魂经》《造房屋、园子、鱼网经》。第六篇《伦理道德》，由《唱童灵》《唱罕王》《解婆媳冤经》《解父子冤经》《解母女冤经》《祝寿经》《献酒经》组成，则是服务于禳解仪式的经文。

总之，《布洛陀经诗》通篇联系于仪式行为。如果我们要给它下定义，那么最简明的说法是：它是以壮族祖神布洛陀为主神的仪式说唱。

三

以上主要是说《布洛陀经诗》的文本。若结合布洛陀古歌，那么，有两个情况值得注意：神话有不同的传播场，也有不同的文体。

布洛陀神话大致是在这样四个传播场中生存的：

其一即上文说的大型祭典，有春、秋二祭——广西田阳县壮族重春祭，巴马县壮族重秋祭。它是区域性祭祀，有跨县的大祭，也有称做“扫寨”的村祭。在大型祭典上，用规范而完整的方式唱颂《布洛陀经诗》，由神职人员布麽司唱，故称“麽唱”。麽唱主要采用五言或七言句式，穿插使用喃调、经调、变调、转调、么彩路和七言的唐皇调，既不同于民间说唱故事的娱乐性讲述，也不像民间戏剧那样有角色分工，而是一种神圣的有师承的艺术性唱诵[①]。而且，由于长篇叙事的需要，其词押韵（押脚韵和脚腰韵），有一系列套式。比如篇首用“三样是三王安置，四样是四王创造”的固定句式，代表仪式的开始。而在篇中，有“那都是从前的事，那都是古人的经历”等语句，提示仪式将要进入尾声；有“不说那么远，不说别家姓，就说这一家，就说这姓氏”等语句，提示仪式即将开

① 参见时国轻《壮族布洛陀信仰研究——以广西田阳县为个案》，宗教文化出版社，2008年。又覃乃昌主编《布洛陀寻踪——广西田阳县敢壮山布洛陀文化考察与研究》，广西民族出版社，2004年，第58页。又熊斯霞《论布洛陀文化的传承场》，载《广西民族研究》2011年第3期。

始新的段落；有“感恩布洛陀，感谢布洛陀”等语句，提示仪式进入训诫和祈祷。总之，在大型祭典上，布洛陀神话文本有经典意义。

其二即上文说的小型法事。通常由同村若干家庭联合出资举行，包括为长者补粮的仪式，为幼童招生魂的仪式，为逝者赎亡魂的仪式，为新房安龙的仪式，以及各种招魂仪式。上文说到，大型祭典除《布洛陀经诗》以外，有民间女巫的自发性歌唱，唱祭拜之歌和布洛陀古歌。小型法事也一样，主要唱经诗，兼唱古歌。只是小型仪式唱诵经诗的片断，神话文本表现为“小经”的形态。

其三是歌圩，即在歌场和临时性歌堂进行非仪式歌唱。比如在广西田阳县有十几个春季歌圩，最大的在敢壮山，称“春晓岩歌圩”。参加者来自周边各县，所唱除种种情歌、山歌外，也唱布洛陀古歌，包括祭祀歌和创世史诗。“青年男女在歌圩中常常借用史诗内容来比智慧、斗才华……有一位七代祖传的壮族老者，能将洋洋万行的布洛陀创世史诗一句不落地唱下来”[①]。可见歌圩是古歌的温床。在这里，神话离开仪式，成为艺术文本。

其四是私家居室，神话以记忆文本的方式流传。因传承方式的多样性而造成两种神话文体。一种是采用传承方

① 李萍《布洛陀文化传承视野中的特色歌圩建构——广西田阳县实地调查》，载《湖北民族学院学报》2011 年第 1 期。

式来作口述，造成韵文体神话，也就是保留了仪式场合的语句及句式结构的神话。比如在云南文山壮族中流传的《布洛朵》神话，能够复现壮族布依支系丧仪中的三十六段经文[①]。另一种是采用追记方式来作讲述，造成散文体神话[②]。一旦进入书面记录，这两种神话都会变成为固态神话。

当然，从现存手抄本的情况看，布洛陀神话的文体区别不像上面说的那样简单。相比之下，散文体神话较重视创世过程的自然关系部分，往往细致描写如何为世间的动植物制定姓名和行为规则；韵文体神话则重视创世过程的社会关系部分，往往细致描写对伦理规则的维护。而且，有些内容见于韵文经诗而不见于散文神话：比如祝愿长寿的仪式颂词和配合敬酒、砍怪、献鸡、送衣等仪式行为的唱词[③]。这就意味着：在内容相近的情况下，作为对韵文神话的复述，散文神话晚于韵文神话；在这里，两者之间形成文体形态的区别。但在内容不同的情况下，散文神话却往往早于韵文神话，因为它是对前一历史时期韵文神话的复述；两者之间的区别是历史形态的区别。

以上四种传播场，大致反映了神话生存的四种历史形

① 农冠品编注《壮族神话集成》，广西民族出版社，2007 年，第 40—45 页。
② 李斯颖《壮族布洛陀神话研究》，第 55—57 页。
③《壮族布洛陀神话研究》，第 48—55 页。

态。由此推测，布洛陀神话最初是依托祭典而生存的。后来，当师公教、道教等民间宗教兴起之后，神话又依托其法事仪式而生存。接下来，神话走出神圣仪式，进入民众生活，依托歌圩和家族活动而生存。在这四种传播场，都能见到布洛陀古歌和《布洛陀经诗》；但它们功能不同。经诗用于当下祭祀，是活态的仪式文本；古歌是历史上的祭歌，因脱离仪式而分散流传，已变成非仪式文本或固态的仪式文本。这提示我们，布洛陀神话有多种存在形式。这些形式之间有历史关系。其本质乃隐藏在所有形式当中。从发生学意义上看，其核心本质是神圣仪式之经典文本。

四

根据以上所述，我们判断：神话即神圣仪式上的讲述，以及对这种讲述的复述和记录。这和英国学者简·艾伦·哈里森的看法相近。她认为：神话是“与仪式行为相伴生的口头表达”[①]。

以上定义是很有道理的，因为它可以概括现存各种神话作品的本质，也覆盖前述种种神话定义——事实上，那些定义从不同方面接触到这一本质。比如所谓“把自然力

① 参见阿兰·邓迪斯编，朝戈金等译《西方神话学读本》，广西师范大学出版社，2006年，第33页。

加以形象化”，说的是神圣仪式上的造神方式；所谓“用想象和借助想象以征服自然力”，说的是神圣仪式的某种动机；所谓“世界、人类和文化三大起源故事”，说的是作为祭祖仪式的创世主题；所谓“文化认同”，以及所谓“制约社会运作和生活规范”，则说到了所有仪式的共同功能（注意：不等于神话的功能）。另外，所谓“神话是和人类一定社会阶段相联系的历史性现象”，说的是“现象”，究其实质，是因为神话所附着的神圣仪式有其历史性。所谓“对道德性、超越性、神圣性对象的信仰”，“讲述人（现象）与人自身（本体）的存在论关系的信仰故事”，则说到仪式过程中参加者向其对象的心理投射。因此，我们把后一句话改成这样一个表述：神话是仪式叙述，是按此岸世界的社会需要和人的心理需要而构造的彼岸故事。对应于社会需要，有其道德性；对应于心理需要，有其超越性；对应于仪式之本质，有其神圣性。

关于仪式的神圣性，罗马尼亚学者伊利亚德曾有论述，即认为人类生命有两种存在方式：一是世俗的，即日常的；二是神圣的，即仪式的。仪式的意义在于，可以让人们从日常空间过渡到神圣空间。在后一空间，信仰者意识到神圣，神圣（又称“显圣物”，hierophany）

也能够自我表征[①]。这样就造就了另一种现实和另一种人（超人）。在这一意义上，可以把神话——仪式叙述——说成是“神圣叙述”，或者说是关于“超人”或“神”（显圣物）的叙述。

事实上，很多事物都来源于两个空间的过渡。比如所谓“想象共同体”，其实缘于人的认识从日常空间转移到神圣空间。新空间的超越性，造成了“想象”；新空间的道德性，则造成了“共同”。人们参考旧空间来建设新空间，因而创造了面向神的新的语言方式、行为方式和思维方式。以后我们还会谈到：凡是原不存在于日常生活之中的事物——比如朗诵和诗，吟唱和歌，舞蹈和“颂”，有美感的发声和乐器，以至于万物之名称——其实都是在仪式中、因仪式需要而形成的。神话是其中最具神圣本色的一种创造物，而布洛陀神话则反映了它的本质。

本文是为指导研究生刘嘉宇的学位论文而写作的，联合署名，发表于《古典文学知识》2020年第2期。计划中原有一组文章，即：1. 从《布洛陀》看神话的本质；2. 洪水神话和神话的语境；3. 创世神话在民间文学中的地位；4. 古人如何通过天体神话、文化起源神话来推广

① Mircea Eliade. The sacred and profane. London: Harcourt Book, 2013.8–23。

知识；5. 从神化对象到神化自我；6. 建立神圣性的文学方法；7. 人为什么要朗诵和歌唱；8. 舞蹈最初的意义；9. 人是怎样想到要过节的；10. 劳动与仪式。惜无时间，暂未能实施。

给新出土的汉前子书文献排个序

一

给书籍分类排次序是一件很了不起的事情。很早以前，就有圣人给《诗》《书》《礼》《乐》《易》《春秋》排过序。后来有贤人改良这个排法，结果排成《易》《书》《诗》《礼》《乐》《春秋》。在我看来，这两种排序都是有道理的。前一个次序是教育学的，也就是按施教的先后排序；后一个次序是历史学的，也就是按书的年代先后排序。不过相比之下，影响更大的是后一个次序。它由《汉书·艺文志》（下称《汉志》）保留下来，成为几千年中国目录学的圭臬。我于是想：既然从20世纪中期以来，出土了许多汉以前的文献，那么，是否有必要按《汉志》的标准，也给它们排个序呢？显然，应该给予肯定的回答。

因为这样做有两个很明显的意义：一方面，对考古学在文献学方面的贡献作一个总结；另一方面，验证和补充《汉志》，丰富这份关于汉代知识体系的记录。

限于篇幅，我打算先提出一份关于子书文献的清单。这主要因为，子书在出土文献中占有很大比重，品种很多样，而且大部分是佚籍。比如《汉志》著录诸子之书189种4324篇，新出土的相关文献有65种，两相对比，后者是前者的34.4%。这个数量是很可观的。

现在，我打算按《汉志》的体例来排列新出土的汉代子书文献。为此，提出一份相关简帛资料的缩略语名单，如下：

1. 子弹库楚帛书：即湖南长沙子弹库出土的帛书。1942年，因被盗掘而问世，今藏美国华盛顿赛克勒美术馆。

2. 信阳楚简：即河南信阳长台关出土的竹简。1957年至1958年，在两座战国墓中出土，共148简。

3. 银雀山简：即山东临沂银雀山的竹简。1972年，在两座西汉初年墓（墓葬年代在公元前136年至118年之间）中出土，共4956简。

4. 马王堆简和马王堆帛书：即1972年至1973年，在湖南长沙马王堆汉墓（墓葬年代为公元前168年）出土的文献，包括竹简617简、帛书12万多字。

5. 八角廊简：即1973年，在河北定县八角廊汉墓出土的竹简，约 2500 简。

6. 阜阳汉简：即 1977 年，在安徽阜阳双古堆出土的竹简，约 6000 简。

7. 张家山简：即 1983 年底至 1984 年初，在湖北江陵张家山汉墓出土的竹简。

8. 放马滩秦简：即 1986 年，在甘肃天水市放马滩秦墓出土的竹简，共 461 简。

9. 慈利楚简：即 1987 年，在湖南省慈利县城关石板村出土的竹简，整简 1000 余简，共计 21000 字，主要记载吴越二国史事。

10. 郭店楚简：即 1993 年，在湖北荆门郭店村出土的竹简，共 804 简，有字简 730 简，其上有 13000 多个楚国文字。

11. 上博简：1994 年，两批战国楚竹书出现在香港文物市场。上海博物馆斥资购回，共得 1200 余简。其中第二批为 497 简。

12. 清华简：2008 年，清华大学接受校友捐赠，收藏了一批在海外流散的战国竹简，共 2496 简。

13. 北大简：2009 年，北京大学接受社会捐赠，得到 3300 多简西汉竹简，其中完整简有 1600 余简。

就出土子部文献来说，以上最重要的是郭店楚简、上博简和年代较晚的马王堆帛书。依马王堆 3 号墓墓主下葬时间（公元前 168 年）推算，本文介绍的出土子部文献，均应产生在刘向校书（始于公元前 26 年）之前。

以上诸项并不代表战国至西汉出土文献的全部。除此之外还有很多重要文物。例如 1951 年至 1954 年，在长沙五里牌、仰天湖、杨家湾等地出土了战国简；1959 年至 1989 年，在甘肃武威磨嘴子、旱滩坡、五坝山等地出土了汉简；1965 年以来，在湖北江陵望山、凤凰山、藤店、天星观、九店、岳山、秦家咀、扬家山、毛家园、高台、王家台、周家台等地出土了大批战国至西汉的竹简木牍。这些新资料，已经得到各方面关注，成果很多。除掉发掘报告、简帛汇编、研究论文和校读记以外，还有一些概论性的著作。今参考这些成果，排列新出土的汉代子部文献如下。

二

儒家：《汉志》著录 52 种，以《晏子》为首，次为《子思》及孔子后学之书，次为《孟子》及稷下儒家书，次为其他儒家书，次为汉儒之书及杂著。诸书特点是生发六经，留意仁义，祖述尧舜，宗师仲尼。今依此著录出土文献 29 种。

（1）《晏子》一种，银雀山简。今存 102 简，约 3500 字。共 16 章，为《晏子春秋》的最早传本。据此拟题。晏子生卒在孔子前，刘向《晏子实录》云其书“皆合六经之义”，故列为儒家之首。

（2–3）《缁衣》两种：一为上博简，24 简，978 字，简长 54.3 公分。一为郭店楚简，47 简，存 1156 字，简长 32.5 公分。两种《缁衣》均为 23 章，每章均以“子曰”开头，内容接近传世本《礼记·缁衣》，据拟篇题。《汉志》“诸子略”以《子思》为儒家次篇，梁沈约曾说《缁衣》“取子思子”。今据此著录。

（4–5）《五行》两种：一为郭店楚简。50 简，1144 字，简长 32.5 公分（同《缁衣》），共 28 章，有篇题。一为马王堆帛书，存 180 行，约 5400 字，经外有传。两种《五行》皆属思孟五行的作品，据拟篇题。

（6–9）郭店楚简四种：一为《性自命出》，67 简，约二十章，前半论“乐”，后半论“性情”，据简文拟题。一为《成之闻之》，40 简，论君子立教、立言等事。据篇首四字拟题。一为《尊德义》，39 简，存千字左右。篇首云“尊德义民乎民伦可以为君”云云，据拟篇题。一为《六德》，49 简，据内容拟题。四篇简长皆为 32.5 公分，内容亦接近上文《缁衣》《五行》。

（10–11）郭店楚简二种：一为《鲁穆公问子思》，8 简，存 150 字，据首句拟题。一为《穷达以时》，15 简，存 300 余字，载孔子厄于陈蔡时的言论，据内容拟题。二篇简长皆为 26.4 公分，皆出孔子后学之手。

（12–13）郭店楚简二种：一为《唐虞之道》，29 简，论尧舜禅让等事，据篇首四字拟题。一为《忠信之道》，9简，据内容拟题。二篇简长皆为28.2公分。一说此二篇属纵横家。查郭店楚简有纵横家书《说之道》，简长15.2公分。此二篇的形制与之不合，故仍归儒家。

（14–26）上博简十三种：其一《性情论》，40简，1256字，简长57.2公分，分6章。据内容拟题。其二《子羔》，14简，395字，简长55.5公分，记述孔子答子羔问先王之游事。据第5简简背上端文字拟题。其三《鲁邦大旱》，6简，208字，简长55.5公分，记孔子答鲁哀公论刑德。以首四字为题。其四《相邦之道》，存4简，107字，简长55公分，记述孔子与子贡讨论王道。据末篇内容拟题。其五《弟子问》，存25简，简长54.7公分。据内容拟题。其六《孔子见季桓子》，存27简，554字，简长54.6公分。据首句文字拟题。其七《君子为礼》，存16简，简长54.5公分。据首句文字拟题。其八《中弓》（“中弓”即孔子弟子“仲弓”），存28简，简长47公分。据第16简简背文字拟题。其九《颜渊问于孔子》，存14简，312字，简长46.2公分。据句首文字拟题。其十《民之父母》，14简，397字，简长45.8公分。记子夏问诗及为政之道，文字内容与《礼记·孔子闲居》《孔子家语·论礼》多相重而稍胜，据拟篇题。其十一《昔者君老》，存4简，158字，简长44.2公分。记太子接受国君遗训的经过，据首句文字拟题。其十二《子道饿》，存6简，121

字，简长 44 公分。据首简首三字拟题。其十三《从政》，存 24 简，659 字，简长 42.6 公分。据内容拟题。

（27）《宁越子》，慈利楚简，简长 45 公分。应即《汉志·诸子略》儒家所载《宁越子》。

（28–29）《儒家者言》两种：一为八角廊简，存 104 简，分为 27 章。一为阜阳汉简，木牍正、背面共存有 47 个篇题。二书皆记孔子及弟子言行，内容与《孔子家语》《说苑》等书相重，据拟篇题。

道家：《汉志》著录 37 种，以《伊尹》等三代道书为首，次为《老子》，次为《文子》《庄子》《周训》等先秦道家书，次为黄帝书，次为其他道家书及杂著。诸书皆宗秉要执本、清虚自守等君人南面之术。今依此著录出土文献 19 种。

（1–3）马王堆帛书三种：一为《九主》，存 52 行，约 1500 字。内容为伊尹论“九主”（一说出自《伊尹》），据拟篇题。一为《明君》，存 48 行，约 1500 字，以奏疏口吻说明君之理，据拟篇题。一为《德圣》，存 13 行，约 400 字。论德、圣，据拟篇题。三篇均抄写在帛书《老子》甲种卷后。

（4–6）《老子》三种，郭店楚简。甲种存 39 简，简长 32.3 公分，内容与《老子》相重者达二十章；乙种存 18 简，简长 30.6 公分，内容与《老子》相重者达八章；丙种存 14 简，简长 26.5 公分，内容与《老子》相重者达五章。

（7）《老子》一种，北大简。存 282 简，约 5265 字，简长约32公分。

（8–9）《老子》二种，马王堆帛书。甲种存69行，约抄于高帝时期；乙种存31行，约抄于文帝时期。《德篇》在前，《道篇》在后。

（10）《文子》，八角廊简，残存277简，约2790字。其中87简内容与今本《文子》相重，据拟篇题。

（11–12）《庄子》两种：一为阜阳汉简，残存8简。其内容与传本《庄子》中的《外物》《让王》《则阳》等相合，据拟篇题。一为张家山简，存44简，约1692字，原有篇名作“盗跖”。

（13）《周训》，北大简。存200余简，约4800字，分14章。原题“周驯”。

（14）《太一生水》，郭店楚简，14简，约350字，简长26.5公分。含“太一生水”“天道贵弱”两主题，据篇首文字拟题。

（15）《亘先》，上博简。存13简，500字左右，简长39.4公分。“亘先”二字抄写在第3简简背，意为先天地而生。

（16–19）马王堆帛书四种：一为《经法》，存55行，约5000字，含《道法》《国次》等9篇，以农战、法治为主题。篇名“经法”二字写在篇末。一为《经》，又名《十六经》，存65行，4000余字。全篇共15组，以阴阳刑德为主题，有《立命》《观》等篇题。一为《称》，存25行，

1600余字。篇题“称”写在篇末。一为《道原》，存7行，464字。篇题写在篇末，其后记字数“四百六十四”。以上四书均抄写在帛书《老子》乙种之前。

阴阳家：《汉志》著录21种，以早期阴阳家书《宋司星子韦》为首，次为《公檮生终始》《邹子》等六国阴阳家书，次为《容成子》等历法五行阴阳家书，次为汉阴阳家书及杂著。小序云阴阳家出自天文历法之官。今依此著录出土文献3种。

（1）《楚帛书》，子弹库楚帛书，900余字。分三部分，分别讨论四时、天象、月忌。有神像图，无篇题。

（2–3）银雀山简两种：一为《阴阳散》，论及“阴散为生，阳散为死”。二为《曹氏阴阳》，论及天地四时刑克。二篇均有篇题。

法家：《汉志》著录10种，前7种为战国古书，含《李子》《慎子》；后3种为汉代书、不知作者之书及杂著。小序云法家出自刑法之官。今依此著录出土文献1种。

（1）《慎子曰恭俭》，上博简。6简，128字，简长32公分。简首云“慎子曰恭俭以立身”云云，据拟篇题。

墨家：《汉志》著录6种，首为周初尹佚所传之《尹佚》，次为墨子弟子书，末为《墨子》。小序云墨家的主张是贵俭、兼爱、尚贤、右鬼。今依此著录出土文献 3 种。

（1–2）上博简两种：一为《鬼神》，又名《鬼神之明》，存 8 简，197 字，简长 53 公分，据首句拟篇题。一为《容成氏》，53 简，3000 多字，简长 44.5 公分，有篇题。前者主题（“鬼神之明”）又见于《墨子 · 明鬼》，后者所述上古帝王传说有兼爱、非攻、尚贤、节用的倾向。据此录为墨家。

（3）《墨子》，信阳楚简，存 119 简，470 余字，简长 45 公分，似是《墨子》佚文。原无篇题。

纵横家：《汉志》著录 12 种，前 5 种为《苏子》等战国书，中 1 种为秦代书，后 6 种为汉代书。小序云其出自行人之官。今依此著录出土文献 5 种。

（1）《战国纵横家书》，马王堆帛书。存 325 行，约 11000 字。前半讲述苏秦游说，后半辑录战国游说故事。据内容拟题。

（2）《说之道》，郭店楚简。27 简，403 字，简长 15.2 公分。一说所记为苏秦言行。篇首云“凡说之道，急者为首”云云，据拟篇题。

（3–5）《语丛》三种，郭店楚简，格言体。甲种存 113 简，简长 17.3 公分，一拟篇题为《物由望生》；乙种存 54 简，简长 15.2 公分，一拟篇题为《名数》；丙种存 73 简，简长 17.6 公分，一拟篇题为《父无恶》。体式接近

《说苑·谈丛》《淮南子·说林》等书，据拟篇题。

杂家：《汉志》著录20种，前2种为“黄帝之史”等人所作，次6种为周秦书（含《吕氏春秋》），次9种为汉代书，末3种为“杂”集之书。小序云其特点是“兼儒、墨，合名、法”。今著录出土文献1种。

（1）《吕氏春秋》，阜阳汉简。存40余简。内容与《吕氏春秋》相合。其中《知士》《童（重）言》等章有标题。

小说家：《汉志》著录15种，前9种为先秦人所作，后6种为汉代人所作。两部分皆依作者为序，而未以书中人物为序。小序云其出自“街谈巷语，道听途说”。今依此著录出土文献4种。

（1）《赤鹄之集汤之屋》，清华简。共15简，简长45.1公分。讲述伊尹救夏桀故事，标题见末简简背。

（2–3）复生故事两种：一为《丹》，放马滩秦简，存8简，简长约23公分。述及“丹”死而复生故事，据拟篇题。一说应题《志怪故事》或《墓主记》。一为《泰原有死者》，北大木牍，168字，牍高23公分。以复生者口吻说丧祭宜忌，秦人所作，据篇首文字拟题。

（4）《妄稽》，北大简。存107简，约2700字，简长约23公分。讲述汉代妒妇故事。原有篇题。

三

我们在编写以上这份子部文献目录的时候，想到一些有意思的道理。

第一，关于中国“书”观念的形成。

按照《汉志》的六部分类，以上列举的只是战国至西汉出土文献中的诸子之部；如上文所说，还有许多文献未予介绍。比如在湖北江陵望山楚墓、荆门包山楚墓、随县曾侯乙墓、云梦睡虎地秦墓，出土了很多记录车马甲胄的遣策，或者记录司法、交易、疾病、祷祝、占卜等日常事务的书信、律令、簿籍、签牌。这些文献是我们通常说的档案或文书，不是“书”(典籍)，所以按刘向等人的目录体例，本文未予著录。但这些资料恰好提示了刘向等人校书时的环境：他们必须面对大量文书文献，必须把“书”和文书档案明确地划分开来。而这样一来，他们写下的《别录》《七略》和《汉志》，便成为中国“书”观念形成的标志。

刘向等人所建立的“书”观念，对后世影响很大。几千年来，各种文书档案都被目录学家排斥，而未阑入“古典文献学”的范围。学者们昧于对文书档案的了解，于是有“中国古‘书’产生于何时”的困惑。解决这个问题难吗？其实不难。以上目录告诉我们：只要和文书作个比较，“书”的来历就清楚了。“书”区别于文书的主要特点，从形式上看，是经过了编纂；比如刘向等人的校书，主要内容便是采用合并众本为一定本的方式编书。但从实质上看，二者功能不同：“书”是公诸大众的文献，而文书则是用于日常事务，只在当事人中小范围流传的文献。因此可以说，“书”的形成，其实质就是大众文献的形成。换言之，“书”的产生，其实就是把原来用于日常事务的文献加以提升，使之具有超越意义。正因为这样，最早的中国“书”有三大特点：其一被称作“典”“谟”“训”“诰”，其二以律令、道德教训等具普遍意义的知识为内容，其三用于体制化的教学。“六经”就是这样的具有通识意义“书”。而子部“书”的形成，则表明和“经”相对的另一种书——专科范围的书，比如由百官分别掌管的书——的扩大。正因为这样，古人认为“六艺”是圣人所制之“道”，百家出自百官之“一察”[①]。《汉志》对此也有两个影响深远的说法：其一说子部书是“《六经》之支与流

① 例如《庄子·天下篇》说：“圣有所生，王有所成，皆原于一……以天为宗，以德为本，以道为门，兆于变化，谓之圣人；……以法为分，以名为表，以参为验，以稽为决，其数一二三四是也，百官以此相齿。……配神明，醇天地，育万物，和天下，泽及百姓，明于本数，系于末度，六通四辟，小大精粗，其运无乎不在。其明而在数度者，旧法、世传之史尚多有之；其在于《诗》《书》《礼》《乐》者，邹鲁之士、缙绅先生多能明之。……天下大乱，贤圣不明，道德不一。天下多得一察焉以自好。譬如耳目鼻口，皆有所明，不能相通。……道术将为天下裂。”

裔”，其二说诸子出于王官之守。

第二，关于六部分类法的形成。

根据以上论述，我们可以为“书”下一个定义：“书”就是因传播需要而被编纂的文献。从这个角度看，目录学上的六部分类法，乃意味着社会对六类文献提出了传播需要，使之进入编纂。这六类书，就是《汉志》所说的“六略”。其中“六艺”“诸子”“诗赋”三略之书由刘向校理，原是皇室之书；“兵书”“数术”“方技”三略之书分别由步兵校尉任宏、太史令尹咸、侍医李柱国校理，原是官守之书。透过这种分工，可以看出两种“书”的分别：刘向校理的是国家图书馆的收藏，是已经成形的“书”；另外三人校理的是部门资料室的收藏，尚未脱离档案性质，是半成形的“书”。不妨说，所谓“校书”，其实是让后一种“书”取得正式身份的仪式。

那么，为什么在“六艺”“诸子”“诗赋”三略之外，增加的是“兵书”“数术”“方技”三部呢？这个问题，可以从出土文献中找到答案。资料表明，在出土文献中，子部书占有很大比重（从数量看，是诗赋文献的十倍）。按照刘向等人“诸子出于王官”的说法，这意味着，有一批官守——例如联系于儒家的司徒之官、联系于道家的史官、联系于名家的礼官、联系于墨家的清庙之守、联系于法家的理官、联系于阴阳家的羲和之官、联系于纵横家的行人之官、联系于杂家的议官、联系于农家的农稷之官等等——在提升档案为“书”的历程上，做出了重要贡献。另一方面，在战国至汉初的墓葬中，出土了很多“兵书”和“数术”“方技”之书。其中兵书有银雀山的《吴孙子》《齐孙子》《尉缭子》《六韬》等，有张家山的《盖庐》等；数术书有多种《历谱》、多种《日书》、多种卜筮祭祷竹简，以及马王堆的《天文气象杂占》《五星占》《出行占》《木人占》《阴阳五行》《太一辟兵图》等；方技书则有《脉书》《病方》《白水侯方》《十问》《合阴阳》《杂禁方》《引书》《脉死候》《六十病方》《医马书》等。这些资料意味着：刘向等人校书之时，其实对官守文献做过调查，进而从百官中选出步兵校尉、太史令、侍医三职——选出了三类书的代表。正因为这样，《汉志》认为：从档案到“书”的演变，是首先在官守中完成的。有鉴于此，我们不仅要借助官守来理解六部分类法的形成，而且要借助官守来理解六类中各小类的形成。

第三，关于学派分类的标准。

对于“诸子百家”“九流十家”等概念，研究者曾提出怀疑，认为这些概念不符合哲学史或思想史的事实。比如著名的《剑桥中国秦汉史》（中译本第696页）就说：“刘向和刘歆所编的书目，作为遗产，所留下的对中国哲学进行重大划分的分类却往往是错误的。”这种说法对不对呢？不对。因为它忽视了刘向等人的文献学实践，进而忽视了思想同物质的关联。

不过，这一说法提出了一个问题：应当如何“对中国哲学进行重大划分”？事实上，解答这个问题的最好的办法，就是为古代子部文献编一份目录。因为编子部书目的关键就是进行学派划分，划分过程中必须试用各种方法，从而找到正确的出路。从简帛研究者的经验看，可用的方法有三条：一是根据已经明确的学派文献的特色词，来判断暧昧文献的归属（因为同一个学派会有相同的问题和语言方式）；二是根据已经明确的学派文献的思想主旨，来判断暧昧文献的归属（因为学派成立的基础是有相近的学说）；三是从暧昧文献的存在样态——比如出土地点、物质形式——中找到古人赋予的分类属性，进而得出判断（因为学派意味着历史上的认同）。本目录就是这样做的。比如，除掉注意出土文献同传世文献在文句、主题词、思想倾向的关联外，也注意这些文献在出土时彼此类聚的方式。这样一来，“对中国哲学进行重大划分”的基本道理便呈现出来了。其核心是三句话：（一）对于当今的分类来说，古人的分类是最重要的历史事实，必须尊重。（二）古人的思想，不仅表现在他们说了什么，而且表现在他们做了什么以及如何做。（三）因此，思想考察应该从语言的物质载体和物质表现入手。

以上这些话，包含这样一个意思：古代人进行学派划分，是有其物质依据的。主要有三种物质：一是人。比如《吕氏春秋》说“老聃贵柔，孔子贵仁，墨翟贵廉，关尹贵清”，说的就是作为学派标志的人。这种人又称“子”，也就是代表了某个师承系统。二是书。比如《汉志》以“凡某某家”表书的数量，说“凡诸子百八十九家”云云，这其实就是把书作为“家”（学派）的代表。三是官守。比如司马谈说“夫阴阳、儒、墨、名、法、道德，此务为治者也”，意思是六家之分取决于求“治”的路线，每家源于一种为官的职责和习惯。第三项最为重要，因为在上古时代，官守不仅掌管了资料（书），而且掌管了教育（人），具有根本意义。刘向等人虽然是面向“书”来进行学派划分的，但他们却能尊重传统，把学派的渊源归结于官守，便可以说是把握了事物本质。《汉志》中有这样一个事例：同样是容成公所传书，《汉志》却把《容成子》归入诸子略阴阳家，把《容成阴道》归入方技略房中术，因而打破了“人”的标准（所以，本目录也依据《容成氏》同《墨子》的关联，将其判为墨家）。《汉志》这样做的依据是什么呢？最有力的推测是：依据官府所藏。由此看来，《汉书·叙传》所说“刘向司籍，九流以别”是富于深意的一句话。这句话说明，九流十家是刘向、刘歆、班固共同认可的学术分类。

第四，关于目录学的学术要求。

在中国学术史上，刘向等人的校书活动是一件划时代的事情。它不仅建立了“书”的观念，而且创立了一套目录学体系，包括六略三十八部的分类和为古书整理本撰写叙录的方法。在子部书方面，则有两件事让人印象深刻：其一是用校勘、辑佚等手段将大量散简、异本汇编为子书，其二是用目录序次展现学术的时代变迁。从本目录可以看到：《汉志》诸子略著录各家，都是严格按文献的形成年代排序的。也就是说，重视文献自身的源流，是刘向等人最重要的工作思路。

按照这一思路，本目录在编制之时，也充分关照古人通过行为所表达的文献分类。这类行为有三种：其一，往往将同类文献抄集在一处；其二，往往用不同质量的竹帛抄写不同内容的文献；其三，为便庋藏，往往用相同长度的简帛抄写同类文献。通过这些行为，我们懂得：古文献的载体是同它的文体相对应的。比如竹制、木制载体有“简”有“楬”。“简”是大竹，通常载录书籍，包括六艺、诸子、兵书、数术、方技之书；“楬”是小木或小竹，通常用为签牌。又如竹、木之间也有体用之别，即通常把竹质材料用为书籍的载体，而把木质材料用为文书的载体。这种情况提示我们：对出土文献进行目录编制，必须注意载体的形制，把它们用作分类、排序的依据。比如郭店楚简有《唐虞之道》和《忠信之道》，简长 28.2 公分；又有《说之道》，简长 15.2 公分。后者的性质很明确，是纵横家书；如何判定前者的性质呢？从形制不合这一点看，本目录认为其学派属性也不相合（不是纵横家之书），遂把前者判属儒家之书。

总之，为出土文献编制目录是一件有意义的工作。它拉近了我们同资料的距离，使我们渐次走进刘向等人的工作现场。对于“辨章学术，考镜源流”这个目录学的基本要求，我们于是有了更深刻的认识。这个认识是：所谓“辨章学术”，意味着要从形式与内容两方面，来认识古代知识与思想的逻辑关系；所谓“考镜源流”，意味着要结合制度与人这两个要素，来探明古代知识与思想的来龙去脉。

原载《古典文学知识》2018年第6期。发表之后获得很多批评意见，比如广州大学杜玉俭博士指出文中对《汉志》诸子书的计算有误，今皆采纳。

《胡笳十八拍》和琴歌

中国文学史上有两篇以《胡笳十八拍》为名的作品。一篇出自唐代大历年间人刘商之手，主要部分为七言体诗；另一篇题“蔡琰”所作，十八首全是骚体。这两篇作品都很有名气。刘商的那篇在唐代即广泛流传，《太平广记》引《续仙传》说：刘商“有《胡笳十八拍》盛行于世，儿童妇女咸悉诵之”。所以它在当时的敦煌莫高窟也有好几个写本。至于“蔡琰”的那篇，则自宋代以来一直受到人们推崇。1959 年至 1960 年，几十名中国文史专家还对它作了详尽讨论，仅郭沫若在半年间就写了六篇关于它的文章。郭沫若用雄辩的语言论证说：“那是多么深切动人的作品呵！那像滚滚不尽的波涛，那像喷发着融岩的活火山，那是用整个灵魂吐诉出来的绝叫。我是坚决相信那一定是蔡文姬作的，没有那种亲身经历的人，写不出那样的文字来。”

但问题是，恰好因为这篇作品有许多可疑之处，上述讨论才得以形成。人们对它的怀疑主要在于：一、琴曲以“拍”为名，是唐代才有的风尚，不应当出现在后汉或曹魏。二、唐以前，研究音乐的著作甚多，但从来没有人记载蔡琰作《胡笳十八拍》的事迹。三、这篇作品有明显的因文造情的痕迹。其层次安排、风俗描写、心理刻划以及作品中的称谓和地理，都常常违反逻辑和情理，显然不是由作为当事人的蔡琰写作的。四、最早提到蔡琰“感笳之音，作诗言志”的文献是《蔡琰别传》，但其中所举诗句出自《悲愤诗》，而不是出自现存的《胡笳十八拍》辞。五、汉魏骚体诗和七言诗一般句句用韵，《胡笳十八拍》则常常间句用韵；《十八拍》的押韵，遵守的是唐人官韵的规范，与《悲愤诗》的押韵习惯不同。——总之，说骚体《胡笳十八拍》是蔡琰作的，很不可信。

可惜的是，这场轰动一时的讨论并没有得出明确的结果。其原因是什么呢？我认为：是因为当时人都不了解历史上的“琴歌”——这一特殊的文学品种。

一、琴歌及其演唱方式

古琴是汉民族的一种典型乐器，其存在可以追溯到传说时代。早在“古史官”所作的《世本》中，就有伏羲作琴、神农作瑟一说。琴歌的历史大约略短于琴的历史。记载中最早的一首琴歌，据《礼记》《史记》等文献，是“舜弹五弦之琴”而唱的《南风歌》。关于琴乐的描写多见于《诗经》。从“琴瑟友之”“爰伐琴瑟”“琴瑟在御”“鼓瑟鼓琴”“琴瑟击鼓”“六辔如琴”等诗句中，可以知道七弦琴艺术在西周时代已经兴盛。到春秋战国时候，琴歌便以“弦歌”的名义广泛流传了。关于这种弦歌的歌唱方式，《尚书·益稷》的说法是“搏拊琴瑟以咏”，《庄子·大宗师》的说法是“或编曲，或鼓琴，相和而歌”，《古诗十九首》的说法是“上有弦歌声”，“一弹再三叹”——一句话，都是弹唱相和、歌乐间奏的相和歌。其此唱彼和的方式称“相和”，其自弹自唱的方式称“弦歌”。

相和歌是一种传统的歌唱方式。其特点是有唱有和，两者的旋律线并不同步，或并不一致。它可以用人声相和，也可以用器乐相和。当用器乐相和的时候，歌曲与乐曲便自成一体。大量文献记载说楚地的歌唱特色是相和歌；但事实上，在先秦两汉时代，这种歌唱形式是在全中国范围内流行的。例如我在《诗六义原始》一文中指出：《周礼·大师》所说的“风、赋、比、兴、雅、颂”六诗，其中“兴”指的就是相和歌。

由于琴歌采用相和的方式，所以它有两个特点：一是作为即兴歌唱，不容易记录下来；二是它非常接近自然语言。由于后一个原因，我们看到了“父邪！母邪！天乎！

人乎！”“嗟来桑户乎！嗟来桑户乎！而已反其真，而我犹为人猗！”一类被称作“咏”“叹”“啸”“吟”的琴歌辞；由于前一个原因，一直到明代，关于琴曲是否配辞、是否应当配辞的讨论仍然为人们所热衷。主张“正文对音”（按谱系辞）的一派称“江派”，主张“去文以存勾踢”（单奏，不歌）的一派称“浙派”。而他们的争论又可以追溯到宋代。郑樵《通志·乐略》的意见是：“古者丝竹与歌相和，故有谱无辞……琴之有辞自梁始。”陈善《扪虱新话》则说：“诗三百篇，孔子皆被之弦歌。”他们的说法反映了一个共同的背景，即宋代琴曲已多不配辞。同时反映了一种传统：七弦琴艺术是古典精神的象征；追摹古人，是历代琴师的共同风尚。

一直到唐代，相和形式仍然是琴歌的主要形式。即使在当时的琴歌作品中，我们也能看到这种唱奏形式的表现。例如现存的隋唐五代琴歌很少有同调同体的情况存在，说明它们并不受琴曲之调的严格限制，或者说，它们并不是依照琴曲的曲调歌唱的。又如很多琴歌以琴曲本身为描写对象。李白《雉朝飞》：“《雉子斑》奏急管弦，心倾美酒尽玉碗。”阎朝隐《明月歌》：“挥玉指，拂罗裳，为君一奏《楚明光》。”这种情况，只有把琴歌视作琴曲的附加部分才能解释。再如许多琴歌的内容同琴曲名有出入。李白《雉朝飞》咏的是《雉子斑》曲，阎朝隐《明月歌》咏的是《楚明光》曲。这表明：

琴歌原本配合另一支风格、题材相近的琴曲，奏《雉朝飞》或《明月歌》等琴曲时，临时采为和唱。因此我们可以相信《文献通考》的说法：“琴之为乐，所以咏而歌之也。”也就是说：一直到唐五代，“间奏”“相和”“弦歌”“一弹一唱”仍然是琴歌的主要方式。

但琴歌还有一种“著辞”的方式。此即所谓“正文对音”，是一种乐歌性质的琴歌。它起源很晚，大约在曹魏。王僧虔《大明三年宴乐技录》和张永《元嘉正声技录》把这种新出现的完全伴奏形式称作“歌弦”。晋石崇《思归引序》说：“此曲有弦无歌，今为作歌辞以述余怀。”这是我们看到的琴曲著辞的最早记载。梁代的一些琴歌，如沈约和王僧孺的《湘夫人》、简文帝和吴均的《别鹤》、吴均和江洪的《渌水曲》，则采用了同调同体的形式。这大约就是郑樵所说的“琴之有辞自梁始”。到隋唐时代，因声度词的曲子歌唱普遍繁荣起来，影响到了琴曲，琴曲著辞形式才有了很大的发展。吕才认为“琴操曲弄，皆合于歌”；唐高宗《白雪》歌十六首，合琴曲十六节，各节并有送声辞（见《旧唐书·音乐志》）；郎大家宋氏和刘方平各二首《宛转歌》，杂言，大致同体（见《乐府诗集·琴曲歌辞》）：这说明著辞也成了琴歌的一种辅助方式。

琴歌的演唱方式使其体裁和传播特点有别于其它韵文。为了了解它，我们应当建立以下两种分析观念：一是把作为单纯器乐曲的琴曲同作为伴奏曲的琴曲区别开来，二是把相和形式的琴歌同乐歌形式的琴歌区别开来。这样一来，我们就知道《胡笳十八拍》在作为琴歌流传之前，应当有一个作为琴曲而流传的阶段；又知道琴歌同琴谱并没有必然联系。故郭沫若所说“弹和唱往往是分不开的，有了琴谱尽可以证明也有了唱辞”，可以看作一种外行议论。

二、大曲琴歌和《胡笳十八拍》的形成

大曲是琴曲的一种体裁。其名最早见于后汉蔡邕《女训》，云：“凡鼓小曲，五终则止；大曲，三终则止。”这段话描写了一次琴曲节目的容量，说明当时的琴大曲并不长，约当小曲规模的三分之五。

“大曲”实际上是若干段小曲的有机组合。就此而言，真正的琴大曲是在隋唐时代出现的。因为只有故事化、乐谱化成为风尚，才会产生相当于杂调八、九倍乃至数十倍长的琴曲。例如《广陵散》，据《通志·乐略》和《崇文总目》，它原为河间杂弄二十一章之一，经唐初李良辅以至中唐吕渭加工，分别扩展到三十三拍（段）和三十六拍（段）。这种规模的琴大曲，不曾见于唐以前的记载。

唐代最著名的琴大曲有《明君》《胡笳》两曲。《明君》原是汉代的相和歌曲，在曹魏清商署中因为“依琴五调调声”的缘故而奏为琴曲。嵇康《琴赋》把它与《蔡氏

五曲》并列，张永《元嘉正声技录》把它列入“吟叹四曲”：这时它的身份都是小曲。据庾信《昭君辞应诏》诗，它在北朝开始有“变入胡笳声”的奏法，因此而以《胡笳明君》的名义具备了四弄或五弄的大曲形式。据《琴集》记载，四弄含《上舞》《下舞》《上间弦》《下间弦》四曲，按演奏形式分段；五弄含《辞汉》《跨鞍》《望乡》《奔云》《入林》五曲，按题材内容分段。在武则天时人手抄的隋代传谱《碣石调幽兰》中，《上舞》《下舞》《辞汉》《跨鞍》等等仍是作为单独的曲调著录的，这说明《明君》在隋唐之际才开始它的大曲化。到晚唐五代的《琴论》中，我们果然看到了“《平调明君》三十六拍、《胡笳明君》二十六拍、《清调明君》十四拍、《杜琼明君》二十一拍”等多种《明君》大曲。

就上述进程而言，《明君》不啻是《胡笳》曲的一面镜子。《胡笳》曲的起源也可以追溯至汉代：《宋书·乐志》说，在汉代旧有的《筝笛录》中著有《胡笳》一名。不过这只是乐器胡笳的乐曲。胡笳音声用入琴曲也在曹魏时代：《乐府诗集》卷四一引张永《元嘉正声技录》论楚调，在但曲七曲中著录了《大胡笳鸣》《小胡笳鸣》两曲；其它但曲如《广陵散》《飞龙引》《游弦》等，都是年代可考的曹魏琴曲。“但”的意思是“只是”。“但曲”一词说明：这时《胡笳》尚无确定的思想内容，它只是吸收了胡笳乐声的徒奏之曲。

到了晋代，琴曲《胡笳》开始称为“曲”和“弄”。这意味着它有了确定的主题，成为固定的琴曲曲目。晋刘琨所作的《胡笳五弄》，包括《登陇》《望秦》《竹吟风》《哀松露》《悲汉月》五曲。根据《幽兰》谱，可以知道这五个曲目一直流传到唐代。《乐府诗集》载有南朝宋吴迈远、梁陶弘景、江洪的四首《胡笳曲》琴歌辞。它们或者写边地怀乡，或者咏边城兵将，主题一致，应当是配合《胡笳五弄》的。唐人咏《胡笳曲》有云“出塞入塞之声”“南看汉月双眼明”，这也表明了唐代《胡笳曲》同《胡笳五弄》的源流关系。

不过，隋唐之际另有两种《胡笳》琴曲。一是《胡笳调》，它也著录在《幽兰》谱中；二是同《止息》《游弦》等曹魏琴曲一起编入鼓吹乐大横吹部的《胡笳声》(见《新唐书·仪卫志》)，是《胡笳鸣》的遗存。这意味着：唐代《胡笳曲》有两个系统，一是《胡笳五弄》系统，一是《胡笳鸣》《胡笳声》《胡笳调》系统。这两大系统在唐代始终存在：在《幽兰》谱中有两种《胡笳》的分列，而后来又有大、小《胡笳十八拍》的分列。

大、小《胡笳十八拍》的前身是大、小《胡笳》。《大胡笳》是由初唐琴师沈辽创制的，时称“沈家声”；《小胡笳》则由同时人祝姓琴师创制，时称“祝家声”。这两种《胡笳曲》都是流传有绪的。其中《大胡笳》的大曲化进程在文献中表现得较为明朗：先是由隋代琴师李疑重修

《胡笳五弄》(见《琴书大全》引李勉《琴记》)，唐初琴师赵耶利制成琴谱二卷（见《太平御览》卷五七九）；接着由沈辽改成《大胡笳》，著入《琴书》(见《崇文总目》)；最后是由盛唐琴师董庭兰把《胡笳曲》改制为《胡笳十八拍》，到大历年间配上刘商的琴歌辞。李颀《听董大弹胡笳声》诗说："蔡女昔造胡笳声，一弹一十有八拍。"刘商《胡笳曲序》说："董生以琴写胡笳声为十八拍。"《直斋书录解题》说："《大胡笳十八拍》一卷，题陇西董庭兰撰，连刘商辞。"这说明《胡笳曲》成为大曲琴歌，是晚至中唐的事情，董庭兰和刘商分别是其乐谱和歌辞的作者。也就是说，尽管这篇《大胡笳》琴歌辞以蔡琰归汉的故事为题材，但它却是中唐人刘商的作品。

三、旧题"蔡琰"《胡笳十八拍》的作者

那么，那篇骚体《胡笳十八拍》的作者是谁呢？

在董庭兰和刘商的时代，这个问题并没有答案。因为"蔡琰"的《胡笳十八拍》琴歌，在这时仍不曾出现。李颀诗写的是"弹"，而不是"唱"。此外，戎昱、刘长卿、皎然、元稹、杨巨源等唐代诗人关于《胡笳曲》的诗篇，描写的都是作为单纯器乐曲的《胡笳》，而非伴奏曲的《胡笳》。充其量，我们只能说这个时代已经出现了创作"蔡琰"《胡笳十八拍》的音乐动机。

但董庭兰却为实现这一动机做出了不可磨灭的贡献：他同时整理了后来也演成十八拍规模的《小胡笳》。元稹《小胡笳引》是对这一业绩的珍贵记录。诗说："哀笳慢拍董家本，姜生得之妙思忖。"又说："吞恨缄情乍轻激，故国关山心历历……流宫变徵渐幽咽，别鹤欲飞猿欲绝。秋霜满树叶辞风，寒雏坠地乌啼血。"从前一句话，我们知道姜生所弹的《小胡笳》是由董庭兰改制的，以"哀笳慢拍"为特色；从后两句话，我们又知道这是一支单纯器乐曲，融合了《别鹤》《乌夜啼》等琴曲的表现手法，以故国关山为主题。同样珍贵的一份记录则见于《琴史·萧佑传》，云：

元和中撰《无射商九调子》，指法尤异。谱序曰："以引《小胡笳》四拍。"世称其妙。

由此可知：当《大胡笳十八拍》配有歌辞而流行的时候，《小胡笳》仍然是一支篇幅短小、无确定故事内容的纯器乐曲。它在元和年间只有四拍（四段）的篇幅，以萧佑所撰的《无射商九调子》为引曲。它表现塞北风情，是就《胡笳调》发展而成的。

中唐以后，关于《小胡笳》的记载出现了一小段空白。我们只知道：它后来也像《大胡笳》一样，依文姬归汉故事结构成了具十八拍或十九拍体制的大曲。从现有资料看，完成这项工作的人物是南唐蔡翼。我们可以用三重证据来证明这一事实：

第一重证据是文献。《崇文总目》说："《小胡笳十九拍》一卷，伪唐蔡翼撰。"《乐府诗集》说："蔡翼《琴曲》有大小《胡笳十八拍》。"这是关于《小胡笳十八拍》的最早记录，所谓"伪唐"指的就是南唐。

第二重证据是文物。在宋太宗淳化三年（992年）摹刻的《淳化秘阁法帖》中，最早出现了骚体《胡笳十八拍》辞的若干字句，说明它必定写于北宋初年以前，很可能是五代十国。

第三重证据是民间遗存。今天可见的38份《胡笳》琴谱，同明代琴谱的《胡笳曲》三系统相吻合，可以分别看作（一）董庭兰《大胡笳十八拍》、（二）祝氏至萧佑的《小胡笳》、（三）蔡翼《小胡笳十九拍》的遗存。尤其耐人寻味的是：在各种传谱中，《小胡笳》都是四段或四段加前后叙的结构，正好同中唐《小胡笳》的结构相符；《大胡笳》和《胡笳十八拍》的音乐差别甚大，正好同两种《胡笳》长期分立的情况相符；《大胡笳》往往取刘商辞意列出标题，《胡笳十八拍》谱则只录骚体《胡笳十八拍》辞，正好同两种十八拍辞分属大、小《胡笳》的情况相符。另外，《小胡笳》和《胡笳十八拍》都用黄钟调，按"紧五慢一"定弦，这说明它们有同源关系。

总之，骚体《胡笳十八拍》的确是《小胡笳》系统的琴歌，它的谱与辞都产生在五代。在没有出现别的证据之前，我们只能说：其作者是南唐人蔡翼。

四、《胡笳十八拍》给予我们的启发

综上所述：今存的两组琴曲歌辞《胡笳十八拍》都是唐五代人的作品。它们辞式不同、段落内容不同，是因为它们配合两支不同的琴曲。刘商辞是盛唐成型的《大胡笳》的产物，旧题蔡琰作的骚体辞则是五代成型的《小胡笳十八拍》的产物。它们赖以产生的条件，是《胡笳曲》的大曲化、故事化、乐谱化。因此，在唐以前不可能有《胡笳十八拍》辞。

如果我们着眼于琴歌，那么，关于《胡笳十八拍》的故事还可以帮助我们理解许多文学现象的成因。现在我们知道，两种《胡笳十八拍》辞都是相和性质的歌辞，因此，关于其辞式同乐曲曲体相差太大，“不可能配在一起歌唱”的责难不能成立。我们又知道，经过南北朝的动乱和民族文化融合，唐代出现了从文字谱到减字谱的跃进，出现了同拍板等西域节奏乐器相对应的“拍”的观念，出现了琴曲艺术的乐工化和流派化，这样才有了两种《胡笳》大曲。我们还知道，《小胡笳》是围绕演奏手法而建立起琴曲结构的，《大胡笳》则以思想主题为琴曲结构的基础；大、小《胡笳十八拍》和各种《明君》大曲的产生，反映了琴学流派的融合和统一。另外，我们可以进一步推断：由于宋以后人崇尚大曲，又由于“蔡琰”《胡笳十八拍》后来居上，唐代《大胡笳》的杂弄形式渐不流行，刘商作辞的《大胡笳十八拍》才会以《大胡笳》的名义传世；而两种以“哀笳慢拍”为特征的《小胡笳》之所以会流传不衰，进而促进蔡文姬造曲之说，是因为宋以后人有指法尚简的风气。知道这一切，我们就懂得了一个新的道理：每一种文学体裁都联系于一种表演方式或传播方式；文学作品用何种方式传播，这是同历史条件、社会风尚息息相关的。研究古代文学，应当有足够的背景知识。

有了这样的背景知识，我们就能够识别真假，例如识别托古附会风气对于历代琴歌文献的影响。因为这种托古是有规律的：或将作品的时代托于作品故事人物的时代，或将歌辞创作的时代托于琴曲创作的时代。琴师所传的先秦两汉琴歌，大都是托古的作品。说《胡笳十八拍》为蔡琰所作，是前一种托古附会；说《胡笳十八拍》辞为董庭兰所作，是后一种托古附会。凡读古代琴歌，对这一点也应当格外留心。

本文原载《古典文学知识》1995 年第 5 期。其前身是一篇学术论文，即《复旦学报》(社会科学版）1987 年第 4 期发表的《琴曲歌辞〈胡笳十八拍〉新考》。因《复旦学报》校勘不善，此文（下称《新考》）错讹达数十处，故写作本文以为补救。《新考》中有一图，显示《胡笳曲》的演变过程，可供读者参考：

	曹魏	晋南北朝	初唐	盛唐	中唐	五代
大胡笳系统	《大胡笳鸣》	《胡笳五弄》	沈家声（《大胡笳》）	董庭兰《大胡笳十八拍》	刘商作《胡笳十八拍》辞	
小胡笳系统	《小胡笳鸣》	《胡笳声》,《胡笳调》	祝家声（《小胡笳》）	董庭兰《小胡笳》	萧佑为《小胡笳四拍》作引曲	《小胡笳十九拍》；骚体《胡笳十八拍》辞

此图有一个方法论的意义，也就是认为：《胡笳十八拍》的年代和作者问题，不是孤立的文学史问题，而要放到古琴音乐史或文化史当中，提出证据链来解答。比如，证以种种琴曲史料，我们可以把《胡笳曲》的发展过程概括为：从无明确主题的器乐曲，到有明确主题的器乐曲，再到有明确主题、有琴歌的琴曲；从层次不甚明晰、篇幅短小的“杂调”，到有明确情节、有复杂结构的大曲；从无定谱，到有定谱，再到完整的琴大曲谱的成型。这一过程，和《明君》等其它琴大曲的成熟过程是同步的。

相比之下，《新考》提到的另外三条资料——见于三个敦煌写本的刘商《胡笳十八拍》自序，意义就不是这样。请看：

伯 2555：“《胡笳十八拍》：《胡笳曲》，蔡琰所造。琰字文姬，汉中郎蔡邕女。汉末为胡虏至胡中十二年，生子二人。魏武帝与邕有旧，以金帛赎之。因为琴曲，遂写幽怨之词。丞议郎前庐州合肥县令刘商。”

伯 3812：“《胡笳词十八拍》：蔡琰所造《胡笳曲》。琰字文姬，汉中郎蔡邕女。汉末为胡虏所掠，在胡中十二年，生二子。魏武帝与旧，以金帛赎之，归国。因为琴曲，写幽愤之情。曲有十八拍，今每拍为词叙当时之事。”

伯 2845：“《胡笳曲》，蔡琰所造。琰字文姬，汉中蔡邕女。汉末为胡虏掠，胡中十二年，生子二人。魏武帝与邕有旧，以金帛赎之。因为曲，遂写幽怨之词。丞议郎前庐州合肥县令刘商。”

这三条写本资料的要点是说蔡琰“造”了《胡笳曲》，造曲的方式是“因为琴曲”而写“幽怨之词”或“幽愤之情”。它们的优点是观点明确，缺点则是不辨来历。我们能不能据此判断蔡琰创作了《胡笳十八拍》呢？不能。因为：第一，不能把《胡笳曲》等同于《胡笳十八拍》，不能说“幽怨之词”就是《胡笳十八拍》之词。第二，蔡琰造《胡笳》之说未必可信，因为如本文所说，琴师有托古附会的习惯（只要看看逯钦立《先秦汉魏晋南北朝诗》琴曲部分，便知这种习惯很多见）。第三，三条资料中较可信的是“今每拍为词叙当时之事”一语，它说明：唐代流行的《胡笳十八拍》是《大胡笳十八拍》，也就是刘商作辞的《胡笳十八拍》。第四，判断《胡笳十八拍》的作者和年代，需要其它证据，而不能依靠孤证。

总之，本文主张：进行琴曲史研究，一定要避免瞎子摸象之法，简单粗暴做结论。本文之所以未采用刘商《胡笳十八拍》序的敦煌写本，也未对相关商榷意见加以回应，道理在这里。

答客问：从一份命书看《红楼梦》正续二书的关系

一

我是否算是一名文学爱好者？对于这一点，我自己说不清楚。小时候看了很多小说，但这种兴趣和普通人没有多少区别。等我成为一个“文学研究者”了，我便发现，和其他同行相比，我更倾向于理解作品而不是欣赏作品。就你我之间的沟通来说，或者说，就我和《红楼梦》爱好者的沟通来说，这应该算是一个缺点；不过，这种习惯，使我比较容易在阅读文学作品时进入学术研究的层次。

我在读初小的时候就读过《红楼梦》，但比较认真地接触它，却是出于某种工作需要——1986 年，我受邀参加了《红楼梦鉴赏辞典》的编写。我的阅读习惯和其他人不太相同，喜欢不着边际地看书，关注一些人少涉足的领域。这样一来，就像在编纂《西游记》《金瓶梅》等小说词典时那样，我被派定撰写一些远离文学的条目——关于宗教、哲学、方术词语的条目。而其中的星相占卜（古称“数术”），也就成了我着手对《红楼梦》人物元春命运进行研究的一个契机。

《红楼梦》中有六处关于星相占卜的描写。除第六十九回说到“算命打卦”以外，其余五处都见于后40回。即：第八十六回写到八字算命，第九十四回写到刘铁嘴测字，第九十五回写到妙玉扶乩，第一百零一回写到凤姐抽签，第一百零二回写到毛半仙起课卜卦。其中第六十九回的叙述很简单，而其它几处描写则非常具体。由此可见，《红楼梦》的前80回和后40回确实有一些不同，至少对于星相占卜的重视程度是不同的。为什么会这样？我想，大概是因为通常说的正、续二书的作者，在这方面的知识不相同。

为什么说是“知识不相同”，而不说“态度不相同”呢？因为我们不能肯定，前80回的作者是用拒绝的态度对待星相占卜的资料的。相反，第八十六回关于元春的那份命书，其中所包含的信息与前80回通过各种描写所提供的信息，其间相吻合的程度，是非常惊人的。这似乎意味着，《红楼梦》正、续二书的作者，都接触过这份命书，也都认可了这份命书。如果是这样，那么，我们就应该从一个新的角度来理解《红楼梦》的创作史了。

二

在第八十六回中，元春的命相被解释为富贵之命，“是一位主子娘娘”。这是没有问题的。但是在不同版本的《红楼梦》中隐藏了一个分歧，即这位“主子娘娘”的具体身份——她到底是皇妃还是王妃。这个问题对于理解《红楼梦》是有着重要影响的。因为不同的身份，反映了作者对于小说整体安排的不同意图。

我说的这个“分歧”，大概读过《红楼梦》的人都有感觉。你是不是觉得小说对元春身份的描写有一定的模糊性？这种模糊就是“分歧”的表现。更具体的表现是：在不同的版本中，存在着通过增改而提升（或贬低）元春身份的痕迹，这主要体现在第十八回对元妃省亲一事的描写当中。比如“细乐”一本写为“鼓乐”，“版舆”一本写为“銮舆”，“命”一本写为“降旨”，“游园”一本写为“宸游”，“他”一本写为“贵人”等。“细乐”“版舆”“命”“游园”“他”，是对于高贵人物的一般描写；而“鼓乐”“銮舆”“降旨”“宸游”“贵人”云云，则是对一位皇妃的暗示——因为它们代表了皇妃才可以使用的器物。这是一个很有意思的“分歧”。

为了解释这种“分歧”的由来，我们应该进行很仔细的版本研究，确定不同描写所依托的版本之间的关系。现在可以肯定的是：小说中存在着两种设计，一种设计以皇妃为人物身份，另一种设计以王妃为人物身份；也就是说，在《红楼梦》中隐藏了一次关于元春身份的蓄意修改。至于为什么要有两种设计？为什么要对元春身份加以修改？其中的深意是值得探究的。我还没有来得及通过版本考订来进行这一研究。不过根据直觉，我们不妨假设元春的身份是先为皇妃，后来修改为王妃；修改的目的，是削弱元春这一人物命运对于小说主题的冲击。

三

为了了解作者对元春命运所作安排的情况，我们可以先探究一下命书的内容。在我看来，这份命书是关于《红楼梦》研究的新资料。因为通过对它的解读，我们可以获得关于《红楼梦》的一些新信息。

这份命书见于《红楼梦》第八十六回“受私贿老官翻案牍，寄闲情淑女解琴书”，说的是：

前几年正月，外省荐了一个算命的，说是很准。那老太太叫人将元妃八字夹在丫头们八字里头，送出去叫他推算。他独说：“这正月初一日生日的那位姑娘只怕时辰错了；不然，真是个贵人，也不能在这府中。”老爷和众人说：“不管他错不错，照八字算去。”那先生便说：“甲申年，正月丙寅，这四个字内，有‘伤官’‘败财’。惟

‘申’字内有‘正官’‘禄马’，这就是家里养不住的，也不见什么好。这日子是乙卯，初春木旺，虽是‘比肩’，那里知道愈‘比’愈好，就象那个好木料，愈经斫削，才成大器。”独喜得时上什么“辛金为贵”，什么“巳中‘正官’‘禄马’独旺：这叫作‘飞天禄马格’”。又说什么“日逢‘专禄’，贵重的很。‘天月二德’坐本命，贵受椒房之宠。这位姑娘，若是时辰准了，定是一位主子娘娘。”这不是算准了么！我们还记得说：“可惜荣华不久，只怕遇着寅年卯月，这就是‘比’而又‘比’，‘劫’而又‘劫’，譬如好木，太要做玲珑剔透，本质就不坚了。”他们把这些话都忘记了，只管瞎忙。我才想起来告诉我们大奶奶，今年那里是寅年卯月呢。

这段话值得细读，因为它谈到了一些命理，而命理之中隐含了当时人对人物命运的理解。概括起来，大致包括这些方面：

（一）元春的八字是甲申（年）、丙寅（月）、乙卯（日）、辛巳（时）。其中有一个基本关系，即月干“丙”呈现为“伤官”、年干“甲”呈现为“败财”。“伤官”的简单解释是官印受到伤害，“败财”的简单解释是财产受到破坏。这是两个未必好的“用神”。不过，其影响如何，还要看八字中的其它关系。

（二）在这些基本关系中，有一个关系是年支“申”

所呈现的“正官”“禄马”。它们代表吉神，预示元春要飞黄腾达，“是家里养不住的”。

（三）另外有几个重要关系，一是元春出生之日干支同季节的关系，即“初春木旺”，“愈‘比’愈好”；二是元春八字中相互救助的关系，即所谓“飞天禄马格”；三是元春日干支与时支的关系，即二者构成专禄之格；四是年干“甲”与月支“寅”合，月干“丙”也与月支“寅”合，叫作“天月合德”；五是月干支“丙寅”与时支“巳”的关系，叫作“天月二德坐本命”[①]。这些关系意味着：尽管元春命中四柱上有不利的星神，但可以通过吉星飞冲而得福；元春吉星很多，因而可以享用不同于常人的荣华富贵。

（四）但元春命中有一个致命的凶险，这就是有太多的“比”“劫”。“比”的意思是比肩，指本命遇上同类五行；“劫”的意思是劫难，指本弱的时候遇上损害、本强的时候遇上“比”或其它强化因素。元春本命为乙木，遇上日支上的卯（同为乙木），是一比；生于初春木旺之时，是二比；月支为寅（甲木），是三比；若遇上同样具有木

① 友人张荣明对此有不同看法，云：“查刘基《大统历》，所举八字寅月见丙辛，可称之为‘天月德合’。但八字中并无天德和月德，亦即无一等吉星。而‘天月德合’则属二等神煞，通常论命者不屑顾及。”

的属性的寅年、卯月，便是四比、五比。本弱的时候，比是济助；本强的时候，比便是劫难，所以“比而又比”在效果上等于“劫而又劫”。这意味着“物极必反”，在31岁那年（寅年）的卯月，元春将遇到难以逃避的劫难。

四

我曾经对这份命书作过仔细琢磨，也就是拿历史上的命相理论和它作比较，找出其中各项判断的理论依据。我也和一些精通子平之术（即通常所谓“算命”）的朋友讨论过这份命书，进一步探究了其中各项信息的命理学内涵。从这两项工作中，可以引出如下一些结论：

（一）这份命书是以复述的口吻记载在小说中的，使用了一些语气模糊的词句，比如“说是很准”“独喜得时上什么，什么”“又说什么”“我们还记得说”等等，但实际判断却是清清楚楚、毫不含糊的，完全符合命理学逻辑，并无外行话存在。这种在表面上含糊、在内容上精确的情况，说明其中包藏了一种作者并不想强调的真实。可以推测，这是一份确实存在的命书，而非出自作者的编造。

（二）根据命学理论，可以对这份命书中的命主作以下补充判断：她是木命之人，用神“伤官”丙火透出，因而仁厚、聪明，有过人的美丽。她的日柱上有专禄格，因此她得以贵为王妃。她的八字中有丙火吸除刚强之气，又有甲、乙木透气通根，因此可以享受荣华。但她的年柱上的“申”隐含了一个不透气的“庚”，预示夫星不旺，所以她是失宠的嫔妃。她的时支“巳”与年支、月支组成“寅”“申”“巳”互刑，这意味着她没有后代，家族不宁。她的月支（寅木）是日支（乙木）的“羊刃”，受到年支（申金）的冲克，形成“羊刃倒戈”。“羊刃倒戈”意味着有血光之灾，可以推测，她是出血而死的——或者死于非命，或者死于暴病。

（三）她的死亡时间是符合命理学逻辑的。因为她用神为丙火，忌水冲克，而她在31岁时所处的流年却面临了难以规避的水险。具体情况是：她一开始行运就遇上了水运，在她生命的前三十多年，分别行“乙”“丑”“甲”“子”“癸”“亥”运，其中“丑”“子”“癸”“亥”均为水运。由于“子”“丑”处于空亡的位置，水的威力减弱，她逃过了早年的劫难。但“亥”却是壬禄；她三十岁左右进入的“亥”运属壬水，汹涌澎湃，用神丙火遂被克死。这时候所遇上的寅年卯月，于是给她带来极大的凶险，使她终未能免除过刚而折的结局。

五

以上这些讨论，立足在这样一个认识之上，即认为经过从徐子平以来一千多年发展的星命之术，已经有比较强的逻辑性，不好轻易否定；相反，虚构一份命书，倒不容易建立这种逻辑，而会漏洞百出。《红楼梦》这份命书明显属于前者。不过，我们进行讨论的目的倒不是研究命理，而是想从两个角度来考察小说对元春这个人物的设计。通过前一个角度的考察，我们发现命书是合乎逻辑的，并非生拼硬凑，“寅年卯月”说也完全可以成立。这意味着什么呢？意味着它对应于一个真实的人的命运，意味着元春有一个明确的原型。通过后一个角度的考察，我们发现，小说似乎隐藏了一些比较尖锐的东西——比如“失宠”“无后”“血光之灾”等等。从整体来看，加入这几项尖锐的内容其实更符合前80回所透漏的种种信息。而我们看到的是：后40回有意忽略了这些信息，但却保留了同这些信息相一致的命书。这是为什么呢？

要回答这一问题，就要仔细分析小说前前后后的描写。事实上，《红楼梦》前80回对元春这一人物的浓彩重墨的描写与后40回对元春的淡化，其对比是十分明显的。这一对比，和命书的处理有着相通之处。

在前80回中，元春出场不多，但她却是作者精心塑造的一个重要人物。尽管并未具体描写元春的悲剧命运，但是关于这一点，小说在许多地方都作了暗示。例如第五回“游幻境指迷十二钗，饮仙醪曲演红楼梦”中的判词与仙曲，都预示着元春命运的先荣华后幻灭。在关于元春命运的曲子《恨无常》中有“故向爹娘梦里相寻告”一语，这也预示小说后半部有元春死后向贾政夫妇托梦，嘱咐家人及时从富贵名利之场急流勇退、以免祸害的情节。脂批末一句曰：“悲险之至！”说明在作者的构思中，这一情节曾受到很大重视。

接下来第十三回秦可卿死后托梦给凤姐，临别赠言有“三春去后诸芳尽，各自须寻各自门”云云。第十八回写元春省亲，“点了四出戏：第一出《豪宴》，第二出《乞巧》，第三出《仙缘》，第四出《离魂》”。脂砚斋评第二出戏《乞巧》曰：“《长生殿》中，伏元妃之死。”按《乞巧》在洪升《长生殿》中原名《密誓》，主要描写杨贵妃关于失宠的忧虑。因此，它提供的暗示是“恩移爱更”，“断肠枉泣红颜命”——元妃将因失宠而惨死。又第二十二回写元春所制“爆竹”灯谜，也是含有恩荣短暂之意。

这些描写无疑与上面所提供的对命书的解释信息是一致的，而同第九十五回的这段话也能相互照应：

> 是年甲寅年十二月十八日立春；元妃薨日是十二月十九日，已交卯年寅月，存年三十一岁。

从中可以看出，前 80 回所构想的细节，在后 40 回中有些未得到落实。特别值得注意的是，以上一段话中的“存年三十一岁”，在许多版本中作“存年四十三岁”。

“三十一岁”和“四十三岁”的版本区别，或许可以提示前 80 回和后 40 回在元春描写上的差距的缘由。因为我们可以推测，之所以存在着两种不同的年纪，是因为小说使用了两个不同的模特。也就是说，小说对元春的原型作过更改，所以造成了这样的结果。

六

长话短说。根据以上所述，我们大致可以得出这样几个结论：

（一）《红楼梦》第八十六回所载的命书是一样客观的东西，而非出自虚构。它应该属于一个真实的人。《红楼梦》正、续二书的作者都接触过它。这就是说，在《红楼梦》后 40 回出现的命书，是前 80 回的有机组成部分。它意味着正、续二书在资料上有某种秘密传承。

（二）《红楼梦》第五回判词中的“虎兔相逢”，不应该理解为“虎兕相逢”，因为后者不符合元春命运中的逻辑。相反，把“虎兔相逢”解释为“寅年卯月”，却在版本学和命理学上都无违碍。考虑到“大运”或“流年”的因素，元春的享年必然是 31 岁。因为只有在此时，虎兔相逢才会发生致命的作用。

（三）元春这个小说人物的确有现实的模特儿（或曰“原型”）。脂砚斋批语很好地说明了这一点，而且这也是和《红楼梦》作者的写实习惯相关联的。但元春似乎不止有一个原型。脂砚斋批语提到的是省亲之时尚年轻的元春。这可以根据两个时间来推算：一是脂砚斋作批语的年份，二是小说故事实际发生的年份。种种迹象表明，《红楼梦》中的事件，大抵发生在脂砚斋为作批语的前30年。如果说《红楼梦》前八十回完成于己卯年（1759）前后，那么第十八回脂批署的时间“壬午春”，便应当是指1762年春天。如此往前推三十年，元春省亲一事应当发生在1732年或更早几年。按元春生于甲申年（1704）计算，这时她不到29岁。同小说中的种种描写相比较，这无疑是合乎情理的。这同时也证明元春的八字（关于她生于甲申、卒于甲寅的记录）是同一个真实的原型相联系的。另一个原型比这位元春大约年长12岁。研究者有一个推论，即认为她是曹沾的姑妈、曹寅的女儿。她在1706年嫁与讷尔苏郡王，因而取得“妃”的称号。她大约生于1692年，15岁出嫁，到甲寅年（1734）是四十三岁。一本《红楼梦》说元春“存年四十三岁”，这就是以郡王妃为原型的元春。但是，让脂砚斋大哭的却不可能是这位郡王之妃。

（四）在《红楼梦》的不同版本中，元春的身份有高低的不同，这种情况是同两个模特儿的存在相对应的。正因为先后采用了两个原型，不同版本的《红楼梦》才要增改元春的身份。但为什么要作这种增改呢？这就要探究作者的意图了——是想削弱还是想增强前后盛衰的对比。由此就牵涉到《红楼梦》续书作者的问题。有一个经过仔细求证的意见是：续书人是了解曹家史实之人。上文利用数术资料（命理资料）所作的种种分析，正好可以作为补充证据，支持这一见解。现在我们可以肯定的是：正、续书之间有着内在一致性，存在着相互补充的关系。从省略和删改的内容与情节来看，很可能是续作者为了避免政治风险而修改了小说人物的年龄，从而引进了另外一个原型。命书虽然只能属于其中一个原型，但是它却把两个原型联系了起来。可以推测，只有在同一家族之中，才会有这样隐秘的资料的传承。

以上四条，也可以说是尚未取得确证的推论。各位《红楼梦》爱好者，不妨以此为基础，再作一些更深入的研究。如果我们进行了以下几项工作：

（一）对不同版本中的元春描写进行比较，分析其间种种差异的关系、年代和源流；

（二）进一步查考命书种种说法的文献依据（也就是命理学的依据），进而考证命书的编制过程，它同当时流行的命理理论的关系；

（三）仔细研究《红楼梦》的早期评语，考察小说描写与其历史素材的关系。

那么，我今天这番谈话的目的也就可以实现了。你明白我的意思吗？我是说，我希望作一个抛砖引玉的人；我想从一个新的角度来提出元春原型的问题、《红楼梦》正续二书之关系的问题，以及由此而来的《红楼梦》前80回和后40回之间的艺术手法的异同的问题；我也希望你，或者其他年轻人，能够通过深入思考、全面考察来解决我提出的问题。我相信，一旦解决了这些问题，我们对《红楼梦》的成书过程以及它的艺术魅力的来源，就必定会有更加明确的认识。

2005年6月11日下午，答清华大学中文系研究生徐晓慧问。由徐晓慧记录整理。载《古典文学知识》2011年第1期。

张少和他的青铜铭文研究

一

2002 年，我从外地调入清华大学任教。当我接手第一批学生的时候，我就从教学档案中认识了张少。那年他不到 20 岁，但他作为中文系学生，却已经有过在国外钢琴巡演的经历。这是让我感到吃惊的。

上了几堂课，我发现，他的兴趣远不止于音乐；毋宁说，他更关注的是图像。这段时间我主要讲授先秦时期的中国文学。为了调动学生的想象力，我把讲课内容放得比较宽，比如第一课讲东亚大陆的文化结构和汉藏文化共同体，第二课讲中国各民族文学的初始形式，第三课讲韵文的产生及其功能。这些内容都要用到考古学材料，展示图像。张少对此很感兴趣，常常在下课时找我讨论。他提出来的问题有深度，同学们也都认为他是班级里的“牛人”。

后来我和张少的交往渐多。有时请他吃饭，有时接受他的答谢——邀请他来教工宿舍为我做饭。有个周末，他便背来一个鼓鼓的双肩包，从口袋里掏出一张写有八菜一汤的菜单，然后用包里的食材迅速制造出满桌佳肴。他不仅烹饪水平高，而且胃口奇好。这大大鼓舞了我的吞咽热情。我们风卷残云般地扫荡碗碟，然后再打着饱嗝谈话。

有时，他也邀请我去看清华大学交响乐团的表演。他先后担任乐团定音鼓首席和指挥，并负责钢琴独奏。演出时他很投入，谢幕的时候总是大汗淋漓。他的音乐和他忘我的状态让我频频激动。我不免想：音乐中的张少真是幸福！

2000 年的张少

以上这个想法同我们平时的交谈有关。一个 20 来岁的清华学生，眼前是多姿多彩的人生，如何选择前行的道路，这自然是一个问题；何况对于拥有多种专业可能性的张少。这时候，他便把我当作中国文学和文化的代表，向我求证他的学术梦想。

我于是对他说中国文化有深厚底蕴，是古代人最高智慧的结晶，有探求不尽的宝藏，等等。我想他把这些话听进去了，所以在毕业前夕，他选择继续在清华大学攻读中国古代文学的硕士学位。

其实，在内心里，我对以上意见是有保留的。我曾向张少提过这样一个问题，我说：人各有所长，从一定意义上说，每个人都是天才。那么，你的天才能力是什么？张少回答：是背总谱的能力。对一般的音乐工作者来说，这件事很难；但他不仅觉得容易，而且充满兴趣。这时我意识到，中国古代文学研究或许不是他最好的选择。2004年秋天，我在韩国访学之时接到他一个电话，说在研究生入学面试的时候失利了。我便告诉他：面试的老师帮你选择了音乐之路，这未必不是好事。

后来，像大家所知道的那样，张少在中央音乐学院指挥系完成了硕士学业，又在美国堪萨斯城密苏里大学取得音乐学博士学位。作为指挥家，他指挥了15部歌剧的七十多场演出；作为钢琴演奏家，他举行过四十多次独奏和钢琴协奏曲音乐会。他的音乐人生很丰满。不过我还是会感到惋惜：因为在我看来，其实他可以走向另一个人生，即学术人生。这个人生同样精彩，值得向往和怀念。

二

从2004年到2005年，我指导张少写过两篇论文。一篇是他的本科综合论文《中国古代的鸟与音乐：以先秦时期为中心》，完成于2005年6月，即毕业前夕；另一篇是他的课程论文《先秦铭刻与诗歌初探：论铭刻文体的变迁》，完成于2004年6月初，即由大三转大四之时。前一篇论文在学科方法上属于“音乐图像学”，即通过对中国古代文献、文物和少数民族材料的综合考查，梳理鸟与音乐在上古中国人思想中的特殊联系，并加以解释。这是新的学科方向，具有前沿意义。清华大学中文系刘娟老师已经把这篇论文的原本找出来了，大家容易看到。后一篇论文也很优秀；不过它是未完成稿，目前只有电子本，因大量引用两周青铜器上的铭文，所以有很多缺字，无法完整地呈现出来。我今天重点介绍一下这篇论文。

我们知道，学术研究的目的是揭示事物的原因和原理。因此，文学如何发生？其早期形态如何？就理解中国文学而言，这是最重要的问题。依传统的眼光看，中国最早的文学是由《诗经》代表的。相信大家都听过这样的说法：“《诗经》是中国古代诗歌的开端。”但这一说法是值得怀疑的；因为，如果把“中国”所包含的几十个民族都考虑在内，那么，借用历史比较语言学的方法，我们就可以在各民族的“古歌”和古神话那里看到比《诗经》更古老的文学形态。不宁唯是，由于近年来考古学、古器物研究和古文字研究的发展，关于早期文学的研究又有了一条新的思路，即对甲骨文和青铜器铭文（俗称“金文”）的文体加以研究。其中金文的昌盛期和《诗经》的形成期大致重合，金文韵文事实上是比现存《诗》文本更早的文学作品。因此，将金文文体和《诗经》文体进行比较研究，可以说是中国古代文学研究皇冠上的明珠——有难度也有很大的意义。张少写作《先秦铭刻与诗歌初探：论铭刻文体的变迁》，其目的就是摘取这颗明珠。

前人关于先秦铭刻文体的研究，首先是从语言学角度着手的，主要方法是考察金文的韵读。其代表成果有王国维《两周金石文韵读》（1917 年），收录钟、鎛、鼎、簠等青铜器的铭文 37 篇（另有石鼓文 10 篇）；有郭沫若《金文韵读补遗》（1932 年），为 71 篇两周金文标注了韵读；有陈世辉《两周金文韵读合编》（1981 年），除收录王国维、郭沫若研究过的 72 件青铜器外，另外补录 58 器；有陈邦怀《两周金文韵读辑遗》（1984 年），在以上 130 器之外又整理了 61 器；有罗江文《金文韵读续补》（1999 年），续订金文韵读 60 条，其中 30 条以新发现的青铜器铭文为材料。这些成果是张少进行铭文文体研究的基础。除此之外，张少还阅读了《殷周金文集成》《殷周金文集成引得》《历代著录吉金目》《徐中舒历史论文选辑》《唐兰先生金文论集》、陈直《文史考古论丛》、李学勤《新出青铜器研究》、王昆吾《中国早期艺术与宗教》、喻遂生《甲金语言文字研究论集》等三十多部学术论著，以及《考古》《文物》《古文字研究》《文史》等十来种学术期刊。他的资料工作做得很好、很扎实。

张少用一种比较老派的学术方式——札记方式或曰史料笺注方式——写成这篇论文，所以把论文称作《“先秦铭刻与诗歌初探——论铭刻文体的变迁之部”材料选征述评》，意思是：这只是一个长期项目的第一步。不过在论文中，他已经讨论了以下五大问题：

（一）以《鏐金戈》铭文“翏金良金，以铸良兵”为例，讨论 AABA 式韵文。陈邦怀曾指出这篇铭文属“奇偶句相协”；罗江文总结长篇铭文的用韵，把其中间隔一定句子的遥相协韵称作“遥韵”，把其中首尾协韵称作“交韵和抱韵”。张少则进一步考察了铭文与《诗经·杕杜》“匪载匪来，忧心孔疚”韵式的关系，认为“遥韵等现象与祭祀礼仪和铭文的实际功用之间有密切关联”，“最有可能是出于对歌仪式的需要”。他并举出《齐侯壶》作为例证，说：“铭文于记言和结尾祝愿辞处采用整齐的四言韵文，而于他处则以不规则的散体叙述，这是中后期金文的典型实例。这种文字布局体现了四言体在礼仪和记录中的特别地位。”

（二）以《甲盉》铭文“甲乍宝尊彝。其万年，用飨宾”为例，讨论三字句体。此体另见于《欶毁》，文为“欶乍叀段两。其万年，用飨宾”。张少因疏忽而未注意《欶段》，但他指出了这种三字句同汉镜铭文“合万岁，宜子孙”等三字句的关系，并且引陈直、杨宪益的看法，认为这种体式接受了口头语言的影响。他最后的判断是：“铭文口语化的原因是器物的普及。自商周早期器物到东汉，铭文逐渐口语化，是与青铜器自上而下普及的过程相一致的。”

（三）以《周荄壶》铭文“其子子孙孙，万年永宝用”“其万年子子孙孙永用，享孝于大宗”为例，讨论金文中的祝愿辞。徐中舒《金文嘏辞释例》详细考察过这种文辞，指出它们遵循一定规则，既协韵，也符合全篇内容。罗江文也指出它们大多局限于阳、幽、脂、东四韵部。张少则联系美国学者帕里的套语理论，进一步考察了类似的三大文体：自行留念之体、全篇记言体以及同文之体。考察记言体时，与《国语·齐语》所记“岳滨诸侯，莫敢不来服”、《商颂·玄鸟》所记“莫敢不来享，莫敢不来王”作了对比，指出《商颂》《国语》中的这些文辞受到早期金文成句的影响。他同时指出：“在嘏辞套语的运用上，晚期铭文带有明显的堆砌成分，即将几个不同的套语定式混合成一个篇幅较长的新辞。”

（四）在《史墙盘》《𤼈钟（丙）》两器中，同有“曰古文王，初盭龢于政。上帝降懿德大屏。匍有……武王既灾殷，微史剌且乃来见武王。武王则令周公舍寓”等语。

张少以此为例，讨论了同文之体，进而讨论了上古套语。这项讨论有三个要点：

1. 联系裘锡圭、李学勤等人的论断，推测《史墙盘》《瘋钟》都是某一个史官家族对本族历史的程式化自述。

2. 指出《周颂·噫嘻》“噫嘻成王，既昭假尔”的句式与史墙盘相同，《大雅·文王有声》“文王烝哉”“王后烝哉”“皇王烝哉”“武王烝哉”的文字布局与史墙盘前半部（以韵语历数西周先王功烈）类似。由此推测，以下两批资料都是口头套语在书面的表现：一是《尚书·益稷》所载帝庸与皋陶歌：“股肱喜哉，元首起哉，百工熙哉”，“元首明哉，股肱良哉，庶事康哉”，“元首丛脞哉，股肱惰哉，万事堕哉”云云；二是甲骨卜辞中的“南土受年”“贞东受年”“贞北受年”，“其自西来雨，其自东来雨，其自北来雨，其自南来雨”云云。

3. 引用喻遂生，把重复、省略、易位看作甲骨文口语的特征；引用法国学者格拉耐，认为歌谣的特点是用最小限度的技巧来联结思想，或者说，思想的联结是从最原始的方法——表示均齐的自然关系中产生的。据此，张少讨论了一种特殊的套语模式，即见于《中论》所载古歌和见于《秦风·黄鸟》《小雅·青蝇》《小雅·小弁》等《诗经》作品的起兴模式。张少的推论是：在《诗经》中，雷同或基本相同的句子和句型很多。它们大都集中在开头或结尾处，说明先秦诗歌较多征引“成句”。《左传》宣公十二年引孙叔敖语："昔岁入陈，今兹入郑，不无事矣。"同年记随武子语："昔岁入陈，今兹入郑，民不罢劳，君无怨讟。"前八字语辞完全相同，来源于"成句"。金文也是这样。又：《诗·召南·小星》和《鲁颂·有駜》都出现了"夙夜在公"一句，说明这种"成句"是口头语和书面语所共有的。

（五）综合以上讨论，张少提出关于铭文文体及其变迁的看法，如下：

1. 铭文变迁的基本趋势是篇幅由简渐繁。但到春秋以后，铭文的文字章法反较西周时期整齐，各篇格式和修辞趋于雷同。其间有两个值得注意的文体学现象：一是"成句"的来源扩大，口头语言的比重逐渐上升；二是在长篇铭文中，多见"交韵""抱韵"和"遥韵"，即出现了很多首尾协韵、遥相协韵的情况。

2. 以上现象与祭祀礼仪和铭文的实际功用有密切关联。比如，铭文逐渐口语化，是与青铜器自上而下逐步普及的过程相一致的。在商周早期铭文中，已明显可见其口头语言渊源；而后来的长篇铭文，则表现了仪式语言（如仪式上的对歌）的影响。

3. 根据徐中舒的论证，口头语言和金文之间的相互影响是从祝愿辞部分开始的。不过通过进一步考察可知，金文祝愿辞及套语定式的使用，与歌谣"起兴"现象有深层次联系。正因为有此联系，长篇铭文的嘏辞（祝愿辞），一方面大多有协韵的部分，另一方面又在文字上符合传统形制。

4. 那么，为何在金文中逐渐出现了韵文呢？张少提出了三个解释：其一，由于口头文学创作的风气上升，影响了金文。其二，由于无韵的书面语难以适应相应的祭祀诏诰等活动的要求（所以，四言体多用于对他人语言的记叙）。其三，由于韵语最先，也最容易出现在祝愿辞（即嘏辞）中。随着时间推移，长篇金文的标准形制发生了变化，祝愿辞所占的篇幅变长，多征用已有的句子，且带有明显的堆砌成分，影响了非嘏辞部分的文体。

5. 考察铭文文体，须注意文本背后的历史原因。比如，作为铭诸鼎彝的上古文辞，铭文在发展和演变中折射出了多源头的现象；铭刻文字的实际意义难以用单独一种说法或单独一方面理论加以解释和概括。这说明，铭刻文字在起源和发展的过程中受到了不同的外部文化力量的影响，与各种文体发生碰撞和融合，呈现出多元的局面。又如，商周铭文发展的整体规律是：由散漫而丰富到简单而规整。在其正统性的底层有隐蔽的古代习俗。再如，在春秋以后的铭文中，往往有文义错乱、同义词连用、语法不符逻辑的现象。这未必出于后人伪造，也未必是新凝结成的复音词，相反，它们很可能是战国时期制铭者草率马虎，随意涂抹而致误的例证。因为在汉镜铭文中，这种情况非常多见。

张少认为，这五条，大致反映了周秦之间铭文文体变迁的基本规律。

三

以上这篇万字长文，应该是张少人生中第一篇学术作品。写作此文的时候，他只有21岁，很年轻。文章是用学习的态度写成的，致力于获取新资料、消化新知识，所以采用了札记之体。尽管其论证不够细密，显得稚拙，但我是用极兴奋的心情读它的，因为我从中看到了非常健康的学术个性。这个性大略有五个特质：一曰有气概，敢于选做第一等的难题；二曰有方法，模仿了王国维、郭沫若、徐中舒等第一流的学者；三曰有态度，能够细心阅读各种相关资料，不厌其烦琐；四曰有思想，能够运用自己的想象力，去寻找现象事物背后的原因；五曰有才华，行文朴实，清晰流畅。在当前的中国文体学研究中，很难看到这样好的具有立体意识或曰追根究底之意识的作品。

这篇文章，成为我鼓励张少继续在清华大学中文系深造的重要理由。不过，它不是唯一的理由。还有一个理由，是同我的一个私心——一个深藏已久的愿望相联系的。

除以上所说的学术个性以外，我和张少有一个共同点：都关心历史上的音乐。我受两位导师（王运熙教授、任中敏教授）的影响，从硕士阶段起，就涉足了中国音乐史和关于音乐与文学关系的研究。经验告诉我：这样做，可以为古代文学研究增加一个认识维度，使平面考察变成立体考察，因而说清楚若干事物的“所以然”。在我完成《隋唐五代燕乐杂言歌辞研究》一文并取得博士学位以后，这一认识又有一些升华。为了阐明一些事物的生成原因和形成过程，我注意到历史上东西向、南北向的文化流动，并尝试进行相关研究。再后来，我接触了一些优秀的音乐学家，在边疆地区走访了很多民间艺人，进一步认识到音乐是一种特殊的文化符号和文化载体，在中国大地上有大量历史遗存，可借以实现在逻辑平面再现历史结构的学术理想。音乐学家常说的“传统是一条河流”，就包含这样的意义。不过，由于我不具备准确记录音乐作品、分析音乐作品的能力，我没有办法实现这一理想——没有办法在民间音乐符号中，找到解析历史事物的钥匙。当我认识张少以后，我认为，以他的基本功和聪明好学，他可以成为掌握这把钥匙的人。

以上设想，我不记得是否同张少谈过；不过可以肯定，在铭文研究告一段落之后不久，2004 年 9 月，张少就开始进行先秦音乐图像研究了。对于一个有志于投身中国音乐史研究的年轻人来说，这是一个重要的步骤。因为通过这项工作，不仅可以同时熟悉两种音乐文献——文字形式的音乐文献和图像形式的音乐文献，而且可以同时了解两种音乐记录——史学方式的记录和神话方式的记录。

张少在《中国古代的鸟与音乐：以先秦时期为中心》一文的开题报告中写道："论文希望通过对中国古代文献、文物和少数民族材料的尽可能全面的综合考查与分析，将鸟与音乐自上古以来在中国人思想中的特殊联系加以梳理，并结合具体的实证工作，对这种联系作出解释。"这意味着，他同时向三种音乐史料——文献学的史料、考古学的史料、民族学的史料——发起了冲击，开始了系统的音乐学和历史学的训练。

事实上，张少毕生都在做这一训练。他把父亲为他购置的住房变成书库，贮满了关于中国音乐、中国文化的图册。他利用游学的机会，走访了美国各大图书馆和博物馆，对许多文物单位（例如寺院）作了逐一考察。2016 年 11 月，他向我写信，说他已购读我的所有著作，包括新出版的《从敦煌学到域外汉文献研究》。我于是理解了他的最终选择：作为一名艺术家，他虽然没有把学术当成职业，但他把学术当成了理想。

我很欣慰，成为他的这个学术理想的陪伴。他离开我们一年了，在我的感觉中，这个陪伴关系一直不曾结束。和以前不同的只是，他给我留下的印象日益鲜明：一个永远的翩翩少年，厚重而飞扬，充满智慧、理想和激情。

2018 年 5 月，为"灵境中的张少"而作。原载《中国文化》2018 年第 2 期

送几句爱因斯坦的话给《中国诗学》

1946年，67岁的爱因斯坦曾经写过一篇“类似自己的讣告那样的东西”，对自己一生的经验作了总结。这篇作品题为《自述》，表述了支配他的终生行为的两个重要思想：

（一）大多数人终生无休止地追逐的那些希望和努力是毫无价值的。这种追逐本质上仅仅是为了达到胃的满足；但一个有思想、有感情的人却不能由此得到满足。他们必须寻求别的出路。现成的出路有两条，一是宗教，二是科学。其中只有科学才值得信赖，可以给思想者带来内心的自由和安宁，因为它以真实的事实为基础。

（二）对于一个思考着的人来说，科学意味着从思想上掌握个人以外的世界，意味着超越自身而获得解放。因此，科学的目的并不在于创造概念和命题，而在于建立概念、命题同感觉经验之总和间的对应关系。这种对应关系必须具备可靠性（直觉性）、完备性两种特性。它们既是真理的两种品质，同时也是科学地进行批评的两条主要依据。科学的批判通常有两个表现：其一，依据经验材料取得“外部的证实”；其二，依据逻辑的简单性取得理论的“内在的完备”。

关于上述两个思想，爱因斯坦在其他场合也作过表述。他经常援引莱辛的话说：“对真理的追求比对真理的占有更为可贵。”又在《宗教和科学》《科学的宗教精神》二文中说：“宇宙宗教感情是科学研究的最强有力、最高尚的动机。”这种感情使科学工作者甘于寂寞，“作出那种确实是远离直接现实生活的工作”。但这种感情并非来自对于上帝或其他神明的敬畏，而来源于对普遍的因果关系的信任，来源于对自然规律所显示的高超的理性的着迷。在这些场合，爱因斯坦谈了一个关于科学的动机——或者说，关于科学工作者的生命目的——的问题。在另外一些场合，爱因斯坦则反复强调了经验事实对于科学研究的重要意义。例如他在《1918年8月28日给M.贝索的信》中说：“一个希望受到应有的信任的理论，必须建立在有普遍意义的事实之上。”又在《狭义与广义相对论浅说》德文第10版附录中说：“理论之所以能够成立，其根据就在于它同大量的单个观察关联着，而理论的‘真理性’也正在此。”他还在《〈相对论的意义〉中的两个片断》一文中说：“我深信，哲学家对科学思想的进步起过有害的影响，他们把某些基本概念从经验的领域里——在那里，它们是受我们支配的——排除出去，而放到虚无缥缈的先验的顶峰上去。”在这些场合，爱因斯坦谈了一个关于科学研究的基本原则和方法的问题。倘若我们要用最简单的话对爱因斯坦的上述思想作一概括，那么这句话就是：对真理要诚实。——无论是从研究动机的角度看还是从研究原则的角度看，诚实，这都是科学工作的基本品格。

半个世纪过去了，爱因斯坦的言论仍然使我们感觉亲切。甚至当《中国诗学》创办，当我们要为中国诗学的发展提出一点祝愿的时候，我也感到，没有别的语言能比爱因斯坦的话更为中肯。因为我们总是要碰到研究动机和研究原则的问题。例如，办一个出版物，意味着让一些志同道合的人在一个共同的目标上投入自己的一部分生命。假如这一出版物不是为了胃的需求而产生的，那么，投入者自然应当贡献宗教般的虔诚。我们现在知道：它不光是学术的需要，而且是我们的精神和感情的需要。在一个充满欲望的时代，只有怀抱敬业态度或诚实态度的人们，才能稍稍保持内心的安宁和自由，因而保持自己的节操。

其实，中国诗学本来就是像宗教一样产生的，产生于一种远离直接现实生活的需要。由于在这个领域中不需要神来干预，因此它不属于宗教，而属于科学，亦即属于对个人以外的那个世界的真实把握。爱因斯坦说过：科学不是占有者的事业，而是追求者的事业。这一点也很重要：当我们作为对真理的追求者，不是为了建立一个由神明统治的王国，或一个由自己的主观意志及其表现形式（比如联系于个人名誉的某种体系）统治的王国，而是为了显示客观世界的本来秩序而工作的时候，我们自然会为中国诗学的发展找到一条健康合理的道路。这就是从事实及其相互联系出发，而不是从概念和命题出发的道路。

《中国诗学》创办的时候，主编者建议我就实证性研究的迫切性谈点意见。怎么谈呢？作为一种方法谈吗？作为一种需要谈吗？我觉得都不妥当。方法是多样的，需要是可以暂时存在的，然而实证性却是科学的本性；对实证性的要求，本质上是一种科学工作者的内心要求——对诚实的要求。主编者说：《中国诗学》将以“实”和“新”为自己的基本风格。我听了这话很高兴，因为“实”（实证性）和“新”（理论和方法上的创造性）正是科学运动的特征。这两个字可以换写成爱因斯坦在《尼耳斯·玻尔》一文中说的另外一句话：“他不但具有关于细节的全部知识，而且还始终坚定地注视着基本原理。”

我衷心祝愿《中国诗学》能成为一个具有科学精神的出版物，成为一代新知识分子寄托自己的理想或“宇宙宗教感情”地方。套用爱因斯坦在《悼念玛丽·居里》一文中的话来说就是：这种对于科学工作的品德力量和热忱，哪怕只要有一小部分存在于从事中国诗学研究的知识分子中间，中国学术就会面临一个比较光明的未来。我们可以确信，《中国诗学》将因此而显示那光明的未来。

原载《中国诗学》创刊号（1991 年），题目有修改

关于文学研究作为职业

近年来，关于学术萎缩、读书无用、文风不正之类的议论越来越多了。它说明了一种客观现象，也引起人们对其原因的思考。若从环境方面考虑，则这些现象至少缘于如下因素：过去的学术队伍过于臃肿，学科结构不尽合理；政治家关注功利，眼光不够远大；学术界的激励体制、评审体制不够完善；缺少必要的国际学术交流，学术现代化的问题事实上并未提上日程。不过，如果我们不去一味地怨天尤人，那么，我们仍然可以发现一些属于研究者自身的问题，比如职业思想的问题。

请容许我举出两篇文章来说明上述问题的存在。这两篇都是文学研究者写的。一篇载在《读书》1993 年第 5 期，内容是谈学者和学者的人间情怀。文中有一段很有趣的呼吁："允许并尊重那些钻进象牙塔的纯粹书生的选择。"向谁呼吁呢？若是向领导者的话，那么这就意味着："纯粹书生的选择”仍有被视为“白专”之虞；若是向同行的话，那么这又说明研究者并未把学术视为本份和正业。另一篇载在 1993 年 10 月 2 日的《文汇读书周报》，内容是谈鲁迅、顾颉刚等人关于“禹是一条虫”的事非。文中对胡适当年所谓“少谈论主义，多研究问题”，“进研究室”的提法作了再次批评，认为顾颉刚等人的“古史辨”是“扯淡”，助长了“故意强调学术与现实疏离”的风气。这篇文章的价值取向就更加明确了，它认为：学术不应该同现实疏离。

读完这两篇文章，我颇有点悲凉的感觉。作者都是我十分尊敬的学者，他们在自己的研究领域中取得了令人钦佩的成绩；作品发表在今年，恰好是学术需要振兴的时候。正因为如此，我为他们感到遗憾（当然，对两篇文章的遗憾程度是不一样的）。我想：我们为什么不能堂堂正正地确认自己所从事的职业的独立价值呢？难道学术工作本身不就是一种人间的事业吗？文学研究是三百六十行中的一行。研究者走向研究室，不正像工人走向车间、农民走向田地一样天经地义吗？研究者不务正业的情况已经够多了，何必再向他们提倡鲁迅的道路呢？回想一下二十年前吧，当鲁迅成为仅存的几个偶像之一的时候，当十亿人都成为批判家的时候，当现实情怀空前高涨、社会分工被严重忽视的时候，民族命运如何呢？是不是除掉谈主义、搞批判的那些人以外，全世界的学者和科学家们都在“扯淡”呢？我们目前讨论的问题其实早已不是问题了，本世纪前期的几位中国学者（这里说的不是胡适）曾表达过这样一种关于学术具有独立价值的认识：只有在求学者的心志疏离于政治的、风俗的时髦之外时，才谈得上思想的自由；只有摆脱功名利禄的诱惑，才能建设真正宏伟的精神文明。实现这一独立价值，须有为学术而学术的态度，不去在乎那些狭隘的“有用”“无用”之争。因为学术的目的在于求真，它不是其它社会意识形态的附庸；因为一切科学化的基础研究，都具有（一）非直接实用、（二）不可预测、（三）受内在规律的控制等特性，故不必要求它满足现实的功利。总之，研究者的职业是由社会需要而确定下来的，保持职业纯洁性的要求并不奢侈；作为知识和真理的追求者，文学研究人员的任务有别于舆论家；真理具有超越时间、空间限制的特性，不必附会一时一地的政治；研究者既然承担的是一种独立的价值，便不须追究这价值是否得售。说简单一点：既然各行各业的劳动者都从“文化大革命”中走了出来，建立了“以经济工作为中心”的共识，那么，文学研究者为什么不能放弃做启蒙思想家和社会活动家的梦想，而像在语言学、考古学、理、工、医、农等学术领域工作的同行那样，忠于自己的职守呢？

因此，我认为，学风问题、学术规范化的问题，之所以在文学研究领域中最成问题，从主观方面追究，是因为缺少职业思想这个根本。

我们这个民族有五千多年的文明史。至晚在三千年前，就产生了同农业国家相对应的礼制，也产生了通常意义上的文学。文学作为政治的附庸，这现象存在了几千年。扩大一点说，因为小农经济而忽视社会分工，因为集权而崇奉政治至上，是我们的文化的两个特征。事实上，缺乏职业思想是个十分普遍的社会现象，不止文学研究者如此。政治时髦的时候全民从政，经济时髦的时候全民经商，大家都炒股票，大家都捧明星，大家都像无头苍蝇一样跟着潮流跑来跑去。因此就有所谓“腐败”——从当权者开始的那种普遍的职业道德沦丧。这样看来，文学研究者的参政意识或油滑作风有其历史的和现实的原因，不应苛责；但是，倘若我们真想让文学研究成为现代学科，真想让文学研究成为被人尊重的职业，真要为民族的命运作点“现实”的贡献的话，我们除掉自己先自尊起来，在治国平天下之前先解决修身敬业的问题，同来自体制的一切腐败元素隔离，此外还有什么好办法呢？

原载《文学遗产》1994 年第 4 期

作为学术探索的域外汉籍研究

域外汉籍研究现在已经成了专门学问。人们对它的质疑和批评，也随之有所耳闻。有人说它是一个人为的、生造的学科；有人说中国的事情尚未研究完，何必再去研究“域外”；更多的人则怀疑它的意义和可行性。这些批评有助于研究者自我反省，值得重视。

不过，毕竟有越来越多的人走上这条路了，域外汉籍研究于是被踩成了一条大路。这就像许多溪流汇到一起，成就了一条大河。我认为，要回答以上批评或质疑，我们不妨回顾一下踩路的过程或河流汇聚的过程，以便明确这门学问得以产生的动机。

我最初接触域外汉籍是在 1984 年，也就是撰写博士学位论文《隋唐五代燕乐杂言歌辞研究》的时候。那时我在上海图书馆访书。有一天，偶然看到一套刚刚进口的《日本古典全集》，便受到强烈震撼，因为这套书中收录了几种重要的日本音乐古籍——《教训抄》《续教训抄》《体源抄》《乐家录》《歌舞品目》等。这些书都是关于“唐乐”或日本雅乐的书，其中记录了唐代曲子和大曲在日本的流传，并具体记录了这些乐曲的结构和表演方式。它们对于我的唐大曲研究和唐著辞、唐曲子研究，事实上是不应缺少的。我于是把这些资料补进了博士学位论文，同时也萌发了一个愿望：找机会去日本全面收集类似的资料，以便同中国的唐乐资料进行比较，真正说清楚唐乐的本相和流变。尽管这个愿望直到2008年才实现，但它生根发芽的时间是1984年。也就是说，在改革开放之初，我已经知道：即使从“礼失求诸野”这个道理看，我们也要研究域外汉籍。如果其他学者也有这一认识，那么，域外汉籍这门学问就不是出自人为和生造。

实际上，在1984年前后，我还注意到另外一个“域外”现象，即清以来的文史学者，凡有大出息的人，便必定会关注西域。我认为这是很容易理解的，因为从种种事物的起源看，西域就像是中华文化的皮肤；很多交换、新陈代谢，都是在这里——或者因为这里——而得以进行的。比如唐代文化就可以说是西域文化和中原文化、南方文化相结合的产物；曲子辞（后来发展为“词”）、说唱、戏弄、壁画雕塑等文学艺术品种，都是由于西域文化的输入而进入新时代的。我考察过隋唐燕乐的由来，对此深有体会。所以我认为，凡是喜欢追根究底的学者，便会关注西域。尽管西域民族大多是游牧民族，无定居习惯，不善于使用文字，在学者们的西域关注中尚没有“汉籍”这个概念；但这种关注却势所必然地要把他们的探索愿望引到“域外”。比如1992年以来，我曾在霍英东基金项目“汉民族文学艺术与周边文化研究”的支持下，考察了云南、西藏、新疆等地，进而到达了吉尔吉斯斯坦、哈萨克斯坦和越南。由于越南朋友的帮助，还编成了一部《越南汉喃文献目录提要》。尽管这部书尚属于域外汉籍研究，但它实际上是周边关注的结晶。这件事说明，域外汉籍研究其实是清以来走出中原、走出中国这一学术思潮的延展，是一个和中西交通史相毗邻的学科。它的实质是在更广大的视野中关注事物的内在关系，特别是关注事物的起源和来由。从这一角度看，研究“域外”，可以说是深入研究中国事情的前提。

1998年夏天，我随张伯伟、张寅彭教授第一次访问越南。这次旅行，我们三人各有收获，两位张教授收集了许多诗学资料、教育史资料，而我则偏重考察越南的俗文学，并萌发了为越南汉籍编订总目的愿望。后来我们走上了略有异同的学术道路，可见域外汉籍研究这门学问，事实上是在各人的学术基础上生长起来的，其意义是通过不同的实践来表现的。

我曾经比较过越南古代文学的资料和中亚东干文学的资料，认为这两宗新资料都将对文学研究产生重大影响；

又曾比较过越南的俗文学文献和敦煌文学文献，认为从俗文学研究的角度看，域外汉籍具有类似于敦煌文献的价值，很可能像20世纪的敦煌学那样，有力地推动不同形态的典籍的比较研究，造成中国古代史、文学史、汉语史、艺术史、民族史等众多学科在21世纪的新变。这一估计是从俗文学角度提出来的，也许太过乐观了一些；但我想，若把许多研究者的工作综合到一起，那么域外汉籍研究的实际意义，却必定会大于我的想象。

从1998年以来，我在越南、韩国、日本都作过资料考察。回顾考察过程，可以说是艰苦备尝，很多工作都需要付出充分的耐心和坚强的意志。我因此觉得，域外汉籍研究本质上是探索者的事业。从一定意义上说，它之所以会被看作“人为的、生造的”，是因为在一个新领域里独自行走的研究者，无法墨守成规，而必须脱离那种貌似自然的旧习惯；它的意义和可行性之所以会被怀疑，是因为面对新材料的研究者，必须提出新的思路和新的问题，而走出旧的视野。这样的研究不再是驾轻就熟、浅尝辄止的研究了，自然会引起某种困惑；但这一点，也恰好是学术的精神价值——超越旧我的价值——的证明。

原载《中国社会科学报》2010年4月27日

作者学术年表

1977 年

12 月，参加恢复高考后首次考试，由江西师范学院南昌分院录取，从外语班转入中文班。

1979 年

9 月，进入上海复旦大学攻读硕士学位。专业方向“中国文学批评史”，导师王运熙教授。

1982 年

6 月，硕士学位论文《明曲本色论的渊源及其在嘉靖时代的兴起》通过答辩。

12 月，通过扬州师范学院博士生入学考试。专业方向“隋唐燕乐歌辞”，导师任中敏教授。

1985 年

12 月，博士学位论文《隋唐五代燕乐杂言歌辞研究》通过答辩。进入上海师范大学文学研究所工作。

1987 年

9 月，往山西五台山参加“五台山学术思想讨论会”，发表论文《五台山与唐代佛教音乐》。

11 月，论文《琴曲歌辞〈胡笳十八拍〉新考》发表于《复旦学报》第 4 期，《隋唐燕乐》发表于《中国首批文学博士学位论文选集》。

1988 年

5 月，论文《唐大曲及其基本结构类型》发表于《中国音乐学》第 2 期。

6 月至 7 月，在温州师范学院学习音韵学，为期 52 天。

9 月，长篇论文《唐代酒令与词》发表于中华书局《文史》第 30 辑。

10 月，论文《南乐北渐和中国音乐风格的形成》发表于《中国社会科学》第 5 期。《原始信仰和中国古神》一书由上海古籍出版社出版。

本年评为副研究员，开始指导中国古代文学专业硕士研究生。

1989 年

3 月，往香港浸会学院参加佛教音乐讨论会，发表论文《汉唐佛教音乐述略》。

12 月，论文《论〈宋书乐志〉所载十五大曲》发表于《中国文化》第 3 辑。《隋唐五代燕乐杂言歌辞集》（同任半塘先生合作）一书由巴蜀书社出版。

1990 年

全年阅读关于考古学、民族学、史前研究的书刊。承担国家哲学社会科学基金青年项目“传播方式和中国诗体的变迁”。

1991 年

1 月，论文《解析敦煌舞谱结构的钥匙》发表于《中国音乐学》第 1 期。

7 月，所著第一部论文集《汉唐音乐文化论集》由台湾学艺出版社出版。

12 月，论文《佛教呗赞音乐与敦煌讲唱辞中“平”“侧”“断”诸音曲符号》发表于《中国诗学》创刊号。

本年评为研究员。《隋唐五代燕乐杂言歌辞集》一书获第 5 届中国图书奖荣誉奖、首届全国优秀古籍二等奖、首届四川省最佳图书奖。

1992 年

本年获得霍英东教育基金资助，进行“汉民族文学艺术与周边文化”研究。11 月开始进行边疆地区民族文化考察，在云南南部旅行十多天。

指导叶昶完成硕士学位论文《宋代话本小说及其存在条件》，在上海师范大学通过答辩。此文后发表于《扬州大学中国文化研究所集刊》第一集。

1993 年

3 月，《唐代酒令艺术》一书由台湾文津出版社出版。

此书后由上海知识出版社（1995）、东方出版中心（1996）出版简体字本。

5月，论文《楚宗庙壁画鸱龟曳衔图》（同叶昶合作）发表于《中国文化》第8辑。

7月，在拉萨参加藏学讨论会，发表论文《论藏族文化的起源》。会后在泽当、穷结、萨迦、江孜、比如、安多、那曲等地考察四十多天。

12月，由国务院学位委员会批准为中国古代文学专业博士生导师。

本年，指导潘建国完成硕士学位论文《唐代论议研究》，在上海师范大学通过答辩。承担国家教委八五规划项目“中国原始艺术及思想研究”。

1994年

5月，所著《唐代酒令与词》获上海市1986–1993年哲学社会科学优秀成果一等奖。论文《敦煌文学与唐代讲唱艺术》发表于《中国社会科学》第3期。

7月至9月，往新疆考察，走访三十多个县市。

9月迁居扬州，任扬州大学中国文化研究所所长。首届博士生入学。

10月，论文《论古神话中的黑水、昆仑与蓬莱》发表于上海古籍出版社《选堂文史论苑》。

本年享受国务院颁发的政府特殊津贴。指导朱渊清完成硕士学位论文《六诗论：关于〈诗〉的起源的若干问题》，在上海师范大学通过答辩。

1995 年

1 月，长篇论文《火历质疑》发表于《中国天文学史文集》第 8 集。

1996 年

1 月，论文《中国韵文的传播方式及其体制变迁》发表于《中国社会科学》第 1 期。

11 月，所著《隋唐五代燕乐杂言歌辞研究》由中华书局出版。长篇论文《敦煌论议考》（同潘建国合作）发表于《中国古籍研究》创刊号。

1997 年

1 月至 4 月，偕博士生赵塔里木往吉尔吉斯斯坦、哈萨克斯坦，对东干民族（西北中国人迁入中亚后形成的民族）的音乐与文学进行考察研究。

11 月，论文《汉藏语猴祖神话的谱系》发表于《中国社会科学》第 6 期。

12 月，所著《唐代酒令艺术》获江苏省哲学社会科学优秀成果一等奖。

本年，指导王胜华、戴伟华完成博士学位论文《中国戏剧的早期形态》《唐代使府与文学研究》，在扬州大学通过答辩。

1998 年

6 月，所著第二部论文集《中国早期艺术与宗教》由东方出版中心出版。

8月至9月，首次往越南河内汉喃研究院考察汉文古籍。

12月，所编《扬州大学中国文化研究所集刊》由江苏古籍出版社出版，发表长篇论文《诗六义原始》。

本年，所著《隋唐五代燕乐杂言歌辞研究》获上海市哲学社会科学优秀著作二等奖、国家教育部人文社会科学优秀著作三等奖。指导傅修延、王廷洽、赵塔里木完成博士学位论文《中国叙述传统的形成》《楚文化与两汉文学》《在中亚传承的中国西北民歌：东干民歌研究》，在扬州大学通过答辩。

1999年

4月，论文《原始佛教的音乐及其在中国的影响》发表于《中国社会科学》第2期。

12月，长篇论文《唐代谣歌研究》发表于《中国人文社会科学博士硕士文库》。

本年，指导周广荣、汪俊、方志远完成博士学位论文《梵语〈悉昙章〉在中国的传播和影响》《两宋之交文学发展的地域性研究》《明代城市与明代市民文学研究：以成化、弘治、正德为中心》，在扬州大学通过答辩。

2000年

3月至6月，论文《小说和诗体传》《演音、演歌、演传和演字》等发表于越南国家社会科学研究中心刊物

《汉喃杂志》第 1 期、第 2 期。

7 月，论文《中国音乐文献学：以杨荫浏为枢纽的两个时期》（同喻意志合作）发表于《中国音乐学》第 3 期。

8 月，往敦煌参加“敦煌学国际学术讨论会”，发表论文《从莫高窟第 61 窟维摩诘经变看经变画和讲经文的体制》。

9 月，任四川大学中国俗文化研究所兼职研究员。论文《唐传古乐谱和与之相关的音乐文学问题》（同陈应时合作）发表于《中国社会科学》第 5 期。

本年，所著《诗六义原始》获上海市哲学社会科学优秀成果一等奖。承担教育部古籍委员会项目《历代乐志律志校释》。指导马银琴、何剑平完成博士学位论文《西周诗史》《敦煌维摩诘文学研究》，在扬州大学通过答辩。

2001 年

2 月至 4 月，第二次往越南考察研究汉文古籍。

3 月，论文《〈越南汉文小说丛刊〉和与之相关的文献学问题》发表于台湾《“中央研究院”中国文哲研究集刊》第 18 期。

5 月，完成《越南汉喃文献目录提要》一书。

9 月，论文《中国音乐学史上的“乐”“音”“声”三分》发表于《中国学术》第 3 期。

11 月，论文《东干文学和越南古代文学的启示：关于新资料对文学研究的未来影响》发表于《文学遗产》第

6期。

12月，所著《汉文佛经中的音乐史料》一书（同何剑平、周广荣合作）由巴蜀书社出版。长篇论文《越南访书札记》发表于《新国学》第三卷。

本年，承担国家社会科学基金项目“《乐府诗集》研究”。指导孙晓晖、李方元、王福利完成博士学位论文《两唐书乐志研究》《宋史乐志研究》《辽金元三史乐志研究》，在扬州大学通过答辩。

2002年

9月，论文《越南古代诗学述略》（同何仟年合作）发表于《文学评论》第5期。

11月，论文《〈行路难〉与魏晋南北朝的说唱艺术》发表于《清华大学学报》第6期。

12月，调任清华大学中文系教授，迁居北京。

本年，指导许继起、孙尚勇、崔炼农、喻意志、尚丽新完成博士学位论文《秦汉乐府制度研究》《乐府史研究》《汉魏六朝乐府辞乐关系研究》《〈乐府诗集〉成书研究》《〈乐府诗集〉的刊刻和流传》，分别在扬州大学、上海师范大学通过答辩。又指导朱旭强完成硕士学位论文《乐纬所见颛顼帝喾乐名考辨》，在上海师范大学通过答辩。

2003年

1月，《越南汉喃文献目录提要》一书由台湾“中央研究院”文哲研究所出版。论文《从越南俗文学文献看敦煌文学研究和文体研究的前景》发表于《中国社会科学》第1期。

2月初，第三次往越南考察汉文古籍，3月末因SARS返回。所著第三部论文集《从敦煌学到域外汉文学》由商务印书馆出版。

12月，《词曲研究》(同杨栋合编)一书由湖北教育出版社出版。论文《隋唐五代词曲概述》等发表于韩国敦煌学会所编《东西文化交流研究》第6辑。

本年，指导曹柯平、何仟年、杨晓霭、蒋瑞完成博士学位论文《中国洪水后人类再生神话类型学研究》《越南古典诗歌传统的形成：莫前诗歌研究》《宋代声诗研究》《铭刻书写与中国散文的起源》，分别在扬州大学、上海师范大学通过答辩。

2004年

2月，往韩国汉阳大学中文系任教一年。

4月，论文《早期道教的音乐与仪轨》发表于韩国道教文化学会《道教文化研究》第20辑。

6月至7月，在汉阳大学音乐学院作系列演讲，内容有：“20世纪的中国传统音乐研究”“隋唐燕乐和中国音乐史的分期”“音乐文献学：中国传统音乐研究的入门途径”“从‘乐’‘音’‘声’三分看中国古代音乐学的性格”“《胡笳十八拍》和古琴艺术史”“乐部和中国音乐传承研究”。

9 月，论文《潘重规先生“变文外衣”理论疏说》发表于台湾敦煌学会《敦煌学》第 25 辑。

12 月，长篇论文《唐代乐部研究》和 Yuebu of the Tang Dynasty：Musical Transmission from the Han to the Early Tang Dynasty（均同孙晓晖合作）分别发表于《国学研究》第 14 卷和 Yearbook for Traditional Music,Vol.36.

本年多次在韩国参加学术会议和演讲会，发表论文《中国词学的普遍性和特殊性》《从曲子辞到词：关于词的起源》《〈高丽史·乐志〉“唐乐”的唐代渊源》《高丽二朝的佛教音乐史料》《〈红楼梦〉中的子平之术：人物命运及小说正续二书的关系》等。指导王立增、温显贵完成博士学位论文《唐代乐府诗体研究》《清史乐志研究》，分别在扬州大学、上海师范大学通过答辩。

2005 年

1 月，论文《从〈高丽史·乐志〉“唐乐”看宋代音乐》发表于《中国音乐学》第 1 期。

3 月，论文《龙的实质和龙神话的起源》《从敦煌本共住修道故事看唐代佛教诗歌文体的来源》等发表于《清华大学古代汉文学论集》。

5 月，长篇论文《〈高丽史·乐志〉“唐乐”的文化性格及其唐代渊源》发表于《域外汉籍研究》创刊号。

9 月，论文《〈文心雕龙〉风格理论的〈易〉学渊源》

发表于《清华大学学报》第 5 期。

指导朱旭强、刘玉珺完成博士学位论文《交趾汉化研究》《越南汉喃典籍的文献学研究》，分别在上海师范大学、扬州大学通过答辩。

2006 年

9 月，调任四川师范大学教授。迁居成都。

11 月，在四川省峨边县毛坪乡长梯村度过彝族新年。

12 月，往汉城。此后由韩国学术交流基金会资助，在梨花女子大学工作八个月，进行《高丽史乐志》研究。

本年承担四川省哲社重点项目《中国早期思想与符号研究》。指导徐厚广完成硕士学位论文《法藏敦煌〈诗经〉卷子 P2506、P2514、P2538 研究》，在清华大学通过答辩。

2007 年

本年多次在韩国参加学术会议，发表论文《龙信仰在朝鲜半岛的流传》《〈高丽史乐志〉研究对于中国学术的意义》《关于〈高丽史乐志〉研究的四个问题》。

8 月回国，参加南京大学域外汉籍研究国际学术研讨会，发表论文《从〈高丽史〉的编印看鲜初史学》。再次受聘为扬州大学文学院教授。

10 月，在四川茂县飞虹乡、黑虎乡和黑水县考察羌族文化。《夏代的“九歌”及其同五行说的关联》发表于《中国音乐学》第 4 期。

11月，论文《经呗新声与永明时期的诗歌变革》（同金溪合作）发表于《文学遗产》第6期。

本年承担国家哲学社会科学基金项目《高丽史乐志研究》。指导金溪、刘明完成硕士学位论文《六朝诗歌吟诵与诗体变革》《敦煌残卷所见先唐诗歌研究》，在清华大学通过答辩。

2008年

1月，往云南楚雄考察彝族文化，在楚雄苍岭镇西云村、姚安县太平镇白沙冲村、姚安县仁和乡大石丫口、永仁县猛虎乡阿里地村住宿、调查。

3月，论文《从“五官”看五行的起源》发表于《中华文史论丛》第89辑。

4月，论文《从朝鲜半岛上梁文看敦煌儿郎伟》发表于南京大学《古典文献研究》第11辑。

6月，由日本住友财团提供小额资助，在庆应义塾大学工作一年，进行“大陆音乐在日本的传承”研究。《四神：起源和体系形成》一书由上海人民出版社出版。

7月，《中国早期思想与符号研究》（两卷本）由上海人民出版社出版。

9月，论文《韩国学者的“唐乐”研究》发表于《音乐研究》第5期。

11月，论文《关于〈古今乐纂〉和音乐文献的辨伪》发表于《文艺研究》第11期。

本年，指导李飞跃完成硕士学位论文《中晚唐五代宫廷及教坊乐舞人员流散考》，在清华大学通过答辩。

2009 年

1 月，受聘为日本上野学园大学日本音乐史研究所特邀研究员。

3 月，论文《论汉文化的“诗言志，歌永言”传统》发表于《文学评论》第 2 期。

6 月起，主持二十四史和《清史稿》修订工程分支项目“历代乐志修订”。

10 月，论文《论中国乐部史上的隋代七部乐》发表于《中国音乐学》第 4 期。在西昌参加“古彝文化与三星堆文化探源学术研讨会”，发表论文《论三星堆、金沙遗址兽面图像同古彝文化的关联》。

11 月，主持召开“古代汉文学的生存与传播学术讨论会”。

本年，指导张宏、王皓完成硕士学位论文《汉晋时期地方教育与文学关系研究》《陈孚〈交州稿〉与元代的中越文化交流》，在四川师范大学通过答辩。

2010 年

1 月，考察笔记《走过茂县是北川》发表于《中华文化论坛》第 1 期；工作总结《关于各史乐志音乐名词的书名号等问题》发表于《点校本二十四史及〈清史稿〉修订工程简报》第 42 期。

5月，论文《〈文心雕龙·乐府〉三论》发表于《文学遗产》第3期；《论道藏中的音乐史料》（同王皓合作）发表于《音乐研究》第3期；《再论音乐文献辨伪的原则和方法》发表于《文艺研究》第5期；《域外汉籍研究中的古文书和古记录》发表于《域外汉籍研究集刊》第6辑。

6月，论文《论〈老子〉首章及其“道”的原型》发表于《中华文史论丛》第2期。

8月上旬，往西昌参加火把节活动，提交论文《论火把节的来源兼及中国民族学的“高文化”问题》，会前往普格县西洛镇、螺髻山镇考察。中旬到四川省马边县，参加热布（草偶）、神鬼像（泥偶）讨论会。

9月，长篇论文《饕餮神话和艺术的真相》发表于《艺术与科学》第10卷。所著第四部论文集《起源与传承：中国古代文学与文化论集》一书由凤凰出版社出版。

本年，《中国早期思想与符号研究》一书获四川省哲学社会科学优秀成果一等奖。指导蒲政、王波完成硕士学位论文《苏轼唱和词研究》《大晟府的音乐与文学》，在四川师范大学通过答辩。

2011年

3月至4月，演讲稿《经典之前的中国智慧》连载于《西南民族大学学报》第3期、第4期。

5月，论文《从〈琴操〉版本论音乐古籍辑佚学》（同余作胜合作）发表于《音乐研究》第3期。

6月至8月,《从〈酉阳杂俎〉看唐代音乐》发表于《音乐艺术》第3期;《朝鲜半岛〈步虚子〉的中国起源》发表于《四川师范大学学报》第4期;《明朝和高丽的音乐交往：1368年–1373年》发表于《中国音乐学》第5期。

10月，往北京参加国家社科重大招标项目“中国上古知识、观念与文献体系的生成与发展研究”申报，未成功。

12月,《论变文、讲经文的联系与区别——关于梅维恒〈唐代变文〉的几个问题》发表于《国学研究》第28卷。

本年，指导路勤凤、任子田完成硕士学位论文《中国文学史上的平城时代》《汉末魏晋谈论与说理文研究》，在四川师范大学通过答辩。

2012年

1月，第五部论文集《隋唐音乐及其周边》由上海音乐学院出版社出版。

3月,《论〈梅葛〉中的文化数字》发表于《民族文学研究》第2期;《论〈汉书艺文志〉所载汉代歌诗的渊源》(同许继起合作)发表于《中国社会科学院文学研究所学刊》;《论火把节的来源——兼及中国民族学的“高文化”问题》发表于《清华大学学报》第2期。后文于次年获“百盛–清华学报优秀论文奖”。

3月至7月,《域外汉文音乐文献述要》(《越南、韩国篇》《日本篇》《乐书目录篇》）发表于《中国音乐学》第2期至第4期。

7月至9月，《高丽俗乐的中国渊源》发表于《中国社会科学》第7期；《鱼山梵呗传说的道教背景》（同金溪合作）发表于《中国文化》第36期。

9月，调任温州大学人文学院教授。迁居温州。

10月，承担国家社科重大招标项目“域外汉文音乐文献整理与研究”。

11月，受聘为新疆师范大学中亚音乐文化研究中心首席专家。

本年，指导余作胜、王皓、武玉秀完成博士学位论文《汉代乐书的文献学研究》《宋代外交行记与语录研究》《唐代净土文学艺术研究》，分别在四川师范大学、扬州大学通过答辩。

2013年

2月，《鱼山梵呗传说考辨》（同金溪合作）发表于《文史》第102辑。

5月，往韩国延世大学参加渊民学会年会，作主题发言《论渊民先生的乐府观》。

7月，《中国音乐文学史上的三大问题》（同伍三土合作）发表于《文艺研究》第7期。

8月，《从敦煌学到域外汉文献研究》由商务印书馆出版。

12 月,《中国音乐文献学初阶》由北京大学出版社出版。

本年，指导伍三土完成博士学位论文《宋词音乐的专题研究》，在扬州大学通过答辩。指导邓培果完成硕士学位论文《梁代宫廷音乐与诗歌关系研究》，在四川师范大学通过答辩。

2014 年

5 月,《邛崃〈竹麻号子〉研究的赋学意义》发表于《四川师范大学学报》第 3 期。

6 月,《从上古图文献看孔子诗学》(同陈绪平合作)发表于《中华文史论丛》第 2 期。

7 月,《从李家源看朝鲜半岛的乐府观》发表于《文学评论》第 4 期。

11 月,《章贡随笔》由南京大学出版社出版。

12 月,《朝鲜世宗时期的礼乐及其同中国的关联》发表于《曲学》第 2 辑。《汉文佛经音乐史料类编》(同何剑平、周广荣、王皓合作)由凤凰出版社出版，并获全国优秀古籍二等奖。

本年，指导樊昕、张长彬完成博士学位论文《唐人文集宋代生存状况研究》《敦煌曲子辞写本整理与研究》，在扬州大学通过答辩。指导张晓琪完成硕士学位论文《新辑木鱼歌文献研究》，在四川师范大学通过答辩。

2015 年

1 月,《论神话对于历史的象征性表达：读羌族神话〈燃比娃取火〉》(同沈德康合作)发表于《四川大学学报》第 1 期。

2 月 9 日至 3 月 20 日，偕博士后金溪往美国考察日本汉文古籍、越南汉文古籍和中亚音乐研究资料。2 月 13 日在密歇根大学参加印度音乐讨论会，宣讲“古印度的佛教音乐及其在中国的传播”。此后在密歇根大学亚洲图书馆、华盛顿国会图书馆、波士顿哈佛燕京图书馆、哈佛大学考古与艺术图书馆、纽约哥伦比亚大学东亚图书馆、哥伦比亚大学音乐图书馆、纽约公共图书馆、加州大学柏克莱校区东亚图书馆、加州大学柏克莱校区东南亚图书馆作访问考察。

6 月,《东亚俗文学的共通性》发表于《中国社会科学》第 5 期;《中国雅乐史上的周世宗：兼论雅乐的意义和功能》(同李晓龙合作)发表于《中国音乐学》第 2 期。

本年指导张志辉完成硕士学位论文《北属时期越南散佚文献研究》，在温州大学通过答辩。《高丽俗乐的中国渊源》获国家教育部第 7 届人文社会科学研究成果三等奖、浙江省社科联社科成果一等奖。

2016 年

5 月,《从黎圣宗看中越之间的诗歌唱酬》(同张娇合作）发表于《域外汉籍研究集刊》第13辑。

5月–7月，《西方世界的中亚音乐研究：中国关系篇》《西方世界的中亚音乐研究：中亚各地区篇》（同金溪合作）发表于《音乐研究》第3期、第4期。

7月29日至8月12日，往冲绳考察琉球古籍和古代音乐。7月30日在琉球大学参加"2016琉球·朝鲜文化交流600周年纪念学术大会"，发表论文《从1832年谢恩使看琉球王国的外交用乐》。会后访问琉球大学图书馆、冲绳县立图书馆、冲绳县公文馆。

9月，《"绝地天通"天学解》发表于《中华文史论丛》第3期。

10月，《朝鲜半岛的乐府和雅乐》发表于《中国音乐》第4期。

11月，《经典之前的中国智慧》由北京大学出版社出版。

12月6日，率王皓、任子田、黄岭往胡志明市，开始为期三个月的学术考察。

本年指导金溪完成博士后出站报告《汉唐散佚乐书的整理与研究》，在中国音乐学院通过答辩。指导陈蕾完成硕士学位论文《文学史上的"浙东"》，在温州大学通过答辩。

2017年

1月上旬、中旬在胡志明市考察，1月22日起往顺化、会安等地考察，2 月 6 日至 3 月 5 日在河内考察，先后访问约二十个研究院图书馆和寺院图书馆。

4 月，《上古中国人的用耳之道》发表于《中国社会科学》第 4 期。

9 月，《论东亚音乐中的“乱”“乱声”与“乱序”》（同刘盟合作）发表于《音乐研究》第 5 期。

10 月，《从〈乐家录〉看丝绸之路东线的“船乐”》（同崔静合作）发表于《音乐文化研究》创刊号。

本年指导崔静、刘盟、宁倩完成硕士学位论文《〈乐家录〉中的大曲研究》《〈体源钞〉的文献学研究》《〈体源钞〉引中国典籍研究》，在温州大学通过答辩。

2018 年

6 月，《敦煌舞谱：一个文化表象的生成与消亡》发表于《音乐艺术》第 2 期；《上古中国的“乐”和“音乐”：写在〈中国历代乐论〉出版之际》发表于《国学研究》第 40 卷。

9 月，《中国古代的音乐史书写》（同金溪合作）发表于《音乐艺术》第 3 期。

本年指导黄岭、谭清、高宇星完成硕士学位论文《越南重刊本中国佛典的文献学研究》《〈山海经〉中的博物之学》《明万历年间俗文学文体观研究》，在温州大学通过答辩。

2019 年

1 月，《论朝鲜半岛词文学的产生》发表于《文学评论》第 1 期；《论日本音乐文献中的古乐书》（同张娇合作）发表于《文艺研究》第 1 期；《观察中国音乐文献学的三个维度》（同金溪合作）发表于《音乐艺术》第 1 期。

5 月，《从越南的四所寺院看汉籍在域外的生存》（同王皓、黄岭、任子田合作）发表于《域外汉籍研究集刊》第 18 辑。

9 月，《日本音乐史的另一面：古记录中的日本宫廷音乐》（同王皓合作）发表于《音乐研究》第 5 期。

11 月，《论中国音乐史料的编纂》（同金溪合作）发表于《音乐研究》第 6 期；《越南汉文佛教典籍的海上来源》（同黄岭合作）发表于《国际汉学研究通讯》第 18 期。受聘担任河南师范大学音乐舞蹈学院讲席教授。

本年指导刘娇、李西美完成硕士学位论文《高丽教育与高丽汉诗关系研究》《〈汉书·艺文志·诸子略〉杂家书汇考》，在温州大学通过答辩。《上古中国人的用耳之道》获浙江省第 20 届哲学社会科学优秀成果奖二等奖。

2020 年

1 月，受聘担任温州大学音乐学院特聘教授。完成《论中国早期经典的形成》一文。编定《硬石岭曝言》一书并交付凤凰出版社，编入“凤凰枝文丛”。

凤凰枝文丛

三升斋随笔	荣新江 著
八里桥畔论唐诗	薛天纬 著
跂予望之	刘跃进 著
潮打石城	程章灿 著
会心不远	高克勤 著
硬石岭曝言	王小盾 著
云鹿居漫笔	朱玉麒 著
老营房手记	孟宪实 著
读史杂评	孟彦弘 著
古典学术观澜集	刘　宁 著
龙沙论道集	刘　屹 著
春明卜邻集	史　睿 著
仰顾山房文稿	俞国林 著
马丁堂读书散记	姚崇新 著
远去的书香	苗怀明 著